rowohlt
HUNDERT AUGEN

FIL tägert

mitarbeiter des monats

roman

rowohlt hundert augen

1. Auflage September 2016

Satz aus der Arno Pro, PostScript,
bei Dörlemann Satz, Lemförde
Druck und Bindung CPI books GmbH,
Leck, Germany
ISBN 978 3 498 05809 8

für schocker, hülse, jörgi,
niko und klein-andi.

und für erik.

«Du musst nicht cool sein.»

prince

Im Februar 1900, mit gerade mal neunzehn Jahren, hatte Picasso seine erste Einzelausstellung im Café «Els Quatre Gats». Sie war kein großer Erfolg. Das «Quatre Gats» war der Laden, in dem Picasso damals in Barcelona eh dauernd abhing. Hier hatte er kurz zuvor auch seinen Freund Carlos Casagemas kennengelernt. Gleich alt und ebenfalls Maler. Casagemas hatte die Idee, sie könnten gemeinsam nach Paris reisen, um sich dort die Weltausstellung anzusehen. Er war wohlhabender als Picasso und zahlte den Hauptteil der Reisekosten. In Paris schwärmte Picasso für die Impressionisten, während Casagemas sich in die Tänzerin Germaine Gargallo verliebte. Im Oktober bezogen die beiden Freunde ein Atelier am Montmartre, das ihr sturer Landsmann, der Maler und Karikaturist Isidre Nonell, aufgegeben hatte. Sie verehrten Toulouse-Lautrec und kopierten seinen Stil. Casagemas litt zunehmend wegen Germaine. Er war von einer ganz anderen Konstitution als Picasso – schmal, nervös und impotent. Gegen Ende des Jahres fuhren die beiden nach Malaga, um dort Silvester zu feiern. Picasso reiste danach weiter nach Madrid, während Casagemas zurück nach Paris fuhr. Dort versuchte er einen Monat später, Germaine zu erschießen, und tötete sich schließlich selbst.

Als Picasso davon erfuhr, war er erschüttert. Er malte seinen Freund als Toten im Sarg.

Dieses Bild gilt als das erste aus Picassos blauer Periode.

Zwei Jahre später malte Picasso das Bild «La Vie».

Hierauf ist wieder Casagemas zu sehen. Er wirkt gelöst, er erinnert an Jesus Christus. Germaine steht neben ihm und schmiegt sich an ihn.

Die blaue Periode – das war eine gute Periode für Picasso, und «La Vie» ist wohl das bekannteste Bild aus dieser Zeit.

1

an einem nachmittag im Sommer 1985 begab es sich, dass mein Manager bei mir zu Hause anrief.

«Herr Nick, kommen Sie rum, wir haben zu wenig Leute in der Küche.»

«Aber heute ist gar nicht meine Schicht. Hab ja erst Montag wieder.»

«Herr Nick, der Laden ruft. Wir brauchen Sie.»

«Tut mir leid, ich kann jetzt nicht.»

«Was?»

«Ich kann nicht. Sorry.»

«Wieso können Sie nicht?»

Er war hartnäckig. Deswegen war er ja auch der Manager und wurde am Umsatz beteiligt, während wir anderen Idioten für sieben Mark die Stunde schuften mussten.

«Ich kann nicht. Meine Freundin ist grad zu Besuch gekommen.»

«Ihre Freundin! Wie alt sind Sie denn, Junge? Dreiundzwanzig? Vierundzwanzig?»

«Ich bin neunzehn.»

«Na, sehen Sie, da werden noch so viele Frauen kommen in Ihrem Leben.»

«Ja, aber trotzdem. Jetzt ist sie ja nun mal schon da.»

«Herr Nick, hier geht's doch nur um zwei, drei Stunden. Wenn sie eine gute Freundin ist, wird sie warten. Junge, das ist doch sogar die Chance, rauszufinden, ob sie Sie wirklich liebt. Na?»

«Nein.»

«Doch. Los. Wenn Sie jetzt nicht kommen, sind Sie entlassen.»

Diesen Bluff brachten sie andauernd, aber darauf fiel ich nicht rein. McDonald's würde mich nicht entlassen. Die entließen *nie* jemanden.

«Tut mir echt leid», sagte ich. «Also bis Montag.»

«Herr Nick, wenn Sie jetzt auflegen, brauchen Sie Montag nicht mehr zu kommen.»

«Okay. Tschüss.»

Euch kann ich ja die Wahrheit sagen, liebe Leser: Ich hatte gar keine Freundin, und sie war auch nicht zu Besuch gekommen. Eigentlich hatte ich tatsächlich rein gar nichts zu tun an diesem sonnigen Nachmittag. Ich griff mir mein Skateboard und verließ die Wohnung.

Draußen rollte ich ein wenig hin und her und beschloss dann, meinen alten Freund Burner zu besuchen.

Der Weg zu Burner war mit Pflastersteinen gepflastert. Gut kam ich nicht voran. Kinder auf Dreirädern überholten mich. Immer wieder stoppte ein stiller Stein mein Brett, und ich fiel runter. Direkt vor Burners Haustür stürzte ich besonders spektakulär und knallte so heftig auf die Hüfte, dass ein knöcherner Sound die umliegenden Häuserwände erzittern ließ.

Starr vor Schmerz blieb ich am Boden sitzen und sah dem Board zu, das ohne mich glücklich und befreit wirkte. Auf jeden Fall hatte es mehr Speed als jemals mit mir. Sah aus, als würde es versuchen zu fliehen.

Es schoss über den Bordstein auf die Straße. Ein türklinkenfarbenes Auto fuhr beim Einparken drüber und teilte es in zwei saubere Hälften.

«Ey», rief ich und rappelte mich auf.

Der Fahrer blieb in seinem Auto sitzen und schaute auf das Lenkrad, das er immer noch festhielt. Ich humpelte zu dem Wagen hin, hob die Hälften auf, nahm in jede Hand eine und zeigte sie ihm durch die Scheibe. Er sah nicht hoch.

Wie in einem Witzfilm oder wie Moses schwenkte ich die Hälften hin und her und wiederholte: «Ey!» Keine Reaktion. Der Fahrer stieg nicht aus, sondern blieb mit gesenktem Blick sitzen. Es war ein Typ mit Halbglatze und Brille. Er wirkte unglücklich, wie er da so sein Lenkrad anstarrte. Vielleicht war sein Leben die Hölle.

«Ey», sagte ich noch mal. Nichts.

«Na ja, stimmt schon: War vielleicht meine eigene Schuld», schlug ich vor, aber selbst darauf ging er nicht ein.

«Okay», sagte ich, «was soll's, wa. Na dann. Tschüss.»

Was für ein Glück: Obwohl ich seit fünf Jahren Skateboard fuhr, beherrschte ich es überhaupt nicht. Faszinierend, wie lange man eine Sache betreiben konnte, ohne sie auch nur ansatzweise zu lernen. Aber jetzt war endlich Schluss mit dem Gestolper. Ein neues Leben würde nun beginnen, ohne Verletzungen, ohne Verspätungen und ohne höhnische Sprüche von Passanten. Sehr gut.

Als Burner mir die Tür öffnete, zeigte ich ihm wortlos die Hälften.

«Hehehe», machte er.

«Hehe», antwortete ich.

2

wie ich richtig geraten hatte, war ich nicht entlassen, als ich am Montagabend bei McDonald's eintrudelte. Mein Manager sah nur kurz von seinem Schreibtisch hoch und sagte: «Der Herr Nick.»

Ich zog mich oben um. Unsere funky Clowns-Uniformen aus den siebziger Jahren wurden zwar regelmäßig gewaschen, aber der Fettgeruch ging nicht raus. Genauso wenig wie aus uns Piepels: Egal, wie oft wir duschten, ein Resthauch Fett blieb immer. Du konntest rausgehen und dich stundenlang von orkanartigen Böen durchblasen lassen – der Geruch blieb haften, kalt, alt und fettig halt. Unsere Freunde mussten lernen, diesen harten Hauch an uns zu mögen. Lernten sie auch. So geht Freundschaft.

«Herr Nick, Sie tragen eine Damenbluse», sagte mein Manager, als ich runter in die Küche kam.

«Ich weiß», entgegnete ich. «Die Männerhemden waren alle noch nass.»

«So können Sie hier nicht rumlaufen, Herr Nick. Diese Bluse ist ja von den Damen.»

Mann. Selbst wenn. Die Frauenhemden waren doch jetzt nicht übertrieben feminin geschnitten. Bisschen taillierter, puffärmliger, der Kragen runder – na und? Wo war das verfluchte Problem? Wie die meisten Typen durfte ich sowieso nur hinten in der Küche arbeiten, wo einen eh keiner sah, während die ganzen blonden Girls vorne standen und bedienten.

«Herr Nick, und wo ist Ihr Hut?» Jedes Mal dieselbe Nummer.

«Herr Czewinski, wir hatten das doch schon letztes Mal besprochen, dass der Hut auf meinen Haaren nicht hält.»

Der Manager betrachtete meine Frisur. «Junge, Sie sehn aus wie ein gerupftes Huhn. Soll aus Ihrem Leben überhaupt nichts werden?»

«Doch», sagte ich. «Aber später erst.»

«Junge, Junge, Junge», sagte er.

Damit war unser übliches Willkommensgespräch erst mal geführt, hoffte ich und stellte mich an den Grill zu Rainer, der tonlos über sein nasses Hemd fluchte und mich dabei böse ansah.

«Hei», sagte ich.

Rainer schüttelte den Kopf. «Hei» stimmte anscheinend nicht.

Mit beiden Händen holte ich flache Rundlinge aus gefrorenem Fleisch aus einer weißen Plastikbox und legte sie auf den Grill. Klack klack klack, zwei mal drei, und klick klack klick, noch mal zweimal drei. Dann drückte ich den Alarmknopf und sah den Bestien beim Schwitzen zu. *Patties* nannten wir hier bei Mac diese Fleischtaler. Wenn die mit Hitze in Berührung kamen, begannen sie zu frizzeln und zu fruzzeln, als würde das Böse aus ihnen entweichen. Nach einer Weile schrillte der Alarm, und ich drehte die nun kleiner und dicker gewordenen Patties mit dem Spachtel um. Zack zwei, zack zwei, zack zwei rechts, zack zwei, zack zwei, zack zwei links. Wieder drückte ich den Alarm.

Rainer hatte in der Zwischenzeit das Brot aus dem Erwärmer geholt und Ketchup, Hamburgersauce und Gurken draufgetan.

«Auf zwölf?!», schrie er nach vorne.

«Sechs auf zwölf!», schrie ein Mädchen von vorne zurück.

Rainer packte bleiche Käsescheiben auf sechs Brote. Der Grillalarm gellte wieder, ich spachtelte meine Hamburger vom Grill und auf Rainers Brothälften drauf. Zwei, zwei, zwei – zwei, zwei, zwei. Rainer tat die oberen Brötchenhälften auf die Hamburger, die den Käse schon schmelzen ließen, und ging nach vorne, um sie einzupacken. Ich schleuderte währenddessen zwölf neue Patties auf den Grill (der Grill war übrigens gar kein Grill, sondern eine heiße Metallplatte; wir nannten die nur Grill).

«Watt sind Bumsmurmeln?», fragte Rainer unvermittelt, als er wieder nach hinten kam.

«Was?»

«Watt sind Bumsmurmeln?», wiederholte er, ohne mich anzusehen.

«Keine Ahnung», sagte ich. «Bumsmurmeln? Kenn ich nicht, nie von gehört. Sorry.»

Rainer pfiff leise vor sich hin. Machte er andauernd. Ich glaube, das war seine heimliche wahre Sprache, mit der er verschlüsselt viel schönere Sachen sagte.

Auf einmal pikte mir jemand von der Seite einen Zeigefinger in die Rippen. Es war Doris Klitoris (eigentlich nur Doris, glaube ich), eine übergewichtige, quallige Skinheadbraut, die mich mochte.

«Naa?», machte Doris grinsend.

«Hei», sagte ich.

«Hast ja wieder deine Docs an», sagte sie.

«Tja.»

Das war unser Ding miteinander: meine Docs. Mehr von ihrer Seite allerdings. Rote Vierzehnloch-Doc-Martens-Stiefel mit Stahlkappen hatte ich nämlich an – verrückterweise dieselben, die unser Schutzheiliger Ronald McDonald trug, der auch sonst ziemlich clockwork-orange-mäßig rüberkam und dem man nachts lieber nicht begegnen wollte. Rote Docs, aber was soll's. Jeder trug damals Docs. Docs oder so spitze Schnallenschuhe, mit denen wohl schon Marie Antoinette die Jakobiner in den Arsch getreten hatte. Doris Klitoris allerdings konnte sich über meine Docs nicht beruhigen.

Jedes Mal, wenn sie mich damit sah, ging's sofort: «Hey ho, ach was, wer hat denn da wieder seine Doc Martens an?» oder «Trägst ja immer noch deine Docs!» oder «Doktor Märtens Gesundheitsschuhe mit der Luftpolstersohle, hab ich recht oder hab ich nicht recht?» Immer mit so einer gewissen Mischung aus «Bist wohl'ne Faschosau wie ich» und «Du darfst die gar nicht anhaben, Jude» in der Stimme, aber irgendwie flirtend gemeint, vermutete ich.

Ich antwortete meist nur «jupp» und «yeah» und «So sieht's einfach mal aus». Meine wahren Gedanken teilte ich ihr nicht mit, weil ich ein bisschen Sorge hatte, wegen ihren Kumpels, die sie öfters mal im Store besuchen kamen. Stramme, grimmige Schlägerskins, wie man echt keine brauchte. Ich musste Doris bei der Stange halten, solange ich hier arbeitete, damit sie nicht aus unerwiderter Liebe diese Kampfköter auf mich hetzte. Also machte ich mit bei der Docs-Operette.

Jetzt gerade dachte ich allerdings schrägerweise: Warum nicht einfach mal mit Doris Klitoris das Wort Begierde buchstabieren, Alter? Hinten im Müllzerkleinerer-Raum, wo sie arbeitete? Warum zum Teufel nicht? Dünne linke Frauen hatten mir bisher kein Glück gebracht, warum nicht mal eine fette rechte? *Sie* schien mich wenigstens zu wollen, im krassen Gegensatz zu allen anderen. Irgendwelchen überkandidelten Schönheitsidealen oder politischen Korrektheiten entsprach sie vielleicht nicht, dafür war was dran nebenan. Aber ganz ohne Liebe? Konnte das gehen? Vielleicht ja gerade. Vielleicht wäre das ja supererotisch, mit einer zusammen zu sein, mit der man so überhaupt keine Gemeinsamkeiten hatte. Wütender Sex voller Abneigung.

Mein Penis, dieser irre Volltrottel, richtete sich auf bei der Vorstellung. Sogleich schämte ich mich in Grund und Boden. Woher kamen diese kranken Gedanken? Vom Fettgeruch? Drang der Fettdunst in unsere Zellen und veränderte sie? Wurden wir hier alle zu Tieren?

«Die Pille», scheuchte mich Rainer aus meinen Gedanken.

«Was?», fragte ich und sah ihn an.

«Die Pille», wiederholte er. «Die Pille, das sind Bumsmurmeln.»

Bei McDonald's in der Küche war immer entweder die Hölle los oder gar nichts. Wie im richtigen Leben, sag ich mal. Wenn die Hölle los war, klingelte, sirrte und surrte es die ganze Zeit. Wir waren chronisch unterbelegt, also musste man wie ein gestochener Stier ständig hin- und hersausen. Es gab ein halbes Dutzend Warntöne, die meist alle gleichzeitig losgellten und einander kakophonisch überlagerten; jeder hatte eine eigene Bedeutung: Patties wenden. Brot fertig. Chicken raus. Gurken gut. Royal. Pommes. McRib – du musstest die ganzen Töne blitzschnell unterscheiden können und sofort handeln, sonst brannte dir die gottlose Gülle zu dem zusammen, was man normalerweise bei McDonald's kriegt. Für mich klangen leider alle Töne gleich.

«Herr Nick, hören Sie nicht den Unterschied?», fragte mich mein Manager wieder und wieder. «Hören Sie doch mal genau hin. Sie müssen sich konzentrieren. Kommen Sie, setzen Sie sich, nehmen Sie meine Hand. Und jetzt hören Sie mal. Na?»

«Er hört es nicht», sagte Rainer. «Er kniet sich da nicht genug rein. Weil es ihm nichts bedeutet.» Dann drehte er sich weg und pfiff vor sich hin.

Wenn die Hölle los war und dir um die Ohren klingelte, war es schlimm. Schlimmer war es allerdings, wenn gar nichts los war. So wie jetzt.

Nichts.

Los.

«Ich geh mal Pommes aus'm Lager holen», sagte Rainer.

«Soll ich dir helfen?», fragte ich. Die Pommes-Kisten waren schwer, und lieber was tun als nichts tun in den Ruhephasen, das war der Kniff, der das Gehirn in einem guten Aggregatszustand verweilen ließ. Das ist übrigens überhaupt 'ne ganz gute Lebensmaxime und auch die Botschaft dieses Buches hier. Werdet ihr noch sehn.

«Schon okay.» Rainer winkte ab und verschwand im Lager. Kurze Zeit später kam er mit drei schweren Pommes-Kartons zur Küchenschwelle, ließ sie dort krachend fallen und wartete. Ich sah ihn an. Er kuckte auf seine rainermäßige Art durch mich durch und pfiff sich eins. Dann rauschte der Manager in die Küche. Sofort wuchtete Rainer alle drei Kisten auf einmal hoch, schleppte sie krummbeinig schnaufend über die Schwelle und motzte laut: «*Alles* muss man hier selber machen!»

«Herr Nick, helfen Sie Herr Rainer mit den Pommes», sagte der Manager. «Sie haben doch gerade nichts zu tun. Menschenskinder, Herr Nick, so geht das nicht!»

«Schon okay, schon okay, hab's schon», ächzte Rainer und knallte seine sinnlosen drei Kisten (eine hätte eh gereicht; ich kann euch hier nicht unser ganzes System erklären, darf ich, glaub ich, auch gar nicht, aber glaubt mir: Eine hätte erst mal gereicht) vor die Fritteuse auf den Ground. Als der Manager wieder weg war, haute Rainer mir freundschaftlich auf die Schultern und spendierte einen weiteren Witz aus der Bumsmurmelkiste.

Nach ein paar Stunden begann endlich Kollege Murat seine Schicht, und das hieß, wir konnten in die Pause gehen. Hier gab's immer das kleine Problem mit der Verpflegung.

Wir durften nämlich nicht – obwohl ihr das wahrscheinlich jetzt denkt – einfach so Hamburger essen, so wie der Zeitschriftenhändler sämtliche Comics lesen, die Solariumtante sich den ganzen Tag bräunen und der Bankier mit dem vielen Geld spielen kann. Nein. Wir mussten für alles, was wir aßen, bezahlen. Fünfzig Prozent zwar nur, aber das war immer noch zu teuer, bei dem Hungerlohn. Man hätte sich natürlich theoretisch auch Stullen mitbringen können, wie bei anderen Jobs, zu Hause geschmiert von liebender Hand, watt soll sein. Das Üble bei Mac (neben dem vielen Geilen) war aber leider, dass du süchtig wurdest nach dem Fraß. Die Gerüche machten das irgendwie, dieses ständige Fett. Fett, Fett, brutzel brutzel, komm zu mir, iss mich auf, versenke deine Zähne in meine unverschämt runde, mit prickelnden Sesamkörnern bepustelte Kehrseite, lass meinen Saft rausfließen, hast ja wieder deine Doc Martens an, du Sau, komm, gib's mir, steck mir deinen Horst Wessel rein, ich will sein Lied singen ... Oder so. Also süchtig nach dem Essen wurde man, meine ich. Man wollte dieses fettige triefende Zeug.

Darum brieten wir uns, wenn die Pause kam, heimlich einen Extraburger oder zwei und schmuggelten sie unter unseren Hüten am Chefzimmer vorbei hoch in den Pausenraum. Zu diesem Zweck setzte auch ich mir jetzt einen Hut auf.

«Na sehen Sie, Herr Nick, geht doch», lobte mich mein Manager, als ich so an seinem Zimmerchen vorbeikam.

«Auf jeden Fall», entgegnete ich.

«Der Herr Nick, der Herr Nick ... », sang er leise vor sich hin, wozu ich vorsichtig nickte.

Oben im Pausenraum hing schon Rainer und sah sich auf dem alten klapprigen Fernseher, den wir dort hatten, ein McDonald's-Schulungsvideo an. Ich setzte mich daneben, holte meinen Burger aus dem Hut und aß. Auf dem Bildschirm wurde gerade erklärt, wie viele Burger man braucht, um auf ihnen zum Mond und wieder zurück zu hüpfen. Oder dass es so viele sogar schon gab oder dass so viele täglich gebraten werden, keine Ahnung. Auf jeden Fall was mit vielen Burgern und dem Mond. Ein Zusammenhang wie zwischen schwacher Musik und Afrikahilfe – ein Zusammenhang, den du erst mal herstellen musst, aber wenn er dann da ist, ist er da.

«Heavy, wa, so viele Burger», eröffnete ich mit Rainer eine Konversation. Er sah mich kurz ausdruckslos an, schaute dann wieder zurück zu seinem Film und brummte: «Überhaupt nicht.»

«Ich mein ja nur, die schiere Zahl, wa. Wenn man sich's vorstellt. Das meinte ich ja nur.»

Rainer stieß Luft durch die Nase aus, wie um zu sagen: *Für dich ist das vielleicht eine schiere Zahl, Junior, aber für mich eben nicht. Für mich macht das alles total Sinn, denn ich bin in anderen Dimensionen zu Hause als du.*

Na ja. Schweigend kuckten wir zusammen weiter. Jetzt wurde die Geschichte vom Erfinder von McDonald's erzählt. Wie er in den fünfziger Jahren mal mit seinem Auto durch die Wüste gebraust war und dann aus Hungrigkeit bei einem Schnellimbiss gehalten hatte, der zum Glück gerade da war und der McDonald's hieß. Dort hatte er sich einen Hamburger bestellt und war beeindruckt gewesen, wie sauber der Imbiss war und wie schnell sie seinen Hamburger fertig hatten, und so entstand seine Geschäftsidee: schnelle Hamburger in sauberen Läden, die McDonald's heißen.

Ich fand, das war so, wie wenn ich die Idee hätte, mich Modern Talking zu nennen und dann Musik wie Modern Talking zu machen, und sagte das auch Rainer. Er antwortete nicht.

Die Worte Sauberkeit! und Schnelligkeit! flimmerten über den Bildschirm, wieder und wieder. Ich hatte Angst, hypnotisiert zu werden, und wollte auch Rainer davor bewahren, darum sagte ich: «Ein Scheiß, wa?»

«Mich interessiert das», erwiderte er gereizt. «Ich will mich hier informieren.»

«Aber das sind keine guten Informationen, Alter. Die kannst du für nichts gebrauchen später.»

Er grinste höhnisch. «Du hast ja keine Ahnung», sagte er. «Wenn ich meine Karten richtig ausspiele, bin ich bald Manager.»

Kaum hatte er das gesagt, breitete sich Entsetzen in seinem Gesicht aus. Was, wenn ich jetzt auch die Sauberkeit / Schnelligkeit-Information nutzen würde, um vor ihm Manager zu werden?

Schnell schaltete er den Videorecorder aus und versuchte mit einer Art Todesblick die letzte Minute aus meinem Gehirn zu löschen.

«Ach so? Da hätt ich ja keinen Bock drauf», sagte ich, um ihn zu beruhigen. Zufällig entsprach es aber auch der Wahrheit.

Von uns bis zum Manager waren es drei Schritte: Wir trugen lila Hüte. Wenn sich einer besonders hervortat, bekam er einen roten Hut – was erst mal gar nichts bedeutete, außer: ein roter Hut. Wenn man nun diesen roten Hut eine Zeitlang mit Ehre gefüllt hatte, konnte man Schichtführer werden, kriegte einen weißen Hut und 50 Pfennig mehr die Stunde. Als Schichtführer schnauzte man die anderen zusammen, war der härteste, motivierteste Hund von allen, bereit, für den Store zu sterben. Und wenn man das lange genug durchhielt, wurde man irgendwann zum Manager befördert. Der Manager hatte nun überhaupt keinen Hut mehr. Genau wie wir alle, bevor wir bei McDonald's angefangen hatten. Wo Rainer eine Treppe sah, sah ich einen Kreis. Rainer war seit fünf Jahren dabei und hatte noch nicht mal einen roten Hut. Er war 38 und wohnte noch bei seiner Mutter. Außerdem stotterte er. Ich lass ihn hier im Buch aber mal flüssig sprechen, das würde ihn freuen.

«Übrigens», sagte er und zeigte auf meinen fettgetränkten Hut, «das hier *läuft ab jetzt nicht mehr.*»

«Wovon zum Teufel redest du?»

«Heimlich Essen hochschmuggeln» – er pfiff ein paarmal – «läuft nicht mehr, die Schose.»

«Na doch.»

«Nee. Und wenn ich das noch mal sehe ... dann muss ich's melden.»

Ich war sprachlos. «Du würdest mich ans Messer liefern, Alter? Deinen Kollegen? Du selber brätst dir doch auch manchmal einen!»

Rainer schüttelte den Kopf und pfiff.

«Läuft nicht mehr», sagte er. «Vergiss es.»

«Was ziehst du hier eigentlich für 'ne bekloppte Nummer ab, Mann?», fragte ich.

«Ist keine Nummer, Nick, ist keine Nummer. Glaub nicht, das wär 'ne Nummer, hat mit 'ner Nummer nichts zu tun. Wenn ich so was noch mal sehe, dann meld ich's. Geht nicht anders.»

Na und, umso besser, dachte ich. Wenn er mich anschwärzte, flog ich vielleicht endlich raus, und das würde bedeuten: Nie mehr McDonald's, ein geiles Leben.

Die einzige Pause, die nie endet, ist die, wenn man stirbt, und so kam es, dass wir bald schon wieder runter in die Küche mussten, wo Murat allein vor sich hin schwitzte.

«Mach mal Brot», wies Rainer ihn an.

Murat ging wortlos zur Brotmaschine. Als Rainer außer Hörweite war, flüsterte er mir zu: «Der Arschficker. Ich töte ihn.»

«Lieber nicht, Murat», flüsterte ich zurück. «Dann bist du ein Mörder, dein ganzes Leben wird sich verändern. Nichts wird mehr sein wie vorher, und es wird kein Weg zurückführen, erspar dir diesen Trip.»

«Mir egal. Ich töte ihn. Glaubst du, ich bring das nicht? Dich töte ich auch.»

«Aber wieso mich, Murat? Ich hab doch gar nichts gemacht.»

«Ist mir egal. Traust du's mir nicht zu?»

«Doch, Mann, das ist ja keine Frage von Zutrauen. Einen Mord trau ich dem größten Idioten zu. Ich meinte nur – »

«Sagst du, ich bin ein Idiot?»

«Wenn du jemanden einfach so ermordest, ohne triftigen Grund, find ich schon, dass du dann so'n bisschen ein Idiot bist. Doch. Schon.»

«Du sagst, ich bin ein Idiot.»

«Ja.»
«Und was bist dann du?»
«Kein Idiot.»

Lotti kam mit ihrem Wischmopp in die Küche gerannt.

Ihre Brille funkelte, ihr Gesicht war dunkelrot, und die splissigen graugelben Haare standen wild ab.

«Die lachen über mich», keuchte sie. «Im Store. Lachen mich aus, ich geh da nicht mehr raus, nie mehr. Die bewerfen mich ja, und dann lachen sie! Wie'n Tier sind die zu mir.»

«Echt? Die Kunden?», sagte ich. «Arschlöcher!»

Lottis Aufgabe war es, «Lobby» zu machen, was bedeutete, draußen im Store die Tische abzuräumen, den Boden zu feudeln und die Klos zu säubern. Lotti hatte eine Hasenscharte, sie war dick und wohnte ebenfalls noch bei ihrer Mutter, obwohl sie schon um die fünfzig sein musste. Normalerweise wirkte sie immer etwas weggetreten, jetzt aber nicht.

«Das sind böse Menschen, gemeine Menschen sind das, die tun mir weh, die verhöhnen mich, und ich muss vor denen noch auf dem Boden kriechen. Wie'n Wurm muss ich da kriechen! Jesus weint!»

«Du musst doch nicht kriechen», wunderte ich mich.

«Und ob ich kriechen muss!», schrie sie. «Und ob! Wie soll ich denn sonst die Tischbeine wischen?! Ich kann mich ja nicht so bücken mit meinen Hüften, wie soll ich da sonst rankommen?! Wie denn sonst?! Ich muss mich auf den Boden legen. Und die bewerfen mich! Die spucken mich an! Jesus weint! Jesus weint!»

Der Manager kam aus seinem Zimmerchen.

«Frau Lotti, Sie haben im Küchenbereich nichts verloren. Begeben Sie sich an Ihren Arbeitsplatz!»

Sie fing an zu zittern.

«Herr Czewinski, wieso muss sie denn eigentlich die Tischbeine wischen?», fragte ich.

«Frau Lotti, wird's bald?»

Lotti umklammerte ihren Mopp wie eine Lanze und blickte wild um sich.

«Wenn sie sich dazu auf den Boden legen muss», gab ich zu bedenken, «das kann doch gar nicht richtig sein. Ist doch für keinen gut. Müssen diese Tischbeine denn überhaupt gewischt werden? Ich mein, ey, wer kuckt schon unter den Tisch, ehrlich gesagt, oder? Tja.»

«Herr Nick, kümmern Sie sich um Ihren eigenen Kokolores. Frau Lotti, nehmen Sie Ihren Wischmopp und gehn Sie zurück in die Lobby.»

«Neiiiin!», schrie Lotti. «Ich kann nicht mehr! Ich will nach Hause! Ich will sofort nach Hause! Und ob ich nach Hause will! Und ob!! Jesus weint! Das Jesuskind!!»

«Sie wurde da wohl auch bespuckt oder so», sagte ich.

«Frau Lotti, kommen Sie mit mir nach hinten», sagte der Manager. Lotti hob ihren Wischmopp an. Einen Moment sah es so aus, als würde sie sich wie ein Samurai mit dem Teil freikämpfen wollen, aber dann ließ sie ihn wieder in den Eimer runter, senkte den Blick und folgte dem Manager in sein Kabuff.

Nach einer Weile kam der Manager alleine zurück. Ich weiß, bestimmt war es nicht so, aber das sah für uns so aus, als hätte er Lotti aufgegessen.

«Herr Nick, Sie sind ab jetzt für Lobby eingeteilt», sagte er und schob Wischmopp und Eimer mit dem Fuß in meine Richtung.

«Na prima, nur noch zu zweit in der Küche, und der Türke hat's nicht drauf. Aber krieg ich schon hin, keine Sorge, muss ich halt alles alleine machen. Ist ja nicht das erste Mal!», rief Rainer und warf extrahart knallend eine Runde Patties auf den Grill.

«Ich töte ihn», raunte Murat mir zu, als ich rausging.

«Mach nich, Alter», sagte ich.

Draußen nahm ich meinen Mopp und wischelte eine unfrequentierte Ecke. Dabei hielt ich Ausschau nach den Typen, die Lotti so mies behandelt hatten, aber ich konnte sie nicht entdecken.

«Ey, räum mal ab!», rief ein feister Kunde. «Ich will mich hier hinsetzen, aber überall sind Tabletts. Kann ja wohl nicht so schwer sein, die wegzuräumen. Meine Güte!»

Ich griff nach den Tabletts, ließ es mir aber nicht nehmen, noch zu bemerken: «Da kann ich nichts für, meine Schicht hat gerade erst begonnen.»

«Na, dann musst du früher anfangen. Eine Sauerei ist das hier!»

«Ich kann ja erst anfangen, wenn ich eingeteilt werde.»

«Dann lass dich früher einteilen, mein Gott, so blöd kann man doch gar nicht sein. Halt! Hier liegt noch ein Strohhalm. Das gibt's doch nicht. Mann, Mann, Mann!»

«Entschuldigung», sprach mich ein Typ im Rollkragenpullover von der Seite an.

«Ja?»

«Ich wollte fragen, haben Sie schon den neuen McBeth?»

Sein Freund, der mit ihm am Tisch saß, begann zu lachen.

«McBeth? Nee», antwortete ich. «Meinen Sie vielleicht den McRib? Der ist ziemlich neu. Also einigermaßen neu, nicht richtig neu … aber McBeth, tut mir leid, hab ich nichts von gehört.»

«Wirklich nicht? Kein McBeth?» Der Rollkragentyp lächelte, während sein Freund noch heftiger lachte. Diese Typen waren wenigstens gut drauf. Sympathisch.

«Sorry. Kommt vielleicht noch», sagte ich, brachte die Tabletts weg und machte mich dann an die Toiletten.

Die Mac-Toiletten waren innen futuristisch neonblau ausgeleuchtet, damit die Junkies dort ihre Venen nicht sehen konnten. Leider konnten die Junkies wohl auch sonst nichts sehen, denn es wurde fröhlich hier- und dorthin gestrieselt. Schockierenderweise war es bei den Frauen sogar fast ekliger als bei den Männern. Alle möglichen blutigen Wattewülste musste man aus den Becken fischen, die Klobrillen waren permanent zugepisst. Bei den Männern wenigstens nur der Boden. Toilettensäubern war nicht der Hit.

Bei den Männern feudelte ich flink alles durch, ohne wahre Liebe zum Detail. Dann ging ich zu den Frauen.

Dort erwartete mich das Unvorstellbare.

Ich roch es, bevor ich es sah, und *was* ich dann sah, ließ mich zusammenzucken. Es war … es war auf eine sinistre Weise fast schon wieder brillant. Hier hatte sich jemand mal richtig ausgetobt und dabei einen Haufen Gesetze des zivilisierten Zusammenlebens mit großer Geste beiseite gewischt.

Möglicherweise war es auch eine Art Hilferuf. Kam bei mir aber nicht an. Ich ging rückwärts wieder aus der Toilette raus – steifbeinig, zielstrebig, härtere Linien um die Mundwinkel (so ist wahrscheinlich auch Clint Eastwoods Gesicht entstanden) – und versuchte, das Bild schnell wieder zu vergessen.

Ich ging nicht wieder auf die Toilette zurück, sondern wischte stattdessen im Store Nichtigkeiten von hier nach dort, stapelte Tabletts und raschelte mit den Strohhalmen. Es war heiß in dieser Nacht. Nach und nach stank es immer mehr in den Store hinein. Leute setzten sich um. Frauen, die aus der Toilette kamen, blickten wirr um sich. Dann ging eine zum Tresen und redete auf die Blondinen dort ein, die daraufhin den Manager holten. Aus den Augenwinkeln beobachtete ich, wie die Kundin ihm nun eine lange, offenbar von Höhe- und Tiefpunkten durchzogene Leidensgeschichte erzählte. Er hörte mit ernstem Gesicht zu. Dann antwortete er der Frau. Und dann kam er zu mir.

Ich machte weiter meine Sachen, die ich machte, bis er neben mir stand.

«Herr Nick, auf der Damentoilette – »

«Ich weiß. Aber ich kann da nichts machen.»

«Herr Nick, Sie sind für Lobby eingeteilt. Holen Sie sich Hilfe, wenn Sie wollen, aber führen Sie Ihre Arbeit aus.»

«Tut mir leid. Ich kann nicht.»

«Herr Nick, einer muss es tun.»

«Aber nicht ich.»

«Doch, Herr Nick, es ist Ihre Aufgabe. Holen Sie sich meinetwegen Unterstützung, fragen Sie einen Kollegen, aber diese Arbeit muss ausgeführt werden.»

Er ging wieder in die Küche. Ich blieb in der Lobby zurück, mit meinem Wischmopp und dem Eimer. Blicke ruhten auf mir. Ich kontrollierte, ob noch genug Servietten im Serviettenspender waren, wischte über die Spiegel, checkte die Mülleimer und dachte über mein Leben nach. Ich malte zu wenig. Für einen Maler viel zu wenig. Und meine Bilder waren zu klein. Nach der Arbeit würde ich gleich mal ein Riesenbild in Angriff nehmen. Bloß worauf sollte ich es malen? Ich könnte eine Tür aushängen, die Klinke mit einer Metallsäge absägen, dann hätte ich doch was. Die Türen bei uns zu Hause waren natürlich so altbaumäßig kitschig verschnitzt, lauter Rahmen um nichts und wieder nichts herum. Eine Neubautür musste ich ergattern. Ach, oder ich lass das ganz mit dem Malen, was soll's. Picasso war schon mit zwölf besser, als ich je sein würde, und van Gogh hatte sich ein Ohr abgeschnitten. Alles, was ich hätte machen können, hatten andere schon viel besser gemacht. Was war ich für eine sinnlose Figur. Die sinnloseste Figur des Universums.

Da kam mein Manager schon wieder.

«Herr Nick, haben Sie getan, was wir besprochen hatten?»

«Nein. Tut mir leid.»

«Habe ich mich nicht klar genug ausgedrückt?» Der Manager baute sich vor mir auf. Er war größer und breiter als ich. Sein Blick wurde hart. «Machen Sie's jetzt einfach. Wir haben hier alle unsere Aufgaben, und das ist Ihre.»

Ich kuckte auf den Boden. «Ich kann nicht», sagte ich.

«Gehn Sie jetzt da rein. Wenn Sie sich weigern, sind Sie entlassen.»

«Dann wird es so sein.»

«Herr Nick, Ihre letzte Chance.»

«Es tut mir leid. Ich kann nicht.»

«Mein Gott, Junge, was sind Sie für 'ne Mimose. Okay, dann beauftragen Sie einen Ihrer Kollegen.»

«Was?»

«Beauftragen Sie jemand anderen, wenn Sie sich zu fein sind. Holen Sie sich 'nen weißen Hut von oben, Sie sind ab jetzt Schichtführer, herzlichen Glückwunsch. Wenn die Leute sich weigern, Ihren Anweisungen zu folgen, berufen Sie sich auf mich.»

Jetzt war ich auch noch befördert worden. Aber das konnte ich Rainer nicht antun, so einfach an ihm vorbeizusegeln. Also sagte ich: «Das kann ich auch nicht machen, sorry.»

«Herr Nick, was können Sie überhaupt?», fragte mein Manager, blickte angewidert auf mich herab, drehte sich um und ließ mich stehen.

Nach einer Weile kam er wieder zurück. Mit Rainer.

«Herr Nick, zeigen Sie Herrn Rainer, was zu tun ist, und dann schicken Sie ihn mir schleunigst wieder in die Küche zurück. Ich hab zu wenig Leute da hinten.»

Ich nahm Rainer mit auf die Damentoilette und zeigte ihm die Bescherung. Er wurde grau im Gesicht.

«DU musst das wegmachen!», rief er. «Ich bin für Küche eingeteilt, du bist Lobby!»

«Ich werd's nicht wegmachen», sagte ich. «Ich mach's nicht weg, und du machst es auch nicht weg. Das ist zu heavy, dafür zahlen sie uns nicht genug. Wenn wir zusammenhalten – komm, wolln wir wieder rausgehn? –, wenn wir zusammenhalten und uns beide weigern, können sie uns nix.»

«Du musst es machen», sagte Rainer.

«Niemand muss das machen», sagte ich, «verstehst du nicht? Das ist nicht unser fucking Job. Sie können uns nicht zwingen. Wir sagen noch den anderen, dass sie's auch nicht machen sollen. Wir müssen zusammenhalten.»

Ich ließ Rainer stehen und ging in die Küche, wo Murat gerade zwölf Hamburger verkohlen ließ.

«Murat, wenn der Manager zu dir sagt, du sollst die Damentoilette sauber machen, weigerst du dich. Wir andern machen's auch nicht.»

«Ich töte den Hurensohn sowieso», antwortete er, ohne die Patties zu wenden

«Nein, lass ihn leben. Durch einen Mord schadest du am allermeisten dir selbst. Weiger dich bloß wegen der Damentoilette, das reicht.»

«Hey, Doc-Martens-Boy.» Doris pikste mir in die Seite. Für eine so voluminöse Person konnte sie ganz schön plötzlich aus dem Nichts auftauchen. Geheimnisvoll. Magic. Vielleicht war sie doch die Frau für mich?

«Ey, Bimbo, deine Hamburger verbrennen», sagte sie zu Murat. Vielleicht doch nicht.

«Was willst du, Nutte, ich fick dich.»

«Pass auf, was du sagst, Mongo.»

«Nicht streiten, Leute», sagte ich. «Doris, du musst dich unbedingt weigern, die Damentoilette sauber zu machen, wenn der Manager dich fragt. Wir haben uns vorgenommen, dass wir's alle nicht tun, weil das zu übel ist für unser weniges Geld.»

«Wichst deine Docs auch mit schwarzer Schuhcreme, wa?», sagte Doris. «Schön, schön.»

«Hast du verstanden, was ich gerade gesagt hab, von wegen Damentoilette und so?»

Doris grinste, trat mit ihrem rechten Stiefel spielerisch gegen meinen linken, leckte sich die Lippen und nickte. Trotzdem hatte ich das Gefühl, sie kapiert's nicht. Denkt die ganze Zeit immer nur Docs Docs Docs. Sie erkennt die Gefahr nicht, ich muss sie von der Damentoilette fernhalten, am besten mittels Geschlechtsverkehr. Vielleicht sollte ich sie sanft bei der Hand nehmen und in den Müllzerkleinerer-Raum führen. Und dort: zack. Geschlechtsverkehr. Ohne Liebe und ohne Moral. Schlechtsverkehr. Hoppla, was drifteten meine Gedanken da schon wieder in gottlose Gefilde? Das war nicht gut. Schnell an was Ungeiles denken. Zum Glück fiel mir gleich was ein.

«Also, alles klar hier, wa? Ihr wisst, wie ihr euch verhalten müsst. Ich kuck noch mal nach Rainer, weil bei ihm muss man auf alles gefasst sein.»

Rainer war nicht mehr, wo ich ihn zurückgelassen hatte, dafür stand der Manager dort.

«Herr Nick, zurück in die Küche. Sie sind nicht mehr für Lobby eingeteilt.»

Damit drehte er sich um und ging wieder in sein Kabuff.

Ich schlich mich auf die Damentoilette. Rainer stand vor der Kloschüssel wie ein Priester vorm Altar.

«Mach's nich, Alter!», rief ich.

Wütend drehte er sich zu mir um und fauchte irgendwas, was ich nicht verstand, weil er einen Mundschutz trug. Und ja eh, wie gesagt, eigentlich ziemlich stotterte.

«Mach's nicht», sagte ich, «Sie geben dir diesen Mundschutz, aber das ist ein Trick. Es ist und bleibt ein zu harter Job. Wir müssen zusammenhalten. Wir sitzen alle in einem Boot. Solln sie doch eine Spezialreinigungstruppe kommen lassen. Für so was gibt's Spezialreinigungstruppen.» Ich ruderte mit den Armen. «Ich meine: Wie willst du das denn überhaupt wegmachen? Mit dem Wischmopp? Wir haben doch gar nicht die richtige Ausrüstung für so was.»

Rainer fluchte in seinen Mundschutz, nahm den Wischmopp und steckte ihn in das Unvorstellbare.

«Und jetzt?», rief ich. «Jetzt musst du hundertmal das Kackwasser wechseln und den Mopp ausspülen. Sieh's doch mal ein, das ist alles viel zu hart! Hör auf, noch kannst du! Wir stehn alle hinter dir, Murat, Doris, ich hab mit allen geredet, und sie finden genau wie ich –»

Kennt ihr das, Leser? Manchmal ahnt man Ereignisse voraus. Das ist mir schon oft passiert, aber nie hat es mir mehr geholfen als an dem Tag. Ich sah Rainers kackigen Wischmopp auf meinen Kopf niedersausen, bevor er es tat. Ich schwöre es, ich sah das und schnellte aus der Kabine. Er verfehlte mich um Haaresbreite.

«Wir müssen zusammenhalten. Gemeinsam sind wir stark», gab ich ein letztes Mal zu bedenken. Dann ging ich in die Küche zurück.

Dort fing gerade Eugen seine Schicht an.

«Gestern hab ich wieder in 'nem Porno mitgemacht», begrüßte er mich grinsend.

Irgendwie machte Eugen dauernd in Pornos mit.

«Echt?», fragte ich.

Er nickte.

«Mit geilen Weibern. Schön feucht. Und gut gelutscht haben sie mir einen.»

Er führte eine bedrückend authentische Blaspantomime vor.

Eugen hatte etwas Schmieriges an sich, da will ich nicht um den heißen Brei herumreden, aber er war immer gut drauf und schien mit beiden Beinen im Leben zu stehen. Ich mochte ihn.

«Was ist denn eigentlich, wenn du da zu früh kommst oder so?», erkundigte ich mich.

Diese Frage schien er nicht zu verstehen.

«Ich meine», erklärte ich, froh, mal über was anderes reden zu können als über das Unvorstellbare auf der Damentoilette, «ich mein, da sind doch lauter Kameras auf einen gerichtet und Leute mit im Raum. Kann's da nicht mal passieren, dass man da aus Nervosität zu früh ...»

Eugen schien schon das Konzept des *Zufrühkommens* nicht zu kapieren.

«Oder zu spät», sagte ich. «Ich mein, ist das nicht manchmal schwierig, wenn ...»

«Kuck mal», unterbrach er mein Geseier, öffnete die Tür zur Lobby und zeigte auf zwei Mädchen, die dort an einem Tisch saßen und in ihre Burger bissen.

«Siehst du die Rechte? Die ist eng.»

«Ach so?»

«Todsicher.»

«Und ... ach so? Und was ist ... mit der anderen? Also ...»

Er kniff die Augen zusammen, spitzte die Lippen und

rieb Zeigefinger und Daumen seiner rechten Hand gegeneinander.

«Weit», sagte er dann träumerisch.

Eugen konnte die Beschaffenheit weiblicher Geschlechtsorgane durch die Kleidung hindurch erkennen. Er war magisch. Magisch wär ich auch gerne gewesen, allerdings hätte ich dann vielleicht lieber eine andere Fähigkeit gehabt.

«Wie machst du das bloß?», fragte ich.

Er schaute lächelnd in die Neonlampe über uns und ließ seine weichlichen Hüften kreisen. Zur Melodie von «Private Dancer». Das war das einzige Lied, das bei uns im Store lief.

In einer Endlosschleife (ein Wort, das wir damals noch nicht hatten, weiß nicht mehr, wie wir das nannten. *Immer wieder dasselbe* vielleicht). Vor allem: Es war nicht einmal «Private Dancer» von Tina Turner, was schlimm genug gewesen wäre. Unsere Version klang noch übler, und sie war ein Drittel langsamer als das Original. Eine spezielle McDonald's-Kassette. Der Manager hatte sie mir mal stolz gezeigt.

«Kriegen Sie nirgendwo zu kaufen, Herr Nick.»

«Ja, schade.»

«Trösten Sie sich. Sie können es ja hier hören.»

Und das taten wir. Private Dancer. I'm your praaaaaaaaaaaaaaivittt Daaaaaaaaaaaaaaaaaaaaansssa ... a dancer foooooor maonnnnnnnnnnnäyyyyyy» – – – wir schwankten ständig zwischen Durchdrehen und Mitsummen. Gerade wenn man dachte, man würde es nicht mehr aushalten, synchronisierte sich der Körper mit dem downgetempotem Dreck und man *wurde* zum Private Dancer.

So wie Eugen gerade. Seine Pupillen rollten nach hinten, man sah fast nur noch das Weiße.

Dazu vollführte er leichte Koitusbewegungen in alle Richtungen. Dieser Sexteufel. Neidvoll drehte ich mich weg.

«Ich hab dir das hier aufgenommen», sagte er plötzlich, zog eine Kassette aus seiner Uniformtasche und hielt sie mir hin: «Fickmusik.»

Siehste: Fickmusik. Hatte nicht mal gewusst, dass es so was überhaupt gab. Aber jetzt besaß ich welche, dank Eugen. Es war ein erster Schritt. Ich entschied für mich, dass Eugen vielleicht manchmal ein bisschen stresste, vielleicht sogar ein bisschen übertrieb, aber das Herz auf dem rechten Fleck hatte. Ich jedenfalls brauchte ihn noch, denn ich hatte noch viel zu lernen.

Als ich endlich Feierabend hatte, war es draußen schon hell. Jetzt müsste man aufstehen, dachte ich wie immer, wenn ich von der Nachtschicht oder aus der Disco kam. Dieser frühe Morgen. Den müsste man mal frisch und munter erleben, das wär doch der Wahnwitz. Plötzlich löste sich ein Schatten von der Wand. Ein großer Schatten. Ich zuckte zusammen und machte einen Schritt rückwärts.

«Nikolaus», sagte eine gepresste Stimme. Es war Lotti. In ihren normalen Klamotten sah sie noch geistesgestörter aus als in Uniform.

«Du kannst ruhig Nick zu mir sagen wie alle andern auch», sagte ich.

«Ich hab auf dich gewartet. Weil, ich muss dir was sagen.»

«Du hast die ganze Zeit gewartet?»

«Halt dich fern von Rainer!»

«Okay.»

«Was Rainer macht, gefällt dem Jesuskind nicht. Ich weiß das. Rainer ist ein großer Sünder. Er ist schlecht.»

«Was hat er denn gemacht?»

Lotti schüttelte den Kopf.

«Du darfst ihm nicht trauen», sagte sie. «Er wird zu dir kommen und dich unter einem Vorwand weglocken, und dann wird er etwas Böses tun. Du darfst niemals mit ihm irgendwohin gehen, Nikolaus. Er ist der Teufel.»

«Ja, stimmt schon. Keine Sorge, mach ich nicht.»

«Jesus weint.»

«Muss er nicht.»

«Du hast ein gutes Herz», sagte sie. «Aber du bist blind. Du musst *sehen*, Nikolaus!»

«Niemand außer dem Nikolaus heißt Nikolaus, Lotti, sag doch einfach …»

Auf einmal griff sie mit ihren fleischigen Pranken meinen Kopf von beiden Seiten und legte mir die Daumen auf die Augen. Gleich drückt sie zu und ich bin blind, dachte ich panisch und spürte in ihren Händen die grenzenlose Kraft des Irrsinns. Genauso schnell nahm sie die Finger aber wieder fort.

«Gebenedeit seist du, Maria», murmelte sie.

«Muss leider los, mach's gut.»

«Ave. Ave, schütze die Lämmer und richte die Sünder mit flammendem Schwert.»

«Auf jeden Fall.»

«Nimm das hier», sagte sie und reichte mir ein handliches Heft. Vorne drauf war Gott oder Jesus. Der mit den langen Haaren. Natürlich eine Zeichnung, kein Foto, man wusste ja nicht genau, ob es diese Brüder wirklich gab. Irgendwie mit Kohle war das, glaub ich, gezeichnet. Ziemlich gut. So würde ich das selber nie hinkriegen. Dreck.

«Danke», sagte ich zu Lotti und haute ihr auf die Schulter, als wäre sie mein bester Kumpel. Das Heft steckte ich in meine Jackentasche. Für später oder vielleicht sogar für nie.

3

mein alter freund Burner und ich kochten uns ein ehrliches Ei, und mit dem fuhren wir ins Linientreu. Das war der Tanztempel unseres Vertrauens. Es gab dort Frauen, Nebel, zwanzig verschiedene Musikstücke sowie einen grünen, glücklicherweise untödlichen Laserstrahl.

Den blöden Eintritt zahlte immer nur einer, der ließ sich dafür von dem Türsteher einen handbrechenden Stempel verpassen. Der andere rollte den Stempel dann mit dem Ei ab und übertrug ihn auf seine eigene Hand.

Weil die Eirollaktion schnell gehen musste, erledigten wir das immer mehr oder weniger direkt vor den Augen des Türstehers. Aber der sagte nie was. Vielleicht war er der einzige unintelligente Türsteher in der Geschichte der Berliner Nacht, vielleicht schwieg er aber auch bloß, weil dort im Linientreu generell nicht so viel gesagt wurde, und er repräsentierte ja den Laden, da durfte er jetzt nicht plaudern wie ein munterer Bach. Alle, die wir kannten, wandten den Ei-Trick an, es war ein Gentlemanvergehen.

Ins Linientreu gingen die Leute, die sich was in die Haare machten. Das waren unsere Leute.

Wir machten uns was in die Haare, und dann machten wir

die Haare hoch, aber wir waren jetzt nicht «New Wave» oder so was. Irgendwie waren wir allerdings auch nicht NICHT New Wave. Keine Ahnung. Punk war ja vorbei, und was anderes kam irgendwie nicht.

Wir waren die mit was in den Haaren.

Für die ohne was in den Haaren, oder die «Normalen», wie wir sie nannten, gab es andere Läden. «Sugarshake» oder «Roxy Royal» hießen diese Läden. «Snoopydoopy», «Eden», «Flipper», «Mama Santana» – was weiß ich. Die armen Normalen schienen überhaupt kein Konzept von den achtziger Jahren zu haben, in denen sie doch genauso leben mussten wie wir. Mit Schnurrbärten, Stirnbändern, bauchfreien Jeansjacken und rosa Karottenhosen hantierten sie herum. Hilflos. Sie hatten vermutlich schon eine Ahnung davon, dass die Siebziger vorbei waren, aber das Einzige, was ihnen zu diesem neuen Jahrzehnt einzufallen schien, war: «Kann man eh nicht verstehn, scheint aber irgendwie verrückt und unnormal zu sein, also warum sich nicht gleich zu einem rosahellblauen Irrwitz stilisieren und einfach mal abwarten?»

Die Frauen der Normalen sahen zwar nicht so krank aus wie unsere, dafür verspachtelten sie ihre Schönheit unter Tonnen von braunem bröckeligen Kitt. Und ihre Haare bürsteten sie in Grund und Boden. Wahrscheinlich hatten sie da sogar auch irgendwie was drin, aber das konnte nichts Gutes sein. Die Haare kamen irre fitzelig und versplisst rüber. Und Schulterpolster trugen sie gerne, die normalen Frauen. Marilyn Monroe hatte sich damals die Brüste gepolstert, sie polsterten sich die Schultern. War ja so ähnlich, dachten sie wohl, war ja in der Nähe. Polster is Polster – Leute, watt wollster.

Toleranterweise hätte ich durchaus auch eine von den Normalinnen zur Freundin genommen und ihr dann sanft und in gut verdaubaren Lektionen ihre ganzen Fehler aufgezeigt. Man würde so eine gesund aussehende Freundin haben und gleichzeitig noch was Gutes tun.

Hier im Linientreu waren jetzt aber natürlich gar keine Normalen. Nur coole Frauen. Szenefrauen. Alle bleich, alle mit den richtigen Klamotten und vor allem: den richtigen Schuhen an. Ein Teil waren Rockabillymädchen, die waren – wie die Bezeichnung schon verriet – für die Rockabillyherren. Bei den Skins standen auch immer mal wieder zwei, drei Frauen, die konnten sie gerne behalten. Die Frauen, die Burner und mich begeisterten, waren die Neuen Romantikerinnen. Diese Frauen waren schön, dramatisch und geheimnisvoll. Man hatte bloß immer ein bisschen das Gefühl, dass sie sich selber schon genug waren und keine Jungs wie uns brauchten.

Sie starrten durch uns durch. Durch alles starrten sie hindurch. Nie blieben ihre Blicke mal an irgendwas hängen. Höchstens am Boden, wenn sie tanzten, den Boden mochten sie. Vielleicht versuchten sie aber auch, durch ihn hindurchzustarren, und man kriegte es nur nicht mit.

Anscheinend war das nun die Neue Romantik: die Welt durchstarren.

Die einzig uncoolen Leute im Linientreu waren Hippies, die ein kindischer Wind ab und zu hereinwehte. Lächelnd und mit ausgebreiteten Armen tänzelten sie umher, sie sahen nicht das Dunkel, nicht den bodenlosen Hass und die todestiefe Verachtung, die ihnen von allen Seiten entgegenschlug. Die Hippies sahen immer nur sich selbst – sie lebten in einer

Welt aus «hippie». «Hippie», dachten sie mit Sicherheit, wenn die Skins ihren Brachialpogo tanzten, und die imaginäre Linie, auf der die New Romantics, vor- und zurückgehend, ihren samtschwarzen Gott Luzifer beschworen, war ihnen genauso «hippie» wie Burner und ich mit unserem Zeug in den Haaren. Die Hippies waren nicht cool, aber sie waren kalt. Weil alles, was nicht Hippie war, sie kaltließ. Und das war viel grauenhafter als die Coolness der anderen, wenn man mal drüber nachdachte.

Die Coolness der anderen. So könnte dieses Buch heißen, davon könnte es handeln. (Macht euch keine Sorgen, es *kommt* noch eine Handlung. Muss doch erst mal die Szenerie beschreiben und so, aber dann geht's voll ab, versprochen. Es wird auch Sex geben.) Die coolen anderen – die meiste Zeit standen sie in ihren jeweiligen Gruppen um die Tanzfläche herum und beobachteten verächtlich die Tänzer. Gerne tanzte auch einer mal am Rand vor seiner Gruppe verarschend hin und her, um zu zeigen, wie doof Tanzen ist. Letztlich tanzten aber doch alle irgendwann. Allerdings nur, wenn *ihr* Stück kam. Auf dieses Stück warteten sie. Die New Romantics warteten auf The Cure, die Rockabillys und Skins auf Peter And The Test Tube Babies. Wenn dann ihr Stück kam, glitten oder sprangen sie in die Manege und tanzten es professionell durch. Dann gingen sie wieder zurück an ihren Standplatz. Niemand verzog eine Miene. Niemand kritisierte, dass Nacht für Nacht immer nur dieselben zwanzig Lieder gespielt wurden – niemand schien es anders zu wollen.

Alles war genormt, geformt und wie es zu sein hatte. Warten, Tanzen, Warten, Tanzen.

«Wait, dance, wait, dance» – so hätte auch ein Linientreu-Song heißen können.

Zwischen den verschiedenen Gruppen fand kein wie auch immer gearteter Austausch statt. Es gab allerdings einen Vietnamesen, der manchmal Rockabilly war und manchmal Neuer Romantiker. Vielleicht gab es aber auch zwei Vietnamesen.

Auf der Fahrt hin freuten Burner und ich uns immer sehr aufs Linientreu. Wenn wir aber erst mal drin waren und mit verschränkten Armen stundenlang auf die Tanzfläche starrten, wussten wir auf einmal nicht mehr, was daran eigentlich so gut sein sollte. Im Nachtbus nach Hause kam uns dann später die ganze Aktion noch fragwürdiger vor. Trotzdem gingen wir immer wieder hin. Als hätten wir einen Auftrag zu erfüllen.

Vielleicht ahnten wir, dass die Leute dort insgeheim einen Ausweg aus ihrer Verkniffenheit suchten. Es musste ja irgendwie weitergehen. Wir konnten nicht alle ewig cool bleiben – niemand würde niemanden kennenlernen, und die menschliche Rasse würde aussterben. Oder – schlimmer – irgendwann nur noch aus Hippies und Normalen bestehen.

Wir versuchten, die Stimmung zu lockern, wo wir nur konnten. Wenn die Neuen Romantiker auf ihrer ausgedachten Linie (die dem Laden vermutlich seinen Namen gegeben hatte) vor- und zurücktaumelten, gingen wir ihnen hinterher. Wenn die Rockabillys rumhüpften, setzten wir uns im Schneidersitz mitten auf die Tanzfläche. Die Skinheads ließen wir in Ruhe – vielleicht ein Fehler. Vielleicht aber auch keiner.

Unsere Ironie hing schwer im Raum, sie machte uns zu

etwas Besonderem. Sie zeigte der Welt, dass *wir* gecheckt hatten, wie falsch das alles war: diese ganzen bescheuerten Achtziger, die Jugend, die Normen. Die blöden zwanzig Lieder, die nie mal zu einundzwanzig wurden. Bestimmt gab es ein paar Mädchen, die ebenso dachten, und für die standen wir als Anlaufstelle bereit. Sie würden kommen. Eines Tages würden sie kommen, unsere Mädchen, die genauso ironisch und abgegessen waren wie wir. Und schön. Bildschön. Sie mussten sich ja in irgendeinem Aspekt auch von uns unterscheiden.

In dieser Nacht kamen sie noch nicht. Dafür trafen wir Marky Thummerer. Er saß an einem Tisch und aß sein Bierglas. Vor unseren Augen biss er ein Stück nach dem anderen davon ab und kaute knirschend darauf herum.

«Burner und Nick», sagte er zwischen zwei Bissen. Wir nickten.

«Wir müssen so werden wie Marky», sagte ich zu Burner, als wir um vier den Laden wieder verließen.

«So sieht's leider mal aus», stimmte Burner mir zu.

Der Nachtbus kam wie immer erst mal nicht.

Als er dann endlich doch kam, setzten wir uns im Obergeschoss nach vorne. Panoramamäßiger würde unser Leben nicht mehr werden.

«Nicki, steckst du dir auch manchmal Sachen in den Po?», fragte Burner nach einer Weile.

«Irgendwie nicht.»

«Musst du mal bringen. Muss man ab und zu auch mal bringen.»

«Auf jeden Fall.»

«Du nimmst die gute Nivea, cremst damit dein Poloch, und dann steckste dir was Schönes rein.»

«Tja.»

Ich war nicht überzeugt. Außerdem war ich müde. Ich machte die Augen zu und schlief ein.

4

zu hause, in meinem zimmer auf dem Bett liegend, hörte ich mir die Fickmusik von Eugen an: ein einziges bildungsfernes Gestöhne zu dumpfen Disco-Beats. Ich versuchte zu verstehen, was daran gut war. Wenn ich die Fickmusik dechiffriert hatte, würde sich vielleicht auch mal mein Liebesleben verbessern. Irgendwas machte ich da doch falsch, und zwar schon ziemlich lange.

«Ich hab die neue Jeff Beck!», rief mein Mitbewohner Rocky, der gerade zur Tür reingekommen war.

«Hey», sagte ich.

Rocky stürzte in sein Zimmer, legte die Platte auf und fing an, dazu herumzutanzen. Wums machten die Dielen. Dinge fielen vom Regal. Rocky war schon über dreißig. Er hatte diese kranke verzweifelte Lebensfreude der Alten, die man anscheinend kriegte, wenn das richtige Leben vorbei war.

«Starke Scheibe!», rief Rocky. «Saustarke Scheibe!»

Na gut, da wird er jetzt wohl 'ne Weile mit beschäftigt sein, dachte ich, prima Gelegenheit zum Onanieren. Ich packte meine zerfledderten Hustlers unter den Pulli und machte mich auf den Weg zum Klo.

Aber kaum war ich aus meinem Zimmer, schnellte Rocky unerwartet wie ein baumstammdicker Pfeil aus seiner Tür, packte mich und zerrte mich zu sich rein.

«Hör dir das Solo an!», rief er. Und ich hörte. Wie immer, wenn einer «Hör mal» oder «Hör mal jetzt, gleich kommt's» sagt, kuckte ich mir dabei wie der größte Idiot der Welt den Plattenspieler an, und ebenfalls wie immer dachte ich: Warum kuckst du da hin? Wa-rum zum Teufel kuckst du da hin?

«Jeff Beck ist der Hammer!», sagte Rocky und schüttelte enthemmt den Kopf. Die Enthemmtheit der lebenden Leichen hatte er auf seiner Seite.

«Jeff Beck muss weg», sagte ich und machte mich wieder auf den Weg zum Klo. Was ich mir mal vorgenommen hatte, wollte ich auch verwirklichen. So war ich.

«Warte noch kurz», rief Rocky. «Jetzt kommt die beste Stelle!»

Er packte mich an der Schulter, und dabei rutschte mir ein Hustlerheft unterm Pulli hervor und klatschte schwer und glossy auf den Boden.

«Höäh?», machte Rocky. «Was ist denn das?»

«Beste Stelle, würdest du sagen?», fragte ich. «Die jetzt hier? Oder was?»

Aber Rocky ließ sich nicht ablenken. Mit gerunzelter Stirn hob er das Heft auf.

«Hustler!», rief er und lachte. Dann sah er zu mir. «Und unterm Pulli hast du noch mehr.»

Ich holte die anderen Hefte auch raus. «Wollt ich grade wegschmeißen», sagte ich.

«Wieso versteckst du sie dann unterm Pulli?»

«Hä, ich versteck hier gar nichts, wach mal auf, Alter. Ich hatte die schon unterm Arm, und dann hab ich den Pulli drübergezogen, und dadurch waren sie dann drunter, und ich hab gedacht, ist ja egal, drunter oder drüber, ich schmeiß sie ja eh weg. Ist das hier ein Verhör?»

«Warum willst du die denn wegschmeißen? Sind doch geile Teile!», sagte Rocky und blätterte freudig. «Kuck mal hier, die: Uwaooo!»

Ich wollte mir nicht mit Rocky zusammen meine Hustlergirls ankucken. Jede kannte ich ja mit Vor- und Zunamen, über jede Einzelne hatte ich mir schon Gedanken gemacht. Etwa über Shanon, die meinte, das Letzte, was sie brauche, sei ein Mann, der morgens nach dem Aufstehen besser aussehe als sie, oder Jane, die ältere Männer mit Humor bevorzugte. Das fanden übrigens alle gut: Humor. Humor, Alter und schlechtes Aussehen – zwei von drei Punkten hatte ich also immerhin schon.

«So was schmeißt man doch nicht weg!», sagte Rocky, und natürlich antwortete ich: «Wenn du willst, kannst du sie haben. Ich brauch sie nicht mehr. Brauch sie nicht. Also – ich hab sie ausgelesen.»

«Hoho, na, ehe du sie wegschmeißt!» Rocky griff sich den Stapel und verzog sich damit direkt aufs Klo. Jeff dudelte weiter. Es war ein guter Moment, die Wohnung zu verlassen.

In dieser Nacht beschloss ich, endlich mal wieder Kunst zu machen. Ich hockte mich an meinen Schreibtisch und fing an, ein Aquarell zu malen. Ein einsamer junger Mann ging darauf mit gesenktem Kopf durch eine nächtliche Stadtlandschaft, die nur aus Kästen bestand. Alles war in Gelb- und Grautönen gehalten. Abwechselnd tuschte ich mehr Gelb ins Grau und dann wieder mehr Grau ins Gelb. Das Ziel war: die Farbe von Asphalt, wenn nachts eine Straßenlaterne draufscheint. Dieses unheilige, kaltwarme, sich selbst verzehrende Leuchten, dieses böse Negativleuchten – die Farbe des Wiederohnefrauausdemlinientreukommens, das wollte ich malen. Aber klappte irgendwie nicht. Bei Aquarell war zusätzlich noch der Mist: Je mehr du darin rumpanschst, umso offensichtlicher tritt zutage, dass du's einfach mal nicht kannst. Ich zerriss das Bild und begann ein neues.

Tausend Frösche sehen dich an, dachte ich und malte mit Wachsstift den ersten Frosch. Links unten. Dann malte ich einen darüber und neben den noch einen. Für jeden Frosch nahm ich einen anderen Wachser. Bei 30 ungefähr verzählte ich mich. Ich krakelte mit einem roten Wachser über die ganzen Biester rüber. Es sollte aussehen wie von einem Kind gemalt, aber so sah's nicht aus. Ich zerriss das Bild, klebte die Schnipsel auf ein neues Blatt Papier. Aus dem Papierkorb holte ich ein paar Schnipsel von dem gepanschten gelbgrauen und klebte die noch dazu.

Sah auch nicht gut aus. Wobei: Konnte man das als Künstler überhaupt selber beurteilen?

Kunst war schwer. Wie ein Fisch glitt sie einem dauernd aus den Händen. Wieso wollte ich überhaupt Maler werden? Was sollten meine Bilder mit der ganzen Seele drin später bei irgendwelchen reichen Witwen im Salon hängen? Njet. Schluss mit dem Gekrakel. Stattdessen stöpselte ich meine E-Gitarre ein und ließ einen ehrlichen F-Dur-Barréakkord den Hals hoch- und runterrutschen. «AAAAAHHH?!», schrie ich dazu, «AAAAAAAARRR!» und «RRRRRAAAHH!»

Tierische Laute. Sie fühlten sich unendlich richtig an. Mir traten Tränen in die Augen, und ich spürte mein Herz. Auf einmal spürte ich mein Herz so stark, als würde es gleich zerspringen. Ja. Musik. Musik war immer echt.

Das Telefon klingelte.

Ich nahm den Hörer ab und brüllte aus Versehen rein. Wenn richtige Gefühle im Spiel sind, kannst du nicht so schnell wieder auf normal umschalten.

«Toll, Nick, jetzt bin ich wach.»

«Aah?», fragte ich.

«Hier ist Jutta. Du hast mich geweckt mit dem Lärm. Ich muss morgen um halb sieben aufstehn. Toll.»

«Oh, tut mir leid. War zu laut, ja?»

«Jetzt kann ich nicht mehr einschlafen. Jetzt schlaf ich nicht mehr ein. Toll. Wirklich toll.»

Jutta, oder *die* Jutta, wie sie sich selbst gern nannte, war die Nachbarin von unten. Eine Ökofrau. Die Ökos fanden immer alles toll.

«Sorry, echt jetzt. Wusst ich ja nicht. Ich mach leiser, okay? Oder was soll's, ich hör ganz auf.»

Tja. Und nun? Malen konnte ich nicht, singen durfte ich nicht. Vielleicht ein bisschen Kung-Fu? Kung-Fu war meine dritte große Leidenschaft. Ich griff mir meinen Kampfstock und begann ihn umherzuwirbeln. Man musste mit der Spitze eine liegende Acht in die Luft schreiben. Das Zeichen für Unendlichkeit.

Un ... end ... KRACK!!! Der Stock zerschlug mit einem lauten Knall die nackt über meinem Kopf baumelnde Glühbirne.

Die Schreibtischlampe machte eh schöneres Licht. Aber

jetzt waren überall Splitter im Zimmer. Die musste ich wegmachen. Am besten gleich morgen. Ich würde es ja sowieso irgendwann tun müssen, also lieber schnell hinter mich bringen. Dann konnte ich leider auch morgen erst wieder Kung-Fu weitermachen, das praktiziert man ja barfuß, wie jeder weiß.

Ich sprang mit einem Satz auf die Matratze, und da hockte ich nun. Auf meiner keimigen kleinen Insel im Scherbenmeer.

«Herr Nick, die Patties! Wenden!» Der Manager zeigte aufgeregt auf den Grill. Stimmt, es war höchste Zeit, die Jungs wurden an den Rändern schon krustig. Ich rannte hin und versuchte, meinen Schaber unter die Teile zu kriegen, aber sie flutschten mir dauernd weg. «Schnell! Schnell!», rief der Manager. Dann ging er. Dafür kam Rainer und sagte: «Du wirst das nie lernen. Nie.»

«Mann, Rainer, es tut mir leid wegen letztens», sagte ich.

«Letztens? Was soll denn letztens gewesen sein?»

«Na, weißt schon.»

Er zog fragend die Augenbrauen hoch, eine Mimik, die überhaupt nicht zu seinem Gesicht passte.

«Na, mit der Damentoilette. Ich wollte dich da nicht hängenlassen.»

Rainer pfiff verächtlich.«Du lässt alle hängen, Nick, merkst du das nicht? Hast du schon immer gemacht. Wie damals bei Amadami Kurutu.»

Amadami Kurutu. Stimmt. Diese Geschichte hatte ich total vergessen, jetzt fiel sie mir wieder ein. Verflucht. Wut übermannte mich. Rainer schien das zu spüren. Er lachte.

«Amadami Kurutu», wiederholte er.

«Halt die Fresse», zischte ich.

«Amadami Kurutu», begann er in einem unprofessionellen Falsett zu singsangen, «Amadami Kurutu, Amadami Kurutu!»

«Halt endlich dein Maul!», schrie ich, holte aus und schlug mit dem Schaber nach ihm. Er wich aus, stolperte dabei und fasste Halt suchend auf den Grill.

«Aaaaaahh!» Schreiend zog er die Hand weg, doch es war zu spät. Brandblasen bildeten sich. Riesige Brandblasen voller Eiter. Entsetzt starrte Rainer seine Hand an.

«Du!», wimmerte er. «Du hast das gemacht!»

Er hatte recht: Ich war schuld. Mit dieser Hand würde er sowieso keine Überlebenschance haben, also beschloss ich, ihn zu töten. Ein sauberes Ende. Das schuldete ich meinem Kollegen. Ich hebelte den riesigen Ketchup-Spender aus der Verankerung, hob ihn über meinen Kopf und ließ ihn auf Rainers Schädel niedersausen. Er strauchelte, fasste noch mal auf den Grill und brüllte wieder vor Schmerz auf. Es klang gurgelnd. Kaum mehr menschlich. Sein Gesicht war auch ganz verschoben jetzt, das eine Auge lang gezogen. Wie ein Monster sah er aus. Ich schlug noch mal zu. Rainer spuckte Zähne. Okay, jetzt würde er wirklich kein gutes Leben mehr haben können, ein sauberes Ende, los.

Ich schlug und schlug, so lange, bis er nur noch ein regloses blutiges Bündel war.

«Er! Er ist der Mörder!», rief der Manager und zeigte auf mich. Polizisten stürmten die Küche, ich sprang über den Grill, wobei ich mich mit beiden Händen abstützte. So heiß war's gar nicht, fand ich. Typisch Rainer, aus allem wieder so'n Drama zu machen.

Kassiererinnen zur Seite stoßend, bahnte ich mir meinen Weg aus dem Store. Die Straße runter. Ich rannte wie ein Blitz, die Bullen hatten keine Chance.

Nach wochenlanger Flucht fand ich Unterschlupf bei einer atemberaubenden Französin mit traurigen Augen. Wir lebten nun in einem Souterrain als Mann und Frau. Sie brachte das Essen, ich durfte nie raus wegen der Bullen.

«Que c'est de que pourquonde?», fragte sie mich. Ich konnte kein Französisch, verstand aber, was sie meinte: Sie liebte mich. Mit allen Fasern liebte sie mich, diese wunderschöne Frau, und das machte mich todtraurig. Konnte sie ja nicht zurücklieben. War doch ein Mörder. Mein Leben würde nie mehr so sein wie vorher. Immer, wenn ich es kurz vergessen hatte, fiel es mir wieder ein: Ich hatte Rainer ermordet. Und auch noch aus so einem völlig bekloppten Grund. Mit der verbrannten Hand hätte er doch fröhlich weiterleben können, bisschen kühlen, Salbe drauf und fertig. Wieso hatte ich gedacht, dass er daran sterben würde? War ich wahnsinnig? Würde das was ändern? Mildernde Umstände? Nein. Mord war Mord. Ich betrachtete meine Hände: Mörderhände.

«Jéaunque sur tandaument pour le ponsoint», sagte meine Frau. Stumme Tränen liefen ihr über die Wangen. Draußen heulten auf einmal Sirenen. Die Bullen. Sie traten die Tür ein und richteten ein halbes Dutzend Maschinengewehre auf mich.

Das Telefon klingelte. Fluchend stolperte ich aus meinem Zimmer in den Flur, wo die Mistkrücke auf der Kommode stand. Vorher kuckte ich noch auf meinen Radiowecker:

3 Uhr 34. Na, die Zeit war eh egal: Ich war ein Mörder und würde immer einer bleiben.

Oder stopp mal kurz: WAR ich ein Mörder? Vielleicht auch nicht, oder? Kurz rechnete ich die Sache durch, und unendliche Erleichterung durchschwappte meine Seele. Oh Gott! Rainer war gar nicht tot, es war nur ein Traum gewesen! Wie gut. Wie übergut!

Ich nahm den Hörer ab.

«Yes?», fragte ich. Irgendwie blutete mein Fuß. Gehörte sicher auch noch zum Traum und würde gleich aufhören.

«Nicki?»

«Burner.» Es war Burner.

«Hehehe. Schon geschlafen, oder was?»

«Auf jeden Fall.»

Burner lachte. Ich stimmte ein.

«Old Nicki. Auf Matratzenhorchdienst.»

«So sah's bis gerade eben noch aus.»

«Hehehehe.»

«Hoho.»

«Nicki, hier möchte dich jemand sprechen.»

«Wer kann's bloß sein?»

«Lass dich überraschen, Nicki.»

«Mm.»

«Hehehehe. Du alte Schlafmütze.»

«Hehe. Stimmt schon.»

Burner übergab.

«Nicki, hier ist Milbe.»

«Milbe!», rief ich.

«Ja.»

«Hehehe. Hängst also bei Burner ab. He. Hehehehehe.»

«Nicki, ich bin so besoffen.»

«Ja-woll.»

«War gerade bei Motörhead.»

«So will ich dich sehn, Alter.»

«Erzähl ihm doch mal, was morgen ist», hörte ich Burner im Hintergrund. Seine Stimme hatte einen gouvernantenhaften Ton.

«Ach so», sagte Milbe. «Morgen hab ich schriftliches Abitur.»

«Alter, dann geh nach Hause, leg dich hin und schlaf dich aus.»

«Hä? Genau dasselbe meinte Burni gerade auch.»

«Siehst du. Dann mach's. Du brauchst deinen Schlaf für morgen.»

«Denkst du das wirklich, Nicki?»

«Ja. Kuck, wenn Burner und ich dasselbe sagen, das kann kein Zufall mehr sein. Sondern Wahrheit.»

«Old Nick. Und was machst DU noch? Kommste noch rum? Wir haben alles da: Bier, Speed ...»

«Milbe, leg dich hin. Schlaf.»

«Schlafen?»

«Ja.»

Er schien es nicht zu verstehen.

«Gib mir noch mal Burni.»

Burner kam wieder an den Apparat. Im Hintergrund konnte man Milbe rumpoltern hören. Es klang, als würde er wieder und wieder über einen Stuhl fallen. Dann hatte Burner sich jetzt wohl Stühle besorgt.

«Milbe braucht Schlaf», sagte ich.

«Auf jeden Fall», bekräftigte Burner.

«Und was gibt's sonst Neues?»

«Nicht viel. Hab Groß-Andi hundert Mark geschenkt. Höhö.»

«Ehrlich? Hast du's gemacht?»

Burner hatte sich angewöhnt, seinem Freund Groß-Andi zu drohen: «Du Sackratte – ich schenk dir hundert Mark.» Wieder und wieder. «Du Schwein, wenn du so weitermachst, schenk ich dir hundert Mark.» Uns anderen drohte er nie so, aber Groß-Andi war schon älter, Mitte zwanzig bereits. Burner wollte ihn, glaube ich, beeindrucken.

«Na logopogo. Hab 'nen Hunderter in einen Briefumschlag gesteckt und an ihn adressiert, hehehehe.»

«Hahaha.»

«Vor allem: Das war mein letztes Geld. Jetzt hab ich nichts mehr, hehe.»

«Hehehehe.»

Wir lachten uns schlapp.

5

«also, man nennt mich überall Konzentrationslager-Ehrhardt?», fragte Burner.

«Hehehe», machte ich.

«Also, Konzentrationslager-Ehrhardt werde ich genannt», sagte er.

«Hehehehe. Also, man nennt mich überall Konzentrationslager-Ehrhardt», sagte nun wieder ich.

«Hä?», fragte unser gemeinsamer Freund La Boum, der die Anspielung nicht verstand. (Falls ihr sie ebenfalls nicht versteht, liebe Leser: Es handelt sich um ein Zitat aus «Sein oder Nichtsein», dem grandiosen Meisterwerk des göttlichen Ernst Lubitsch. Lief damals ständig im Fernsehen. Burner und ich waren große Fans.)

«Hehehehe», machten Burner und ich.

«Wovon redet ihr?», fragte La Boum. Wir winkten ab.

Wir waren auf dem Weg zur Fete von jemandem, den keiner von uns richtig kannte, und hatten schon einige Biere intus.

«Lass uns über Kreuz urinieren wie in alten Zeiten», schlug ich Burner vor, und wie üblich klappte das nicht.

«Ich muss auch mal, wartet ihr auf mich?», fragte La Boum.

«Nein», sagte Burner.

«Hehehe», lachte ich.

Drei war besser als zwei. Außer für den Dritten.

Während La Boum zurückblieb, sagte Burner: «Nicki, ich hab letztens in einem Buch gelesen, von so einem Dichter aus der alten Zeit.»

«Aus der guten alten Zeit», sagte ich.

«Aus der guten alten Zeit, allerdings. Der ging immer spazieren mit seinem guten jungen Freund. Spazieren sind sie gegangen und haben dabei geplaudert. Über die Dinge der Welt.»

«So war das damals.»

«Ja. Und er schreibt in dem Buch, wie er immer den Freund einfach mal auch an die Hand nimmt dabei. Aus Zuneigung. Weil sie eben Scheiße noch mal Freunde sind, fassen sie sich bei den Händen, so war's halt damals, leck mich doch am Arsch.»

Und Burner nahm meine Hand.

«Was macht ihr denn da?», fragte La Boum, als er uns keuchend einholte.

«Das geht dich jetzt wirklich nichts an. Lass mal», erklärte ich.

«Und, Nicki?», fragte Burner.

«Na ja», sagte ich.

«Die gute alte Zeit, mein Junge.»

«Auf jeden Fall.»

«Hä?», fragte La Boum.

Niemand konnte sein Gesicht so sehr in ein einziges Fragezeichen verwandeln wie La Boum.

«Wirklich, Boumi, lass doch jetzt mal», sagte Burner.

Von La Boums aufgerissenen Augen beglotzt, gingen wir

so Hand in Hand durch den nächtlichen Wedding. Es fühlte sich falsch an. Burners Hand war größer als meine, und er schien mich beim Gehen hinter sich herzuziehn. Es stellte sich kein Rhythmus ein.

Ich hielt so lange durch, wie ich konnte, um seine Gefühle nicht zu verletzen. Dann ließ ich die Hand los, wischte sie an meiner Hose ab, grinste schief und sagte: «Tja.»

Wir wurden von einem schweigenden Punk in die Wohnung gelassen, wo die Fete schon in vollem Gange war. Typen sprangen zu lauter Musik durch ein elterliches Wohnzimmer und zerstörten dabei, was sie konnten, während Frauen an den Wänden lehnten und auf bessere Zeiten warteten.

Burner, La Boum und ich hatten unsere Clockwork-Orange-Verkleidungen an. Weiße Malerhosen und Herrenhemden, Sackschoner, Stiefel, falsche Wimpern und Melonen.

Leider, fürchte ich, sahen wir eher aus, als würden wir gleich eine Pantomime aufführen. Nicht wirklich ultrabrutal, sondern wie verträumte französische Clowns. Man konnte erahnen, was wir darstellen wollten, was die Sache noch schlimmer machte. Zum Glück kuckte aber sowieso niemand in unsere Richtung, weil das damals so war.

Und dann sah ich sie. Die schönste Frau der Welt. Sie lehnte mitten in dem ganzen Gespringe und Aneinandervorbeigesehe an einem Türrahmen. Zart. Schmal. Eine Nase wie Kleopatra und grüne Augen wie überhaupt niemand sonst.

Und das Unglaublichste war: Sie lächelte. Nicht das schmallippig selbstbesoffene Lächeln, das die Hippies immer parat hatten, die leider auch auf allen Feten rumfleuchten, und mit dem sie nur zu sagen schienen: «Ich bin total zufrieden mit mir, meinen Socken und meinen parfümierten Arschlochtees, und wer das nicht geil findet, den brauch ich nicht als Bruder», sondern echt. *Echt* lächelte sie. Einfach mal echt. Ohne damit irgendeine erkennbare Aussage treffen zu wollen – nicht mal eine ironische –, lächelte sie vor sich hin.

So was hatte ich noch nie gesehen.

Im Vorbeigehen drehte ich mich zu ihr und küsste sie leicht auf die Wange. Es waren die achtziger Jahre, da machte man dauernd solches Zeug.

Dann ging ich schnell weiter, krallte mir den nächstbesten Mitpunker und begann mit ihm ein langes, lautes, lustiges Gespräch. Und dann «tanzte» ich, weil mein Lieblingslied lief, «When it's over» von den Wipers.

Aus den Augenwinkeln sah ich, wie sich die Schöne von der Wand löste und langsam auf uns zubewegte. Jetzt endete auch noch das Lied. Ich wankte rückwärts gegen zwei Vögel, die mich verärgert wegstießen. Die Schöne stand nun neben mir. Sie öffnete den Mund.

Ich grinste, kuckte zur Seite und rief dann: «Speichel! Wie sieht's aus?», denn Speichel war gerade gekommen.

«Wie's aussieht, Alter?», fragte Speichel. «SO sieht's aus!», und drosch seine Faust mit aller Kraft durch die Fensterscheibe neben ihm. Das Glas klirrte, Splitter flogen durch den ganzen Raum. Blut spritzte aus Speichels Handgelenk, irrsinnig viel Blut.

«Wir müssen es abbinden!», rief einer.

«Nein, erst die Splitter entfernen, sonst gelangen sie in die Blutbahn und schwimmen durch die Arterien zum Herzen!»

Der Teppich, die Wände, alles war rot. Speichel setzte sich auf einen Stuhl.

«SO sieht's aus, Alter», wiederholte er, während die Farbe aus seinem Gesicht wich.

«Du hast mir ja ein Küsschen gegeben», sagte die Schöne leise. Ihr Mund war ganz nah an meinem Ohr.

«Speichel, soll ich dir die Füße hochlegen?», fragte ich.

«Du kannst mir mal die Eier kraulen», sagte er und nahm einen Schluck Bier, während das Blut weiter spritzte. Dann fiel er ohnmächtig vom Stuhl. Wir brachten ihn in die Notaufnahme.

Als wir danach wieder zurück auf die Fete kamen, war die Schöne nicht mehr da.

Zwei Wochen später sah ich sie wieder. Auf einem Konzert der Gruppe Disaster Area im Blockschock. Inzwischen hatte ich in Erfahrung gebracht, dass sie Jacky hieß und – wie alle schönen Frauen – aus dem Märkischen Viertel kam.

Sie lächelte, als sie mich sah. Jetzt lächelte ich auch mal und stellte mich neben sie. Irgendwie kannten wir uns ja schon.

Auch diesmal war witzigerweise Speichel mit am Start. Er war inzwischen Skinhead geworden und stürzte sich in die Pogomeute vor der Bühne.

«Pogo!», brüllte er. Ich nickte ihm freundlich lächelnd zu. Wollte ihn nicht wieder durch Fragen verwirren.

«Old Speichel», sagte ich zu Jacky. «Er macht sein eigenes Ding.»

«Ich kannte seinen Bruder», sagte Jacky. Ich nickte. Würde schon stimmen.

Wir hörten uns eine halbe Stunde lang, schweigend nebeneinanderstehend, die schöne Musik an.

«Don't panik ... when your Harley doesn't start, Don't panik ... when your tankwart has a Bart», sangen Disaster Area.

Speichel wurde von ein paar Leuten rausgetragen. Sein linkes Bein hing in einem unnatürlichen Winkel zur Seite.

«Pogo!», rief er, nun schon etwas heiserer, und spuckte einen blutigen Klumpen aus.

«Ich geh jetzt!», schrie mir Jacky lächelnd ins Ohr. «Kommst du mit?»

Ich nickte.

Beim Rausgehen trafen wir Burner.

«Nicoletto ... hähähä», begrüßte er mich.

«Burner. Altes Schwein.»

«Hehehehe.»

«Hehe.»

«Hehehehe.»

«Hehehehehe. Du also hier.»

«So sieht's einfach mal aus. He. He. Hehe.»

«Hehehehe.»

«Hehehehehehehe.»

Auf einmal kam es mir vor, als würde Jackys Lächeln in den Mundwinkeln gefrieren. Jetzt musste ich schnell das Ruder rumreißen.

«Burnman, Nicki geht», erklärte ich.

«Wo geht Nicki denn hin?»

«An einen schönen Ort, mein Lieber. An einen schönen, schönen Ort.»

«Hehehehe.»

«Hehe. Hehe.»

Wir schwiegen eine Weile.

Um die Sache abzuschließen, fragte ich in militärischem Tonfall: «Vergehen?»

«Mord, Sir!», rief Burner.

«Sehr gut!», rief ich.

Das war aus Clockwork Orange. Wir konnten den Film ja auswendig.

«Also Burni. Alter Sausack.»

«Hehehehe.»

Jacky ging schon mal vor. Ich boxte Burner in die Seite, wir machten noch mal «Vergehenmordsirsehrgut» und «Zwei Plastikkugelschreiber, einer rot, einer grün» (auch aus Clockwork Orange) und einmal «Also, man nennt mich überall Konzentrationslager-Ehrhardt», dann drehte ich mich um und rannte ihr hinterher.

«Burner», erklärte ich atemlos, als ich sie eingeholt hatte. «Kennst du ihn?»

Sie schüttelte den Kopf.

«Besser so», sagte ich schmunzelnd. Wir gingen weiter.

«Milbe kennst du aber?», fragte ich nach einer Weile.

«Wer kennt Milbe nicht?», antwortete sie, und das stimmte natürlich.

«Milbe!» Ich lachte und freute mich, weil ich merkte, wie sämtliche Schüchternheit von mir abfiel, wenn ich von meinen guten Freunden erzählte. Also weiter! «Mit ihm ist immer was los. Letztens wollte er ja Abi machen. Burni meinte noch: ‹Leg dich hin›, aber Milbe wieder: ‹Nein.› Ich auch noch so: ‹Milbe, Mann, du musst schlafen›, weil: besser wär's ja wohl, ich mein, kurz vorm Abi, oder was. Einen

Tag vorm Abi oder so. Aber er nur: ‹Wieso denn?› Hahaha. WIESO denn! Ja, wa: Wieso schlafen, wenn man am nächsten Tag Abi hat, wa? WIESO? Hehehe.» Ich lachte ein bisschen weiter vor mich hin. «So war er schon immer. Es gibt nicht noch so einen wie ihn, ey. Milbe ist einfach mal Milbe. Jetzt hat er auch sein Abi nicht geschafft. Wieso wollte er das überhaupt machen? Hehe. Er, ey.»

Jacky nickte.

«Milbe», lachte ich und trat gegen eine Dose, die zum Glück gerade da lag. «Old Milbman. Einmal hab bei ihm zu Hause angerufen und meine so: Kann ich Milbe sprechen, und sein Vater: WEN willste sprechen, total sauer, und ich so, öh, und da ist mir aufgefallen: Ich kenn ihn schon seit Jahren, aber wie ist überhaupt sein Vorname, oder? Haha, also sag ich: Ihren Sohn. Und der Vater: WELCHEN? Hua. So was kann dir nur mit Milbe passieren. Na, jetzt wohnt er ja auch nicht mehr zu Hause, jetzt kann so was nicht mehr passieren.»

Hierzu nickte sie nur noch ganz fein, oder es war der Wind, der ihren schmalen Kopf bewegte. War aber völlig windstill, also wird es doch ein Nicken gewesen sein.

Sie war so steinerweichend schön. Ihre Augen, ihre Mundwinkel, ihre Wangenknochen, alles in ihrem Gesicht schien sich irgendwie um eine elegante Ecke zu biegen, ich meine, alles hatte noch eine Kurve mehr als bei normalen Leuten, es sah melodisch aus. Als würde ihr Gesicht singen.

Sicherheitshalber brachte ich meine Geschichte mal lieber schnell zu Ende jetzt:

«Milbe. Einmal wollten Burner und ich uns 'n gemütlichen Videoabend machen, einfach mal nur wir beide, mal ohne Milbe und La Boum. Kennst du La Boum? Auch ein

Paniker vor dem Herrn. Na ja. Jedenfalls waren wir in Tegel, weiß gar nicht mehr, warum. Ich glaub, wir sind einfach aus Scheiße mit einem Bus bis zur Endstation gefahren. Und dann auf einmal: Tegel! Vor allem: Tegel. Haha. Schon so bescheuert, dass wir überhaupt da waren, aber dann plötzlich – wer kommt um die Ecke? Wer kommt um die Ecke, mit dem KEINER gerechnet hatte?»

Ich ließ ihr Zeit, es selbst herauszufinden, aber zu lange wollte ich mit meiner Geschichte auch wieder nicht pausieren, weil jetzt der beste Teil kam. Nachdem sie lange genug nichts gesagt hatte, beschloss ich deshalb, die Frage selber zu beantworten. Wenn ich ihr noch mehr Zeit gelassen hätte, wär's auch peinlich geworden für sie, denn die Lösung lag eigentlich ziemlich nahe.

«Milbe!», rief ich. «Milbe in Tegel um Mitternacht oder so'n Schmutz. Wir natürlich: ‹Häh, Milbe? What? Du in Tegel, Alter?› Weil: Warum er jetzt hier, würd ich mal sagen, wa. Dass WIR da warn, war ja schon so bescheuert, aber nun auch noch er, oder was?

Aber Milbe nur, als wär's ganz normal und, vor allem, als wär's gar nicht erstaunlich, dass wir uns hier zufällig treffen – in TEGEL! Milbe nur: ‹Burner, was hab ich gehört, du gibst in Weimar den Lederstrumpf?› Macht überhaupt keinen Sinn. In *Weimar*! Was soll Burner in Weimar, und wieso macht er da den Lederstrumpf?! Nur Milbe kommt auf so was.

Ich noch so: ‹Lederstrumpf, Alter?›, da meint Milbe: ‹Nicht den Lederstrumpf? Was macht er denn dann? Das Halbblut Apanatschi?› Das Halbblut Apanatschi! Wer kommt auf so'n heißen Scheiß? Nur Milbe. Milbe ist einfach mal Milbe.»

Dann sang ich noch «Milbe is Milbe» zur Melodie von «Live is Live», dem unsterblichen Hit der Gruppe Opus, und lachte.

Jacky lächelte.

«Milbe, ey. Na ja. Kennst ihn ja auch.»

Sie nickte.

Ab da schwiegen wir beide und gingen nebeneinander her durch die nächtlichen, leeren Straßen. Wo gingen wir hin? War eigentlich erst mal egal. Lieber nicht zu viel auf einmal wissen wollen. War doch gut, dass wir überhaupt schon mal gingen. Ging gong. So eine schöne Frau und ich. Ganz normal gingen wir hier lang!

Ich musste noch mal kurz an Burner und Milbe denken und natürlich noch mal lachen. Diesmal lächelte Jacky nicht. Überhaupt war die Stimmung auf einmal bedrückend steif. Um das Eis zu brechen, pfiff ich ein wenig vor mich hin, dachte zum Lockerbleiben an Burner und Milbe, aber *so* witzig fand ich die plötzlich gar nicht mehr. Waren doch totale Vollidioten. Für mich würde jetzt ein neues Leben beginnen, mit Freundin und Liebe und so, da konnte ich die nicht mehr gebrauchen mit ihrem ganzen nervigen Schwachsinn.

Schweigend gingen wir und gingen.

Dann fragte ich: «Du kanntest also Speichels Bruder.»

Sie nickte. «War mit mir in der Ausbildung.»

«Ausbildung? Warum?», fragte ich, dachte noch mal kurz nach und fügte dann hinzu: «Ich meine: als was?»

«Sozialarbeiter», sagte Jacky.

«Hah», machte ich.

«Ist ganz schön hart», sagte sie.

«Auf jeden Fall», stimmte ich schnell zu. «Kann ich mir vorstellen. Hihi. Oje. Puh. Aber ich … find's gut.»

Wir setzten uns auf einem Spielplatz in den klumpig-feuchten Sand.

Jacky holte ein Päckchen Tabak hervor und drehte sich eine Zigarette. Dann steckte sie das Päckchen wieder weg.

«Hast du Feuer?», fragte sie.

Ich schüttelte den Kopf, klopfte meine Taschen ab, machte eine bedauernde Grimasse, stand auf, blickte suchend auf dem Boden umher, verfluchte Gott, setzte mich wieder hin, seufzte, streckte die Beine aus, zog sie wieder ran, schüttelte noch mal den Kopf und sagte: «Ich … nein … Scheiße. Irgendwie … Scheiße. Irgendwie grad nicht. Sorry. Heute nicht. Scheiße.»

Es stellte sich heraus, dass sie selber Feuer hatte.

So saßen wir schweigend auf dem Spielplatz. Das Betonröhrenklettergerüst direkt vor uns, in dem sich Regenwasser, Kondome und Herbstlaub sammelten, sah im nächtlichen Straßenlaternenschein exakt wie das aus, was es war: ein unheiliger außerirdischer Albtraum, der mit Kindern nicht das Entfernteste zu tun hatte.

«Wolltest du dich schon mal umbringen?», fragte Jacky nach einer Weile, ohne mich anzusehen.

«Klar», sagte ich.

Sie inhalierte tief und blies den Rauch aus. «Ich hätt's auch fast mal getan», sagte sie. «Lag schon in der Badewanne, hatte mir Kerzen angemacht, aber dann konnte ich nicht.»

«Ja, wa, kann man dann immer nicht, wa?», sagte ich.

Sie rauchte schweigend weiter. Ich überlegte kurz, ob ich

den Arm um sie legen sollte. Dann überlegte ich noch ein bisschen länger. Nach reiflicher Überlegung sagte ich dann: «Aber zum Glück. Find ich. Also dass du noch lebst. Bei mir war's auch ... na ja. Hat auch nicht geklappt. Siehste ja. Warum wolltest du denn ... das machen? Hinterher weiß man immer gar nicht, warum, oder? Bescheuert, wa. Wolltest du dich mit den Kerzen umbringen? Nee. Aber finster. Zum Glück ... lebst du noch ... weil ... sonst ... du bist ...»

Sie schwieg. Dann stand sie auf und klopfte sich den Sand ab. Das hieß wohl, dass wir weitergehen würden. Und so war es auch.

Jacky schloss ihre Wohnungstür auf, und sofort kamen von drinnen zwei dürre kleine Katzen angefaucht.

«Meine Kackärsche!», rief Jacky, ging in die Hocke und knetete die beiden wie besessen.

«Habt ihr mich vermisst, Kackärsche? Habt ihr mich vermisst? Jaa. Jetzt bin ich ja wieder da. Komm mal her. Und du auch.»

Weil Jacky genau auf der Türschwelle hockte, konnte ich die Wohnung nicht betreten. Ich lehnte mich darum im Treppenhaus gegen die Wand und wartete.

Das Licht ging aus.

«Bist du mein Kackarsch? BIST du mein Kackarsch? Na, und du? Bist du auch mein Kackarsch?»

Meiner Meinung nach sollte man Leuten, die sich nicht wehren können (und Tiere sind solche Leute), entweder gar keine oder total großartige Namen geben. Deshalb kam ich bei jedem «Kackarsch» mehr ins Grübeln, obwohl ich ziemlich sicher war, die Katzen hießen eigentlich gar nicht so, sondern Sid und Nancy oder Nena und Marcus oder Plaste und Elaste oder was weiß fucking ich.

Ich lächelte ein wenig geheimnisvoll in mich hinein und versuchte so entspannt wie möglich zu lehnen. Sollte ich das Licht wieder anmachen? Wäre vielleicht das falsche Signal. Ich machte erst mal nichts.

«Meine Süßen! Habt ihr Hunger? Habt ihr Hunger? Kommt, ihr kriegt jetzt was.»

Jacky packte die Katzen und trug sie in die Küche. Jetzt konnte ich auch rein. Ich schaute mich um. Die Wohnung war auf eine beruhigende Art mit Müll angefüllt. Klamotten, Essensreste, Bierflaschen, aber auch Steine, Holzbretter, Spiegelscherben und blutige Mullbinden lagen auf dem Boden herum, und das deutete auf eine gewisse Bodenhaftung bei Jacky selbst hin. Ihre Schönheit schien ihr nicht zu Kopf gestiegen zu sein, sie war immer noch eine von uns – wer auch immer «wir» nun wieder waren. In der Mitte des Zimmers lag eine Matratze. Da würden wir gleich Sex haben, oder? Wahnsinn. Hoffentlich würde ich das gut bringen. Schnell drehte ich mich von der Matratze weg und betrachtete die Wände. Jemand hatte begonnen, sie schwarz zu streichen, und dann offenbar die Lust verloren. Genauso hätte ich's auch gemacht. Ich fühlte mich dieser Frau näher und näher. An den Wänden hingen abgerissene Plakate und getuschte Bilder mit Frauenköpfen vor Pyramiden. Sie malte! Wie ich!

«Find ich gut hier mit den Pyramiden. Ich würd echt gern mal nach Ägypten fahren. Oder nach Schottland. Hatte ich mir mal überlegt. Zum Loch Ness», rief ich, aber Jacky schien mich nicht zu hören. Rumpelte in der Küche rum, sprach mit den Katzen und öffnete ihnen schließlich eine Dose Futter, dessen Geruch mich in die Knie zwang.

«Kackärsche! Ja. Meine Kackärsche seid ihr, und das schmeckt euch. Oh, und euer Klo ist ja auch total voll, was habt ihr denn da gemacht, ihr Spinner?»

Neben den gemalten Bildern klebten alte verblichene Familienfotos. Man sah braunweiße Morphinisten mit Matrosenkragen, Schürzen, Hauben, Bärten, Gamaschen und nationaler Gesinnung. Wahrscheinlich die Vorfahren von Jacky. Schon strange. Da lebst du in der Vergangenheit, identifizierst dich mit dem ganzen Hussa Hussa Humptata, bindest dir sonntags die Sonntagsbändel um, schlägst die Kinder, betest, schwadronierst, gehst einfach mal voll in deiner Epoche auf, bist im Einklang mit deiner Zeit, und dann klebt dich in der Zukunft ein Punkermädchen an ihre modrige Wand. Mit Tesa neben ein Joy-Division-Plakat. Hättste nicht gedacht.

Ich zog mir Jacke, Stiefel und Hose aus, legte mich auf die Matratze, deckte mich zu und pochte mit dem Herzen. Um mich zu beruhigen, zählte ich kurz: dipp, dipp, dipp. Das würde jetzt die vierte Frau sein, mit der ich Sex hätte. Wahnsinn. Weit gekommen. Schade, dass es so hell war im Zimmer. Neben dem Bett stand außerdem eine geklaute (nehm ich mal an) Warnblinkanlage, mit rotem Papier umwickelt, die – das wird jetzt keinen überraschen – blinkte.

Jacky kam aus der Küche, sah mich da liegen und runzelte die Stirn. Süß sah das aus. Süß und klug.

«Was machst du denn in meinem Bett? Spinnst wohl.»

Ich lachte.

«Glaubst du, du kannst dich einfach so in mein Bett legen? Von mir aus kannst du hier pennen, aber auf dem Sofa.»

«Hahaha, ach, lass mich doch.»

«Nein. Raus da.»

Sie machte das Licht aus und zog sich bis auf Unterhemd und Unterhose aus. Ich sah das nur schemenhaft, immer wenn die Warnblinkanlage blinkte, sah ich etwas mehr, und noch dazu in Rot. Sie war so schön, dass es mir die Kehle zuschnürte. Ebenmäßig. Zart und schmal und trotzdem irgendwie kraftvoll. Als wäre sie elektrisch geladen. Ich machte mich ganz klein im Bett und hoffte, sie würde vergessen, dass sie mich da nicht haben wollte. Ein bisschen so, wie Kinder, die denken, die Erwachsenen merken nicht, dass Sesamstraße schon vorbei ist.

Es schien zu klappen. Sie hob die Decke und legte sich zu mir.

«Was machst du hier?», fragte sie zwar noch mal, aber es klang jetzt schon eher wie: «Was hast du mit mir vor, schöner Schuft?»

Ich spürte ihre Wärme, obwohl sich unsere Körper nicht berührten. Sie roch nach Haarspray und Rauch und nach dem Leben. Da sprangen beide Katzen ins Bett.

«Meine Kackärsche!», rief Jacky. «Kommt ihr zu mir? Ja, kommt mal her, keine Angst, hier liegt noch einer, aber der geht gleich aufs Sofa.»

«Hahaha», lachte ich.

Die Katzen schnurrten wie Kreissägen und drechselten sich zwei Schlafkrater zwischen Jacky und mir zurecht. Wie Schwarze Löcher brachten sie die ganze Deckengravitation durcheinander. Schwer waren die Biester. Wie konnten so knochige Tiere dermaßen schwer sein?

Eine ganze Zeit lang hörte man nur ihr Schnurren. Die

Warnblinkleuchte tauchte das Zimmer periodisch in rotes Licht. Eigentlich geil. Letztlich dann aber doch nicht so. Ich setzte mich auf, legte mich wieder hin, rieb mir die Ellenbogen und roch am Kissen. Es roch nach dem Sperma eines anderen Mannes, aber das war vermutlich normal. Ich meine, wann wusch man schon ein Kissen? Nie, oder? Nie.

«Denkst du denn jetzt manchmal noch an Selbstmord?», fragte ich nach einer Weile.

Schnurren.

«Jacky? Denkst du denn jetzt manchmal noch an Selbstmord?»

In das Schnurren mischte sich feines Schnarchen. Jacky war eingeschlafen.

Ich lag die ganze Nacht wach mit einer schlecht gelaunt zuckenden Erektion, die sich in Anwesenheit der Katzen auf eine ungute Weise pervers anfühlte.

Am nächsten Morgen standen wir zusammen in der kalten Küche. Die Katzen schleimten um unsere Füße herum, und Jacky machte sich irgendein düsteres Heißgetränk. Mir machte sie keins.

Sie trank ihr Zeug in kleinen, konzentrierten Schlucken. Ich sah ihr dabei zu.

«So», sagte sie dann und stellte die Tasse auf den Tisch.

«Was?», meinte ich. Vielleicht kam jetzt der Sex. Ich legte meine Hand auf Jackys Schulter.

«Nicht. Lass», sagte sie, schüttelte die Hand ab, pustete sich eine Strähne aus dem Gesicht und schaute mich skeptisch an. Sie sah so überirdisch aus. Grüne Augen. Wie eine

Elfe. Und sie war chaotisch, sie war punky, und sie malte. Und mochte Tiere. Das war die Frau meines Lebens.

«Du bist schön», murmelte ich und legte meine Hand vorsichtig auf ihren Oberarm.

«Nicht», sagte sie und drehte sich weg. «Ich muss zur Arbeit.»

«Ach so?», sagte ich. Sie ging zur Wohnungstür, und ich folgte ihr.

Es war hell draußen. Es war eine andere Welt als gestern noch.

Ich schlurfte Jacky hinterher bis zu ihrem Auto. Sie schloss die Tür auf.

Dann drehte sie sich plötzlich zu mir, nahm mein Gesicht in ihre schmalen Hände und küsste mich auf den Mund. Hart und lang.

Und dann fuhr sie zur Arbeit.

Und ich übrigens auch, denn es war wieder Mac-Time.

6

mac-time is no crime, aber is auch not the greatest fun from the world. Als ich in die Küche kam, fragte Rainer: «Warum grinsen die Ostfriesen bei Gewitter?» Er sah dabei den Grill an, also fragte er wohl den.

Das Damenklo-Drama von letztens schien er mir nicht weiter übel zu nehmen. Das war das Gute an Rainer: Er war nicht nachtragend. Blieb immer gleich. Eigentlich eine tolle Charaktereigenschaft.

Zur Abwechslung setzte ich mir heute auch mal einen Hut auf. Ich hatte es satt, ständig mit dem Manager darüber zu diskutieren, und mir war auch aufgefallen, dass ich bei meinen Kollegen hutlos gar nicht der Held war. Dass sie nicht dachten: Spitze, Nick hat Mumm, setzt sich einfach keinen auf, geil. Wir würden uns das zwar nie trauen, aber keine Macht der Welt kann uns verbieten, ihn dafür zu bewundern. Im Gegenteil: Sie kuckten mich schief an und hielten mich offenbar für so eine Art Liebling vom Chef. Und so was ist nie gut. Meine Mutter hatte mir als Kind die Geschichte von Jakob und seinen Brüdern erzählt: Jakob wird vom Vater bevorzugt, kriegt seidenste Kaftane und die Sahne vom Kalb, oder was weiß ich, und erzählt dann noch den Brüdern: «Mir träumte wohl, ihr waret mir zu Dienern und erfülletet feil all meine Wünsch. Ich aber ging in Tand und Tund umher, dass eine Zierde es gar war.» Und dann schmeißen sie ihn in den Brunnen, und er wird zum Frosch.

So sollte es mit mir nicht kommen, darum tat ich, als wäre ich einer von den Jungs, obwohl ich heimlich wusste, dass ich eben genau dieser Jakob war. Ich wusste das, seit meine Mutter mir die Geschichte erzählt hatte damals, ich war ein Glückspilz, mir passierten einfach immer die besten Sachen. Jetzt ja schon wieder: Jacky. Die Frau meines Lebens. Meine Lippen brannten noch von ihrem Kuss, wenn ich die Augen schloss, sah ich ihr Gesicht mit den hohen Wangenknochen und den grünen Augen, in denen noch kleine braune Flecken waren. Klingt jetzt nicht richtig toll, wenn man das so beschreibt: «noch braune Flecken», aber ihre Augen waren wie Welten, wie eine Reise mit dem Time Tunnel war es, wenn man reinblickte. Mann, das muss ich euch doch jetzt wirklich nicht erklären, oder? Ich hatte die Liebe gefunden. Die echte, wahre, tiefe Liebe! Wenn alles gutging, würde sie meine Freundin werden und überallhin mit mir Arm in Arm gehen. Warum denn nicht? Und alle würden dann denken: Voll das süße Paar, und wir würden in der Öffentlichkeit knutschen, total sexy und sinnlich, so dass alle, die das sehen durften, sich freuen würden. Jack und Jacky würden wir sein. Und wann immer ich wollte, könnte ich dann Sex haben: morgens, mittags, abends (sie natürlich gerne auch, also sie könnte es auch sagen, wenn sie will, und dann würd ich das selbstverständlich auch machen. *Wollten* Frauen Sex? Also, falls ja: Ich wäre bereit.). Und nach oder vor dem Sex würden wir auf ihrer Matratze gammeln, sie würde nur in

T-Shirt und Stiefeln durch den Raum laufen – man muss ja manchmal durch den Raum, wenn man zu Hause ist –, und über die Katzen würde sich vielleicht die Nachbarin freuen. Ja, ich war ein Goldjunge, mir gelang schon wieder alles hier. Aber das musste ich geheim halten. Sonst: Brunnen.

Darum machte ich heute mal auf einer von allen mit Hut und zwinkerte Rainer zu.

Mehr fiel mir jetzt leider nicht ein, ich war auch müde wegen fast keinem Schlaf und hatte üblen Schwanzmuskelkater.

Schweigend arbeiteten wir nebeneinanderher wie sonst auch.

Als ich Brot machte, tat ich aus Verliebtheit zwei Gurkenscheiben auf die Hamburger statt einer. Die Leute da draußen sollten auch was Schönes und Besonderes haben an diesem Tag.

Alle meine Zweigürker wurden mir aber verrückterweise kurz darauf vom Manager in einem wirren Haufen wieder zurückgebracht.

«Herr Nick, wir machen hier nur eine Gurkenscheibe auf die Burger. Sie aber haben zwei positioniert. Wickeln Sie die Ware aus, nehmen Sie die überzählige Gurke runter, packen Sie dann wieder ein und schicken Sie's nach vorne, aber schnell!»

Verblüfft schaute ich auf den Hamburgerhaufen. Der Manager hatte meine Gurkenfeeaktion durchschaut, aber wie? Hatte er übersinnliche Fähigkeiten? War er kein Mensch? Rainer meckerte irgendwas mit «ICH mach hier ja immer ganz besonders nur eine Gurke rauf» und pfiff dann bekräftigend mindestens fünf Minuten ohne Pause durch. Die Stimmung glitt langsam in weniger gute Gefilde.

Nach einer Weile ging Rainer, aber niemand kam für ihn.

«Wir brauchen Hamburger!» – «Hier sind keine Fische mehr!» – «Zwei McRib!»

Vorne standen vier Blondinen und zickten Befehle nach hinten. Ich wetzte von einer Station zur nächsten, alles kokelte an, krumpelte zusammen, es war ein irrer Stress. Aber Jacky hatte mich geküsst, das war gut, und das blieb gut. Und ihre Augen hatten diese braunen kleinen …

«Herr Nick, los, geben Sie Gas!», rief der Manager.

«Ja, bloß ich bin hier ganz alleine», sagte ich.

Er kam in die Küche. Mit seinem Boss-Anzug. Und vor allem: mit seinem Boss-Mantel noch drüber.

Das verstand niemand von uns: Alle Manager trugen im Store ständig feinsten Zwirn. Da der Fettgeruch niemals aus den Klamotten rausging, ruinierten sie sich das Zeug doch. Und wofür? Für uns? Dass wir sahen: «Oh, là, là, beeindruckende Aufmachung. Klasse. Ja, die Chefs sind besser als wir»? Das dachten wir natürlich nicht. Wir dachten: Die Idioten.

Wenn mein Manager einen anderen bei der Wachablösung traf, dann fassten sie sich jedes Mal gegenseitig an die Jacketts und riefen: «Schick, schick, Boss!»

Jedes-fucking-Mal. Sie taten, als wäre es ein Witz, aber es musste definitiv das Wort «Boss» vorkommen in dem Witz.

Jetzt kam er also noch mit seinem Mantel, und es war natürlich immer heiß in der Küche.

«Machen Sie Brot», sagte er und stellte sich an den Grill.

«Wollen Sie nicht erst mal Ihren Mantel ausziehn?»

«Brot, Herr Nick.»

Und so arbeiteten wir zusammen. Er war gut. Irgendwie hatte er die Bratbewegungen zu seiner zweiten Natur gemacht. Ich fragte mich, wie das ging. Wie viele Jahre hatte er in der Küche geschuftet, bis er es zum Manager gebracht hatte? Viele offensichtlich. Trotz Mantel schwitzte er nicht, er stand da wie ein Berg aus Granit und briet brillant. Ich dagegen, übermüdet und unkonzentriert wegen der Frau meines Lebens, schmiss alles runter, vergaß die Nuggets, verbrannte mich an der McRib-Maschine, und als ich zum Schluss die Hamburger in ihre Papierfetzchen wickeln sollte, wusste ich auf einmal nicht mehr, wie das geht.

«Vielleicht ist der Manager doch besser als ich», dachte ich. «Was kann ich überhaupt? Nicht mal das hier. Und mit Jacky wird's vielleicht auch nichts werden. Sie mag die Katzen lieber als mich. Sie schläft lieber, als mit mir zu … na ja.»

«Den müssen Sie noch mal machen», sagte der Manager und hielt mir einen Hamburger hin.

«Was?»

«Den noch mal. Den haben Sie nicht richtig eingepackt.»

Er rupfte das Papier von dem Hamburger ab und legte ihn vor mich hin.

«Und den auch. Und den hier auch.»

Immer mehr Hamburger nahm er vom Tablett, machte das Papier ab und gab sie mir.

Von vorne riefen die Mädchen: «Wir brauchen neue!»

«Kommen!», rief der Manager zurück, aber er wickelte immer mehr Hamburger aus. Jetzt auch welche, die ich nun schon zweimal verpackt hatte.

«Wir brauchen noch Pommes und Royal!», riefen die

Mädchen. «Hier ist nichts mehr!» In der Küche schrillten die Alarmtöne.

Der Manager und ich standen vorne mit unserem Hamburgertablett. 24 Teile, die nichts weiter wollten, als verzehrt zu werden. Aber sie durften nicht.

«Hier, den noch mal. Und den. Und den. Uuuuuund … den hier auch noch mal.»

Inzwischen war Murat in der Küche eingetroffen. «Was ist hier los?», rief er. «Keiner kümmert sich, oder was?»

«Er muss erst mal lernen, Hamburger einzupacken», sagte der Manager. «Hier. Den noch mal. Und den.»

Er also jetzt nur noch? Whatever happened to «Herr Nick»? Ich hatte die Schnauze voll.

«Machen Sie's doch selber», sagte ich, nahm meinen Hut ab und zerriss ihn. Die Fetzen warf ich durch die Gegend.

Dann rauschte ich unter Murats Applaus aus der Küche, lief hoch in die Umkleide, zog die Clownsklamotten aus und meine eigenen an. Sie fühlten sich gut an.

Das war es also. Endlich frei. Nie mehr McDonald's. Gut. Gut so.

Grimmig schaute ich in den Spiegel. Ich sah einen zornigen jungen Mann mit großer Zukunft, die heute beginnen würde. Vielleicht könnte Jacky erst mal eine Zeitlang für uns beide das Geld verdienen, so lange, bis meine Kunst oder Musik was einbringen würde. Wär das nicht sogar total romantisch?

«Herr Nick?», tönte es aus dem Managerzimmer, als ich die Treppe runterkam.

«Ja?», fragte ich.

«Wir sehen uns dann Montag, ja?»

Also doch nicht entlassen. Super. Ich war einfach ein Goldjunge, hatte ich ja schon gesagt.

Draußen suchte ich eine Telefonzelle und rief Jacky an. Sie war wohl noch nicht zu Hause, aber schon das Tuten im Hörer machte mich glücklich. Das war meine Frau oder würde sie bald sein, und ich durfte da einfach so mal anrufen: «Na, Schatz?» Hehehe.

Die nächsten Treffen mit Jacky waren schön – sehr schön sogar, aber nicht unbedingt so, wie ich sie mir vorgestellt hatte. Meistens liefen wir ziellos irgendwo rum, holten uns Bier, setzten uns dann auf verlassene Spielplätze und redeten über den Tod. Immer, wenn einer sprach, hörte der andere zu. Es war ein völlig anderes Reden als mit Burner und den Jungs. Tief. Sinnlich. Man musste allerdings aufpassen, dass nicht zu lange Pausen entstanden, dann war's schwer, wieder reinzukommen. Viele Witze machten wir auch nicht. Ein paarmal versuchte ich, das Thema zu wechseln und heitere Anekdoten über meinen alten Freund Milbe loszuwerden. Sie hörte immer ruhig zu, aber man merkte schon, dass die Kapriolen dieses Ausnahmemenschen sie nicht in dem Maße begeisterten wie mich. Darum kehrte ich immer schnell wieder zum Tod zurück. Tod. Selbstmord vor allem, das besprach sie gerne. Immer wieder musste ich ihr die feine Narbe an meinem linken inneren Handgelenk zeigen.

«Erzähl noch mal, wie du's gemacht hast», flüsterte sie dann, und ich sagte: «Ach, ganz normal mit'm Taschenmesser.»

Viele Worte wollte ich nicht verlieren über die alberne Narbe, weil ich mich dabei immer schlecht fühlte, denn eigentlich war es nur eine Brandverletzung von McDonald's. Wir alle hatten an dieser Stelle eine, weil man genau da immer wieder an die heiße Brötchenmaschinenkante kam, wenn man nicht aufpasste. Wenn Jacky sie genauer betrachten oder küssen wollte, zog ich sie immer schnell weg, kam zum Glück irgendwie stimmig rüber.

Einmal versuchte ich, sie zum Spielen zu überreden. Wo wir doch schon mal auf dem Spielplatz waren.

«Isch werde die Postkutsche überfallen!», rief ich, sprang auf und rannte auf eine grob gezimmerte Eisenbahn aus Holzbohlen zu. Geschickt wuchtete ich mich auf ihr Dach und rief mit gezücktem Finger: «Hände hoch! Raus mit der Penunze! Nein! Es ist Joe Dalton! Das haben Sie rischtisch erkannt, Miss, und jetzt her mit dem ... Aaaaaahhh! Isch bin getroffen!»

Jacky war auf der Schaukel sitzen geblieben und trank schweigend ihr Bier. Ich hielt mir das Herz und stürzte von der Lok.

«Die Schweine! Sie haben misch erwischt! Es war ein Hinterhalt! Aber isch werde misch räschen!» Ich kletterte wieder hoch.

«Es ist wieder Joe Dalton! Rischtisch geraten, Sheriff, friss mein Blei!»

An dieser Stelle wechselte ich die Figur wie im Traum. Ich war jetzt der Sheriff, der in hohem Bogen von der Lok fiel.

«Verfluchter Desperado!», rief ich und wälzte mich im Sand. «Aber es ist nur eine Fleischwunde, zum Glück. Da kommt ja schon wieder die Bahn.»

Ich sprang hoch, und so ging es eine Weile hin und her.

Aus den Augenwinkeln konnte ich erkennen, dass Jacky

keine Anstalten machte, in das Spiel mit einzusteigen und – was auch ein wichtiges Indiz war – nicht lachte, sondern schweigend Richtung Himmel schaute. Darum brachte ich die Geschichte in den nächsten Minuten zu einem halbwegs organischen Schluss und ging wieder rüber zu ihr.

«Ich blute», sagte ich, und so war es auch. Musste mich bei einem der Stürze verletzt haben. Spielen war schon ein verdammtes Abenteuer, schade dass es offensichtlich nicht so ihre Sache war.

«Wollen wir gehen?», fragte sie. Und ich nickte. Froh nickte ich, denn das war der Moment, auf den ich immer wartete. Das «Gehen». Das, was wir vor dem Gehen machten, also das ganze Rumlaufen, Biertrinken und Reden, kam mir manchmal – so toll, wie's war – nur wie ein Vorwand vor, um danach zu gehen. Und zwar zu ihr.

Man sagte ja auch *miteinander gehen,* damit war wahrscheinlich das hier gemeint.

Wenn wir dann bei ihr waren, wurde erst mal ausgiebig Katzenbegrüßung praktiziert, 'ne Weile steif rumgestanden und Musik gehört, und dann legten wir uns ins Bett.

Wo sie dann meistens sofort einschlief. Unsere Beziehung war noch am Anfang. Aber auf einem guten Weg, das spürte ich.

7

«april, april», sagte Milbe und haute Burner in die Eier.

«Es ist Mitte September, du verfluchter Idiot», keuchte Burner mit schmerzverzerrtem Gesicht.

Milbe verpasste Burner noch einen Schlag. Burner ging in die Knie.

«September?», fragte er dann mich. Ich nickte.

«Old Nick», sagte Milbe und lehnte sich an den Billardtisch.

«So sieht's mal aus», sagte ich.

«Old Nick ist wenigstens noch'n Punkrocker. Wer sonst rennt so rum, Alter?»

Hier spielte Milbe wohl hochironisch auf meine Kleidung an. Mein Zeug wusch ich im Waschcenter, und weil Kochen genauso viel kostete wie schlappe 30 oder 40 Grad, kochte ich immer alles. Wäre ja sonst die pure Geldverschwendung gewesen, und das konnte ich mir nicht leisten. Allerdings hatte Rocky mir ein altes rotes Sweatshirt von sich geschenkt, und dieses törichte Teil hatte jetzt alle anderen Sachen rosa gefärbt. Egal. Warum nicht mal Rosa? Passte doch auch gerade ganz gut zu meinem verliebten Leben mit Jacky und so.

Während ich noch überlegte, wie ich Milbe das alles am

besten erklären könnte, ohne mehr Worte zu gebrauchen, als die Geschichte wert war (das lernte ich gerade mit Jacky: nicht so viele Worte machen), haute er mir ebenfalls in die Eier.

«April, April», sagte er.

Es tat irre weh, war aber gleichzeitig so bescheuert und so typisch wir mal wieder, dass ich lachen musste.

«So geht April, April nicht», sagte La Boum. Milbe drehte sich zu ihm und hob die Hand. La Boum wich zurück und stieß dabei ein großes Bierglas um, das laut auf dem Boden zerbrach.

Der Schweiger steckte den Kopf durch den Türrahmen, sah auf das Glas und dann auf uns.

«War ein Versehen», erklärte Burner, «wir zahlen das Glas.»

«Ich feg's auf, okay?», rief ich.

Der Schweiger schwieg. Jedes Mal, wenn wir zu ihm gingen, hatten wir Angst, Hausverbot zu kriegen. Das wäre katastrophal gewesen, denn das war doch unsere Stammkneipe hier.

Burner hatte sie entdeckt. Eine miese Spelunke im Wedding, mit einem Billardtisch, einem Flipper und einer Dartscheibe. Außer uns und ein paar alten Männern war nie jemand dort. Die Männer spielten nicht, wir hatten den Billardraum immer für uns allein.

«Wir müssen schaffen, dass der Wirt uns kennt», hatte Burner gesagt. «Wir müssen die good old Boys sein, die immer hier sind. Die good old Boys.»

Um das zu erreichen, hatten wir, als wir die ersten Male hingingen, immer jeweils zwei Fassbrause bestellt. Wir mochten keine Fassbrause, wer mochte den Höllensud schon, aber Burners Plan war, durch diese auffällige Getränkewahl zu einem Begriff für den Wirt zu werden.

Als wir das vierte Mal hingingen, sagten wir: «Das Übliche.»

Der Wirt sah uns nur an.

«Zwei Fassbrause. Wir trinken doch immer Fassbrause.»

Schweigend schenkte er uns ein.

Beim nächsten Mal wir wieder: «Das Übliche.»

Er: schweig.

«Fassbrause», sagte ich. «Können wir es so machen, dass Sie uns, wenn wir das nächste Mal kommen und ‹das Übliche› sagen, einfach zwei Fassbrause geben? Weil, wir trinken immer Fassbrause.»

Er antwortete nicht. Und beim nächsten «das Übliche» reagierte er auch wieder nicht.

Da hatten wir's aufgegeben. Hatte auch sein Gutes: Konnten wir endlich wieder richtiges Bier trinken, wie es die Natur von uns forderte.

Seit zwei Monaten gingen wir nun schon regelmäßig zum Schweiger. Erst nur Burner und ich, dann hatten wir nach und nach die anderen eingeweiht.

Es war jetzt wirklich unsere Stammkneipe geworden. Mit dem interessanten Detail, dass der Wirt nie auch nur ein einziges Wort an uns verlor. Wenn wir mal was kaputt machten oder wieder die weiße Kugel vom Tisch runter in den Schankraum stießen, blickte er immer nur schweigend in unseren Raum. Das Allerverrückteste war, dass er mit den alten Männern am Tresen ganz normal redete, über Fußball und so. Die alten Männer wiederum redeten auch schon mal mit uns:

«Wieso habt ihr solche Haare, ihr seht aus wie Affen. Wascht ihr euch nicht, wie solln die Mädchen solche wie euch gut finden? Früher hätte es Lager geheißen», solche Sachen. Also gab es – billardmäßig gesprochen: über Bande – doch eine Art Kommunikation zwischen uns und dem Schweiger. Er redete mit den Alten und die mit uns. Direkt sagte er nie was zu uns, und mittlerweile hätte uns das auch total erschreckt, wir wollten es gar nicht mehr. Er war der Schweiger. Er war unser Held. Stundenlang diskutierten wir über ihn. Was er wohl für Musik hörte, wie er mit seiner Frau umging, ob er mal bei der Fremdenlegion oder DDR-Agent oder Zauberkünstler gewesen war. Er war der Schweiger. Bei ihm war alles möglich. Burner und ich hatten das heimliche Ziel, so zu werden wie er.

«Nicky, ich hab von dir geträumt», sagte La Boum auf einmal.

«Hehe», machte ich.

«Ich war gestorben, und du standest an meinem Grab, aber du warst überhaupt nicht traurig.»

«Es war ja nur ein Traum, mein Junge.»

La Boum schüttelte nachdenklich den Kopf: «Nein, nein.»

«Na doch», sagte ich.

«April, April», sagte Milbe und haute La Boum in die Eier.

«Wir brauchen noch mehr Bier», sagte Burner, und wie immer hatte er recht.

8

«hast du mal wieder was von Milbe gehört?», fragte Jacky. Seltsam, dieses plötzliche Interesse an meinem alten Kameraden. Es passte gar nicht zu ihr.

Was führte sie im Schilde? Ich durfte jetzt keinen Fehler machen, und das war schwer, denn ich war nackt. Nach Wochen des Werbens um die Frau meines Lebens war ich jetzt endlich nackt. Mann. Ein Dutzend Mal hatte wir uns nun schon getroffen, getrunken, auf Spielplätzen gesessen, den Tod von der Schippe gequatscht, noch mehr getrunken, eine Situation kreiert, in der wir bei ihr schlafen mussten, nur damit ich mir ankucken konnte, wie sie dann auch original wirklich schlief, zusammengerollt wie ein junges Gnu, während ich die ganze Nacht von den trommelfellzerfetzenden Pumpgeräuschen meines Schwellkörpers wachgehalten wurde. Und die Katzen schärften ihre Krallen an diesem und jenem, die Katzen machten es nicht besser.

Morgens pflegte Jacky dann zu scherzen: «Was machst du denn in meiner Küche?», worauf ich so «Höhö» entgegnete, und sie dann: «Spinnst wohl, hier morgens in meiner Küche, oder was?», und ich wieder: «Haha, prust», und dann zaghaft den Arm um ihre Schultern gelegt, worauf sie: «Ey!

Spinnst wohl, Pfoten weg!», und ich den Arm noch kurz da lass und dann wieder weg, worauf sie: «Zu essen gibt's hier nichts», und ich so: «Hab ja eh keinen Hunger», worauf sie: «Auch wenn du Hunger hättest, würd's nichts geben», worauf ich: «Astrein», und dann sie: «Muss jetzt zur Arbeit.»

Und nach diesem ganzen charmanten screwballcomedyartigen Gefrotzel zog sie mich jedes Mal zu sich runter und küsste mich. Hart und lang. Ich legte dann meine Hände auf ihren knabenhaften Po, für den eine Hand gereicht hätte, aber ich hatte ja nun mal zwei. Die zweite legte ich bußfertig über die erste, sah bestimmt blöd aus, fühlte sich falsch an, ich hatte einfach noch zu wenig Erfahrung mit solchen Sachen, und dann küsste ich sie zurück.

«Du küsst gut», flüsterte sie und sah mir in die Augen, als wäre das etwas Todtrauriges.

«Jetzt muss ich gehen», sagte sie dann, und – flutsch – waren wir aus der Wohnung draußen. Sie stieg in ihr Auto, ich wollte noch mal küssen, sie schob mich weg und sagte «Nicht», und dann brauste sie davon, während ich mitten in Neukölln zurückblieb und mir beim Bäcker ums Eck, der mich irgendwann schon kannte, eine Schrippe holte.

Diesmal aber war alles anders: Ich war nackt. Sie war irgendwie früher aufgewacht als sonst und hatte mir nach der ganzen «Hä, du in meiner Küche?»-Routine beim Küssen die Kleider ausgezogen. Jetzt stand ich nackt vor ihr, und sie hielt meinen Lümmel in ihrer schmalen Hand.

«Du hast einen schönen Schwanz», sagte sie.

Darauf fiel mir keine Antwort ein. War ja eigentlich auch gar keine Frage. Konnte jetzt eh nicht gut reden, darum vergrub ich meine Nase in ihrem Nacken, und mit zitternden

Fingern versuchte ich, ihren obersten Hemdknopf aufzuknöpfen. Sie war nämlich im Gegensatz zu mir überhaupt nicht nackt, sondern vollständig bekleidet. Sogar die Schuhe hatte sie an.

«Nicht», sagte sie. «Ich muss zur Arbeit.» Sie packte mich am Schopf, zog meinen Kopf hoch und sah mir traurig in die Augen. Den Schwanz ließ sie nicht los.

«Ach kmmm, mrmbl mmmh?», machte ich.

«Nein. Ich muss los. Muss zur Arbeit. Und du kommst mit.» Sie zog mich am Schwanz zur Tür und machte sie auf. Kalt wehte es von draußen rein.

«Hast du mal wieder was von Milbe gehört?», fragte sie.

Vielleicht will sie die Gewalt meiner Liebe testen, schoss es mir durch den Kopf. Wenn ich jetzt wirklich nackt mit ihr rausgehe, hab ich den Test bestanden, also los. Yeah, geil, der letzte Test, und dann sind wir endlich Mann und Frau, jubelte mein Stammhirn.

Aber da erscholl auf einmal eine zweite Stimme, und die sagte: Alter, wenn du jetzt mit ihr da rausgehst, lässt sie dich nackt in Neukölln allein. Sie wird es tun, sie wird in ihr Auto steigen und losfahren mit traurigem Blick. Verlass dich drauf.

Und auf diese Stimme hörte ich. Ich machte meinen Schwanz los, holte meine Klamotten und zog sie an. Schweigend schaute sie mir zu. Die Hose ging nicht zu, ich musste sie auflassen, hielt aber meine Jacke davor. So humpelte ich ihr hinterher zu ihrem Auto.

«Sehn wir uns heute Abend?», fragte ich.

Sie zuckte mit den Achseln, stieg ein und fuhr los.

Drei Tage später rief sie mich an.

«Nick», sagte sie.

«Hey, Jacky. Gehst du heut Abend auch zu den Toy Dolls? Wir könnten zusammen gehn, wär doch'n Überding. Ich wollte so um halb zwölf hin.»

«Nick, ich hab mir überlegt, es wäre gut, wenn wir uns eine Weile nicht sehen.»

«...?»

«Ich brauch Zeit für mich. ich brauch Zeit, um mir zu überlegen, was ich will. Verstehst du das?»

«Klar. Kein Problem. Wie lange brauchst du denn?»

«Zwei Monate.»

Zwei Monate fand ich sehr lang. Aber wenn Jacky danach wusste, was sie wollte, würden wir beide davon profitieren. Also sagte ich: «Okay.»

«Es ist einfach wichtig, dass ich mal in Ruhe nachdenken kann. Ich brauche diese Zeit.» Sie seufzte.

«Logisch», sagte ich.

«Und heute Abend. Da wollte ich wirklich zu den Toy Dolls. Also fänd ich's super von dir, wenn du nicht hingehen würdest.»

«Was? Ja, dann bleib du doch zu Hause. Ich geh auf jeden Fall.»

Sie seufzte wieder. Es kam mir sogar vor, als würde sie weinen, da drüben, an ihrem Ende der Leitung.

«Du verstehst mich nicht», sagte sie.

«Wieso kann ich da nicht hin? Wir können doch so tun, als ob wir uns nicht kennen oder so.»

«Nick, das ist doch kein Spiel. Ist das alles für dich nur ein Spiel?»

«Nein.»

«Kannst du nicht *ein*mal versuchen, das aus meiner Perspektive zu sehen? Ich *brauche* diese zwei Monate.»

«Okay. Oh Mann.» Ich knallte den Hörer auf.

Gleich tat es mir leid, und ich rief noch mal an, um mich zu entschuldigen. Jacky war unglücklich, das konnte ich spüren. Irgendein Wurm bohrte sich durch ihr Herz.

Eine Woche hielt ich durch. Dann fuhr ich zu ihr. Ich hatte Angst, sie würde sauer reagieren, aber sie schien sich eher zu freuen, als sie mir die Tür öffnete.

«Tut mir leid, ich wollte – ich musste dich sehn», stotterte ich voll süß. Sie lächelte und sagte: «Komm rein.»

Es war nach Mitternacht. Jacky ging in die Küche, holte zwei Bier, und wir tranken schweigend. War aber kein steifes Schweigen, fühlte sich gut an. Total okay. Sogar die Katzen hielten sich zurück. Alles war gut.

«Kann ich hier schlafen?», fragte ich leise, zaghaft und wieder echt süß, und Jacky nickte.

Wir legten uns hin und fingen an, uns zu küssen. Lange. Dann streichelten wir uns, bloß als ich ihre Unterhose runterziehen wollte, sagte sie: «Nicht.»

Aber das war okay. Richtiger Sex musste gar nicht sein, die eine Minute mehr oder weniger, was soll's. Ich fand es überirdisch schön, bis in die Morgenstunden nur zu fummeln, und immer wenn die Katzen ins Bett wollten, scheuchte Jacky sie wieder raus. Das fand ich fast am besten.

Am Morgen musste sie zur Arbeit. Das kannten wir ja schon. Sie gähnte und reckte sich. Ich nahm sie wieder in den Arm, und sie schmiegte sich sofort an mich.

«Ach, am liebsten würd ich den ganzen Tag mit dir im Bett bleiben», sagte sie.

«Mach doch.»

«Geht nicht.»

«Ich hoffe, du nimmst mir nicht übel, dass ich nicht zwei Monate gewartet habe», sagte ich, zwischen süß und kokett oszillierend, während wir zu ihrem Auto gingen.

«Nein», sagte sie und sah mir direkt in die Augen. «Aber dafür sind es jetzt drei Monate.»

«Was?»

«Drei Monate», wiederholte sie, gab mir noch einen langen Kuss, stieg in ihr Auto und fuhr davon.

9

drei monate war natürlich irgendwie länger als zwei Monate, aber ich hatte eine gute Idee, wie ich diese Zeit perfekt nutzen konnte: Ich würde mich endlich beschneiden lassen.

Wenn er nicht erigiert war, sah mein Schwanz nämlich aus wie ein gottverlassener Zwergelefantenrüssel. Vorn hing diese ganze peinliche Pelle drüber, was sollte das?

Zudem hatte ich noch eine Vorhautverengung, die gemeine Phimose.

Durch die Kindheit rüsselte ich mich so halbwegs durch, hatte andere Probleme. Beim Sex mit meiner ersten Freundin (der eh immer irre trocken gewesen war, wir kannten damals das Geheimnis des Vorspiels noch nicht) war mir dann aber dieser kleine Hautfetzen, der die Vorhaut mit dem Mutterschiff verbindet, gerissen und schief wieder zusammengewachsen, und seitdem tat mir Sex weh. So viel Sex hatte ich zum Glück seither nicht gehabt, aber das würde sich ja in drei Monaten ändern.

Jetzt war endlich der Moment gekommen, die Sache grundlegend in Ordnung zu bringen. Die erzwungene Sexpause wegen Jackys drei Monaten (irgendwie hatte ich verdrängt, dass schon unsere ganze bisherige Beziehung eine Art

Sexpause gewesen war) würde ich nutzen und den blöden Rollkragen wegmachen lassen.

«Ich kann Ihnen das ambulant durchtrennen», sagte Frau Dr. Dreuser, eine ältere Urologin, während sie mit latexbehandschuhten spitzen Fingern angewidert meine Eichel hin und her rollte. Ich bereute schon, zu ihr gegangen zu sein. Auf jeden Fall eine Frau, hatte ich gedacht, kein Mann soll jemals mein Ding anfassen. Hatte jetzt auch gar nicht erwartet, dass die Ärztin blond und kurvig ist und sich gleich verliebt. Aber dieser unverhohlene Ekel von Frau Dr. Dreuser war doch ziemlich bedrückend.

«Kann ich jetzt durchtrennen, da können Sie dann gleich wieder nach Hause gehen.»

«Und der Rüssel?», hakte ich nach.

Frau Dr. Dreuser bedachte mich mit einem Blick voll fragendem Hass.

«Ich meine, diesen langen Schlauch vorne dran. Kann man den nicht auch gleich wegmachen?»

Sichtlich erleichtert sagte sie: «Das kann ich hier nicht machen. Dazu muss ich Sie an ein Krankenhaus überweisen.»

«Gut.»

Fanden wir beide. Da würden wir uns nie wiedersehen müssen.

Wie man sich täuschen kann.

Nachdenklich fand ich mich zwei Wochen später im Virchow-Krankenhaus ein. Virchow-Krankenhaus, da sollte man denken: so gut wie Virchow. So wie Vollmilchschokolade Vollmilch und Atomkraft Atome enthält, so enthält dieses Krankenhaus die Fähigkeiten, die Könnensstufe, die Essenz und Konsequenz Virchows, wer immer das auch war. So sollte man denken. So dachte ich aber nicht, sondern ich dachte: Oh no.

«Wie gesagt, wir können die Beschneidung auch bei örtlicher Betäubung durchführen», meinte die Ärztin – diesmal eine junge. Aber auch nicht verliebt, glaube ich. Oder sie verbarg es brillant. «Sie würden eine Spritze in den Penis erhalten …»

Hier hörte ich schon nicht mehr zu.

«Nein, lieber Vollnarkose», sagte ich und gab ihr dann eine von mir eigens angefertigte Zeichnung. «Und – könnten Sie das so hinkriegen? Ich will nicht die ganze Vorhaut weg, nur so wie auf dem Bild.»

Mein Mac-Kollege Dietmar war nämlich vollständig beschnitten, und ich erinnerte mich, wie er Murat und mir einmal in der Umkleide ungefragt sein Gerät vor die Nase gehalten hatte.

«Hier, der spürt nichts mehr», hatte er gesagt und seinen Schwanz mit voller Kraft geohrfeigt.

«Das spürt er nicht?», hatte ich entgeistert ausgerufen.

«Auf keinen. Der kriegt nichts mehr mit. Ich verpass ihm immer mal wieder ein paar Dinger, dem kleinen Scheißer. Merkt der nicht.»

Warum Dietmar seinen Schwanz überhaupt schlug, fragten wir uns nicht, so sehr waren wir damit beschäftigt, uns vor dieser leichenhaften Empfindungslosigkeit zu gruseln.

«Ich mach ihn fertig, den Scheißer», hatte Dietmar in Rage ausgerufen und wie ein Besengter auf seine Nudel eingedroschen. «Den Scheißer. Den kleinen Scheißer.»

Dieses Bild war in meinem Kopf hängen geblieben (es hing dort neben dem Bild von der Damentoilette), und deshalb sagte ich jetzt: «Ich möchte auf keinen Fall die ganze Vorhaut weghaben, nur den langen Teil, der vorne rüberhängt. Also, das soll da nicht empfindungslos werden. Glauben Sie, das würde gehen?»

«Haben Sie das gemalt?», fragte die Ärztin, und jetzt beugten sich auch zwei Krankenschwestern über mein Bild. «Das ist ja toll. Sie sind ja ein richtig begabter Zeichner.»

Man hat nur einen Schwanz, deshalb hatte ich mir mit dieser Zeichnung natürlich Mühe gegeben.

«Das können wir auf jeden Fall so machen», sagte die Ärztin. «Darf ich das Bild behalten?»

Erst auf dem Nachhauseweg kam mir der Gedanke, dass das das erste Lob war, das ich jemals für was Gezeichnetes erhalten hatte.

In der Nacht vor meiner Operation ging ich noch mal zu Jacky. Natürlich klingelte ich nicht bei ihr, so doof war ich nicht: Hatte doch nun schon fast drei Wochen ausgehalten. Wenn ich jetzt wieder bei ihr ankäme, wären die ja umsonst und ich müsste noch mal komplette drei Monate warten. Oder vier. Wahrscheinlich sogar vier, genau. Nee, nee, auf keinen Fall. Aber ich trat die Vorderhaustür unten bei ihr auf, schlich mich in den Hinterhof, kletterte da auf eine Mauer und schaute von dort hoch zu ihrem Fenster. Es war offen, das gute alte Warnlicht blinkte auf seine sexy Weise, und man konnte diffuse Musik hören. Jacky war nicht zu sehen. Falls sie ans Fenster käme, musste ich blitzschnell von der Mauer rüber in den Nachbarhof rollen, wo ein halbes Dutzend Fahrräder meinen Sturz mildern würde. Es ging tief runter, aber ich würde es überleben: Die parallelen Fahrradstangen waren ein perfekter Schutz. Fahrrad'scher Käfig oder so hieß das. Hatten wir damals in der Schule gelernt.

Mein Herz pochte vor Liebe und vor Aufregung. Ich versuchte, es mit dem Warnblinken oben zu synchronisieren, als auf einmal ein Schatten am Fenster erschien.

Schnell presste ich mich flach auf die Mauer und machte mich zum Rollen bereit. Aber der Schatten hatte eine komische Form. Das war nicht Jacky. Es war … eine der Katzen. Natürlich. Mit ihrem Teufelssinn hatte sie wohl gespürt, dass ich hier unten hockte. Sie machte einen Buckel und sah mir mit funkelnden Augen direkt ins Gesicht. Man konnte erkennen, wie gerne sie mich verpetzt hätte, aber wie denn? Hehe. Pechsache, wenn man nur ein Tier ist, wa?

Ich grinste und zeigte ihr den Finger. Da begann sie zu miauen.

«Was hast du denn, mein Kackarsch, ist da was im Hof?», ertönte Jackys Stimme plötzlich total laut und nah, und ein größerer Schatten erschien am Fenster.

Ich rollte von der Mauer. Ihr hattet gedacht, das würde nicht mehr kommen, stimmt's? Oh doch. Ich rollte von der Mauer und fiel hart und schwer auf die unten lehnenden Fahrräder. Der Schmerz war beachtlich, aber nichts im Vergleich zu dem, was euer ergebener Erzähler auf den folgenden Seiten noch ertragen muss, Freunde. Stangen knallten mir in die Rippen, ich riss mir die Backe an einer Klingel auf, und – womit ich hätte rechnen können – alle Räder kippten unter lautem Getöse und Geklingel um. Hunde bellten los, Lichter gingen an, Leute schauten aus den Fenstern und riefen irgendwas. So schnell es ging, rappelte ich mich auf, rannte durch den Hof ins Vorderhaus und von dort die Straße runter.

Mit rasierten Hoden und Tropf in der Vene in einen neonbeleuchteten OP-Raum geschoben zu werden ist, glaube ich, für fast keinen gut. Vor allem, weil mir dabei die ganze Zeit diese eine urbane Legende im Kopf umherschwirrte von dem Mann, der zur Blinddarmoperation kommt, und nach dem Aufwachen aus der Narkose zeigt ihm die Schwester ein Einmachglas mit seinem Schwanz drin und fragt: «Wollen Sie ihn mit nach Hause nehmen?»

Darum sagte ich zu den OP-Leuten um mich herum: «Sie wissen, ich bin nicht der mit der Amputation.»

Keiner lachte. Alle machten weiter ihr Ding. Dachten sie: «War klar, dass der Amputationsidiot, wenn's ernst wird, kalte Füße kriegt. Lassen wir ihn mal labern.»?

Oder vielleicht hatten sie bisher «Beschneidung» gedacht, aber jetzt, wo ich es gesagt hatte, setzte sich «Amputation» in ihren Hirnen fest?

«Keine Amputation», lallte ich heiser, «nur die Vorhaut weg, und auch bitte nicht die ganze Vorhaut. Wo ist die Ärztin, der ich das Bild gegeben hab?»

«Zählen Sie bis acht», sagte der Anästhesist.

«Warum nur bis acht? Warum denn nur bis acht?», dachte ich und klappte weg.

Stück für Stück kam ich wieder zu mir. Sowie ich einfache Hauptsätze denken konnte, lugte ich unter die Bettdecke. Da lag mein Junge, mit blutigen, desinfektionsgelben Mullbinden umwickelt. Immerhin noch dran, aber in einem üblen Zustand. Er tat mir leid. Nach einer Weile tat er mir auch weh. Ging aber.

Ich dämmerte einen Tag und eine Nacht vor mich hin. Dann kam ein Arzt, schnitt die Mullbinde auf, besah sich die Sache und sagte: «Kannst nach Hause gehen, Junge.»

«Und dann?», fragte ich, einen schüchternen Blick riskierend. Sah aus wie etwas aus einem Zombiefilm. Dicke graugelbe Fäden ragten aus dem blutigen Elend heraus.

«Dann heilt das ab. Dauert zehn Tage bis zwei Wochen. Bei einer Erektion wird es allerdings zunächst immer wieder aufreißen und bluten.»

«Also erst mal keine Erektion», sagte ich. Zum Glück hatte Rocky meine Hustlers. Und ich wollte das eigentlich sowieso nicht mehr machen. Wäre ja der reinste Betrug an Jacky.

«Genau.»

«Und die Fäden? Wann kommen die wieder raus?»

«Das sind Fäden aus Katzendärmen», sagte der Arzt. «Die muss man nicht extra entfernen, sie lösen sich von selber auf.»

Mein Schwanz pochte und fühlte sich so dick an wie ein Kopf, als ich nach Hause humpelte.

In meinem Zimmer riskierte ich noch mal einen Blick. Grausam. Mir war nie weniger nach einer Erektion gewesen als jetzt.

Ich strich vorsichtig mit dem Finger über die grob gestochenen Katzendärme.

«Meine kleinen Kackärsche», murmelte ich leise und bereitete mich innerlich auf die nächste Zeit vor.

Eugens Fickmusik würde ich natürlich nicht hören während dieser Zeit. Aber auch ins Linientreu würde ich nicht gehen. Nicht dass ich dort jemals eine Erektion oder auch nur ein Lächeln bekommen hätte, aber irgendwie wollte ich, so impotent, wie ich nun war, nicht an Orten sein, wo Männer und Frauen sich zumindest theoretisch hätten kennenlernen können, wenn nicht die achtziger Jahre gewesen wären. Nirgendwo wollte ich eigentlich hingehen. Bei Mac hatte ich zwei Wochen Urlaub genommen. Nicht mal mit meinen Freunden wollte ich mich treffen. Ich hatte keinem von der Beschneidung erzählt, aber Burner, Milbe und La Boum würden mir sicher ansehen, dass ich nicht mehr der Alte war.

Also blieb ich zu Hause, redete mit Rocky über den Abwasch, den man mal machen könnte, und sah fern.

Viel gab's ja damals nicht. «Lindenstraße», dieses irre neue Konstrukt, bei dem die Unprofessionalität der Darsteller einen faszinierte, «Kottan ermittelt», Testbild, «Der schwarze Kanal», «Mein Name ist Hase» – das war's schon fast.

Und ich hatte plötzlich auch keine Freude mehr an meiner alten Lieblingssendung «Mein Name ist Hase», weil mir schmerzhaft bewusst wurde, dass ich eigentlich wie diese Zeichentrickfiguren war. Wie Bugs Bunny, Daffy Duck, Karl der Koyote oder Sylvester hatte ich nichts zwischen den Beinen. Und war mein Leben nicht auch so? Versuchte ich nicht dauernd, irgendwas zu erreichen, was eh nicht klappen konnte?

Ohne Erektionen konnte ich auch nicht malen. Ich versuchte es natürlich, dachte, wenn man schon mal zwei Wochen zu Hause ist, wär das doch die Gelegenheit für ein verfluchtes Meisterwerk. Aber mir gelang nichts.

Wart ihr schon mal männlich, neunzehn und habt versucht, länger als einen Tag keine Erektion zu kriegen? Genau. Ständig zuckte er, der kleine Scheißer, alle paar Minuten wollte er sich aufrichten, alles gefiel ihm auf einmal: Sonnenlicht, Kaffeeduft, Rockys bescheuerter Jeff Beck, die Lindenstraßen-Anfangsmelodie – und nur weil's sofort schneidend schmerzte, blieb er dann doch unten.

Dass Männer im Schlaf beim Träumen Erektionen kriegen, hatte mir allerdings keiner gesagt. Jede Nacht wachte ich schreiend, fluchend und mit blutendem Schwanz auf. Und nicht nur einmal: Wir kommen jede Nacht viermal in die Traumphase. Die ersten drei Träume vergessen wir normalerweise wieder. Ich nun nicht. Ich träumte, kriegte einen Dicken, wachte vor Schmerzen auf, schlief wieder ein, träumte wieder, wachte wieder auf. Die Nächte waren auf einmal so lang wie Tage, was die Zeit noch schleichender vergehen ließ. Dreck.

Die Nähte eiterten still vor sich hin, man konnte den Därmen beim Auflösen zukucken. Nach zwei Wochen waren sie tatsächlich verschwunden, und der Kleine riss nachts nicht mehr ein. Aber er sah finster aus. Eine riesige lila Geschwulst hatte sich an der Schnittstelle gebildet, unförmig, wabbelig. Es sah aus, als hätte ich Peniskrebs.

Zwei Wochen wartete ich noch, ob das nicht von selbst verschwinden würde. Dann ging ich zu Frau Dr. Dreuser.

Sie telefonierte, als ich ins Behandlungszimmer kam, und zeigte dabei mit dem Zeigefinger auf meine Mitte. Dann ließ sie den Finger kreisen. Ich machte meine Hose auf und holte die arme verstümmelte Sau raus.

Frau Dr. Dreuser sah ihn nicht an, sie drehte sogar ihren Sessel zum Fenster und telefonierte weiter. Anscheinend mit jemandem, den sie gerne hatte, denn sie lachte fröhlich.

Eine ziemliche Zeit stand ich mit meinen Schwanz in der Hand so da und zog die Vorhaut vor und zurück, damit sie erkennen konnte, dass ich auch was zu tun hatte und gar nicht so von ihrer Aufmerksamkeit abhängig war.

Schließlich legte sie auf, drehte sich zu mir, und die Freude wich aus ihren dunklen Augen.

Ach ja: Schwänze, schien sie zu denken. Stimmt ja. Das ist ja mein Job: Schwänze.

Sie schaute auf meinen. Dann in mein Gesicht.

«Ja?», fragte sie.

«Na ja», sagte ich. «Ich war doch bei der Beschneidung.»

«Ja, das seh ich. Und was wollen Sie jetzt noch hier? Die Fäden haben sich ja aufgelöst.»

«Ja, bloß kucken Sie doch mal, dieses Teil hier. Ich wollte fragen, wann das weggeht.»

Ich wulstete ihr die Sache ins Blickfeld. Sie zuckte zusammen.

«Was ist das denn?», fragte sie.

«Das hat sich so gebildet.»

«Sie meinen, das war vorher nicht so?»

«Nein. Natürlich nicht.»

Frau Dr. Dreuser zog sich ihre Latexhandschuhe an, machte aber keine Anstalten, mein Glied zu berühren. «Ziehen Sie mal die Vorhaut weiter zurück.»

Ich machte das.

«Funktioniert», sagte sie.

«Ja, funktioniert, aber was ist mit dem Wulst?»

«Behindert Sie der?»

«Nein, aber das sieht doch nicht aus.»

«Ach so: *ästhetische* Gründe.» Auf einmal war ich die Prinzessin auf der Erbse.

«Ja. So kann das doch nicht bleiben. Das kann doch nicht … verstehen Sie?»

«Was *ist* das denn überhaupt?», fragte Frau Dr. Dreuser.

«Wissen *Sie* das denn nicht?»

«Ich habe so etwas in meinem ganzen Leben noch nie gesehen. Und Sie sind sicher, dass das nicht schon vorher so war?»

«Nein. Ja. Ich meine, war nicht so. Wie kann man das denn wieder wegmachen?»

Frau Dr. Dreuser lehnte sich zurück. Dann holte sie einen Verschreibungsblock aus der Schublade und kritzelte darauf herum. Sie gab mir das Rezept.

«Hier. Das ist eine Creme. Die tragen Sie jede Stunde auf. Zwei Wochen lang. Dann kommen Sie noch mal her.»

«Geht das von der Creme weg?»

«Wir reden in zwei Wochen weiter.»

Zwei Wochen lang jede Stunde den Penis eincremen ist leichter gesagt als getan. Erst mal: Ich hatte keine Uhr, musste also immer jemanden fragen, ob es schon wieder so weit war. Zweitens: Ich war ja nicht den ganzen Tag zu Hause, verdammt. Unterwegs musste ich mich öfter mal in die Büsche schlagen. Und drittens: Was war mit nachts? Wie sollte ich nachts jede Stunde cremen? Seit mir nichts mehr einriss, schlief ich ja durch.

Ich cremte und cremte. Wenn ich mal zu spät war, kriegte

ich gleich Panik, dass jetzt alles umsonst gewesen sein könnte. Alle meine Hoffnung setzte ich auf die Creme, die Creme war gut, sie würde mich heilen, musste nur dranbleiben und cremen. Noch nie hatte ich etwas so gewissenhaft betrieben wie dieses regelmäßige Cremen. Es gab meinem Leben Struktur, und ich erkannte: Vorher war gar nicht so viel Struktur da gewesen.

«Drogen, Herr Nick?», fragte mein Manager.

«Nein danke.»

«Mir wurde – ich sage jetzt nicht, von wem – zu verstehen gegeben, dass Sie in letzter Zeit ungewöhnlich oft die Waschräume aufsuchen. Sind das Drogen oder drogenähnliche Substanzen, die Sie dort zu sich nehmen?»

«Nein. Ich nehm da überhaupt nichts zu mir. Außerdem bin ich immer nur ganz kurz im Waschraum, das hat Ihnen Rainer hoffentlich auch gesagt.»

«Was tun Sie dort?»

«Nichts. Also nichts Besonderes. Nichts Wichtiges.»

«Was ist es?»

«Ist doch egal.»

«Die Prostata, Herr Nick?»

«Nein.»

Er nickte. Langsam und wissend. Mein «Nein» schien der Beweis gewesen zu sein, den er gebraucht hatte. «Sie sind ein junger Mann», sagte er nachdenklich. «Aber Sie haben eine alte Seele. Das ist ganz offensichtlich.»

10

nach zwei wochen sah der Wulst aus wie vorher. Nicht mehr ganz so lila vielleicht, aber das fand ich gar nicht unbedingt gut. Fühlte sich hier anscheinend schon zu Hause, der Satan, und nahm gemütlich die normale Gliedfarbe an.

«Haben Sie jede Stunde gecremt?», fragte Frau Dr. Dreuser.

«Ja. Also fast immer.»

«Machen Sie das mal weiter so.»

«Weiter? Aber das ist ziemlich stressig, jede Stunde.»

«Sie können auch nur alle zwei Stunden cremen.»

«Wirkt das denn dann noch?»

«Das macht keinen Unterschied.»

«Könnte ich denn vielleicht auch nur alle drei Stunden?»

Starr vor Abscheu konnte Frau Dr. Dreuser nichts mehr sagen, nicht mal den Kopf schütteln. Sie wirkte wie eingefroren und tat mir fast leid.

«Drei Stunden geht nicht, wa?», sagte ich darum selber und schüttelte bekräftigend den Kopf. «Dann also alle zwei.»

Verzweifelt cremte ich nun alle zwei Stunden. Als wäre die bescheuerte Creme ein Gott, an den man einfach glauben musste, obwohl sie, wie alle Götter, überhaupt nicht half.

Alle anderen Aspekte des Lebens verblassten. Ich cremte.

Zwei Wochen später: immer noch keine Verbesserung.

«Das mit dem Cremen bringt nichts», sagte Frau Dr. Dreuser.

Ich schwieg und hielt meinen armen hässlichen Glöckner in der Hand. Unterwürfig, wie ein Proletarier des vorigen Jahrhunderts beim Gespräch mit dem Boss seine Schiebermütze. Obwohl Frau Dr. Dreuser erkennbar kein großer Schwanz-Fan war, sagte sie nie: «Packen Sie ihn mal wieder ein», sondern ließ mich jedes Mal endlos so dastehen, während sie nachdachte oder so tat.

«Ich könnte Ihnen das vielleicht wegbrennen. Oder wegätzen», sagte sie und sah mich bitter an.

«Brennen?», fragte ich.

«Oder schneiden», schlug sie vor. «Gut. Kommen Sie Montag in zwei Wochen um elf Uhr früh. Nüchtern, also kein Frühstück. Dann operiere ich das.»

Dieses Dahinschleichen in Zweiwochenschritten schlauchte. Von den drei Monaten waren schon zwei vorbei, aber jetzt wäre es ja die letzte Maßnahme.

Hungrig trat ich am Montag um elf ins Behandlungszimmer. Frau Dr. Dreuser telefonierte wieder. Diesmal ging es um eine Safari in Kenia. Hätte ich keinen Bock drauf, da käme ich mir blöd vor als Weißer. Sicher auch nicht billig. Und die armen Tiere sind dann tot.

Aus alter Gewohnheit holte ich meinen Wulstmaster raus. Sie schaute irritiert darauf, schüttelte dann heftig den Kopf und telefonierte weiter. Ich verstaute ihn wieder.

Als sie endlich fertig war, blickte sie mir ins Gesicht.

«Ich habe mich mit guten Freunden beraten», sagte sie. «Mit sehr guten Freunden. Und die haben von der Operation abgeraten. Es glaubt mir ja hinterher keiner, wie das vorher ausgesehen hat. Es könnte unverändert bleiben oder sogar noch schlimmer werden. Und Sie würden mich dann nach dem Eingriff verklagen.»

«Ich will Sie doch nicht verklagen, ich wüsste gar nicht, wie ... ich will doch nur, dass das wieder in Ordnung kommt», stammelte ich, und auf einmal lächelte Frau Dr. Dreuser – ein vollkommen unerwartetes böses Lächeln, in dem man das dicke Mädchen von einst erkennen konnte. Das arme dicke Mädchen ohne Freunde, das jetzt als Teufelsgeist in ihrem Herzen hauste, und nicht mal die Sonne Kenias würde es dort rausschmelzen können. Ihr Lächeln sagte: Natürlich wirst du mich verklagen, Pimmelpeter. Zu mir war nie einer gut. Tagein, tagaus lassen sie sich von mir ihre ekelhaften Würmer befingern, aber eines Tages wird ein Schiff mit acht Segeln und mit fünfzehn Kanonen kommen, und dann schneiden meine Piraten euch den Dreck ab. Hoppla, werde ich dann sagen. Hopplahopp.

«Ich weiß ja gar nicht, wie man überhaupt jemanden verklagt, und hätte auch gar kein Geld für 'nen Anwalt», versuchte ich sie umzustimmen.

So plötzlich, wie es gekommen war, verschwand das Lächeln auch wieder aus ihrem Gesicht, und sie schüttelte den Kopf. «Wir sind hier fertig», sagte sie.

Würde ich also für immer entstellt bleiben? Ein Monstrum? Ein Phantom? Für mich selbst war der Wulst auf eine schreckliche Weise schon fast normal geworden, beim Urinieren pulkte ich oft gedankenverloren an ihm herum. So wie ein Mathelehrer an seinem Zickenbart zieht. Ekelhaft, aber mit dieser gegengesellschaftlichen horrorhaften Freude am Ekel, die die erste Stufe der Monsterwerdung kennzeichnet.

Ich machte mir die Haare nicht mehr hoch. Für wen denn? Bei Jacky konnte ich nicht ankommen mit dem verstümmelten Schaden, das war ja eh klar.

In Lumpen gehüllt, würde ich sie heimlich mein restliches Leben lang aus der Ferne beobachten. Wie sie erst einige Jahre auf mich warten und dann schließlich mit einem hohlherzigen Gigolo zusammenkommen würde. Er würde sie nicht befriedigen können, und in lauen Mondnächten stünde sie wohl auf dem Balkon ihrer Villa und würde zarte Tränen weinen. Und dann hätte sie so ein Gefühl, als sei ich ganz in der Nähe. Und so wäre es auch. Ich würde in dem Baum neben ihrem Haus hausen. Jahrelanges Ausgestoßensein hätte mich zu einem halben Tier gemacht. Ich könnte klettern wie ein Affe und mit den Eichhörnchen sprechen. Sie wären meine Armee und würden Jacky immer wieder kleine Geschenke durchs offene Balkonfenster bringen. Eine Perlenkette hier, ein paar Vogelknöchelchen dort.

«Ist das von dir, Schatz?», würde sie den Gigolo fragen, und der würde «Ja» sagen, aber sie würde die Lüge durchschauen und leise in den Abendwind flüstern: «Nick?»

«Jacky», würde ich in Eichhörnchensprache zurückfiepen.

Oh Gott, so weit durfte es nicht kommen.

11

ich wandte mich an das Virchow-Krankenhaus, und nach endlosen sinnfreien Treffen mit irgendwelchen Leuten, die auch nicht wussten, was der Wulst war und wo der Wulst hinwollte, hatte ich auf einmal ein Treffen mit dem Chef. Dem Oberchef. Virchows Stellvertreter auf Erden.

Der Oberchef war ein irre lockerer Kerl. Er sah aus, als hätte er sich den weißen Arztkittel nur aus Gaudi übergestreift oder weil er sich verkleiden musste auf der Flucht vor zwei eifersüchtigen Geliebten, denn sein Leben war eine muntere Verwechslungskomödie.

Er lachte, als ich zur Tür reinkam. Fast hätte ich mitgelacht, so ansteckend klang es.

«Was ist die schwerste menschliche Arbeit?», fragte er.

«Tja», sagte ich.

«Denken!», rief er.

«Ah ja. Ha.»

«Denken ist die schwerste menschliche Arbeit! Denken!»

«Stimmt auch wieder.»

«Sie sind in zwanzig Jahren der Zweite, der das rausgekriegt hat», lobte er mich. «Na dann zeigen Sie mal her.»

Ich zeigte ihm meinen Schwanz. Jetzt hatte ich den definitiv schon mehr Ärzten als Liebhaberinnen präsentiert, und diese Erkenntnis bedrückte mich. Der Chef besah sich das Unglück und pfiff beifällig. Dann schlug er mir auf die Schulter: «Herzlichen Glückwunsch, Sie sind einer von tausend.»

«Ach so?»

«Ja, das sieht man selten: Sie haben ein so hervorragendes Immunsystem, dass Sie nach der Beschneidung eine riesige wulstige Narbe entwickelt haben, sehen Sie die? Hier. Das ist ein gutes Zeichen, da können Sie sich freuen: Ihr Körper reagiert zweihundertprozentig auf Angriffe von außen. Das haben Sie sicher schon bemerkt. Wenn Sie sich in den Finger schneiden, blutet es fast gar nicht, wächst sofort wieder zu, und Sie sind auch nie krank.»

«Ich bin andauernd krank, und wenn ich mir in den Finger schneide, blutet's wie die Sau.»

«Es kann auch sein, dass unsere Abklemmvorrichtung nicht funktioniert hat.»

«Hm.»

«Tja.» Er kuckte kurz ernst. Dann lachte er wieder. «Das schneid ich Ihnen gleich Montag weg», sagte er. «Höchstpersönlich.»

Ich traute dem Braten nicht. Die Ärztin, der ich die Zeichnung geschenkt hatte und die den ganzen Mist doch erst verbockt hatte, hatte ich nie wiedergesehen. Niemand konnte mir sagen, ob sie mich beschnitten hatte oder jemand anders. Ich hatte die Virchows im Verdacht, dass sie vor der OP nette, kompetent wirkende Arztdarsteller mit den Patienten reden lassen, dann betäuben sie sie, und irgendwelche Metzger steigen aus dem Keller und schlachten mit ungewaschenen Händen an uns armen Säuen rum.

«Aber ohne Narkose diesmal», sagte ich deshalb.

Er grinste: «Versteht sich.» Dann gab er mir die Hand. «Also bis Montag.»

«Darf ich da nichts essen vorher?»

«Machen Sie, wie Sie denken. Und wie sagten Sie so schön? Die schwerste menschliche Arbeit?»

«Denken?»

«Haha, ganz genau.»

Vor Montag hatte ich Angst. «Ohne Narkose» war eigentlich nicht mein Markenzeichen.

Aber ich musste sichergehen, dass der Chef persönlich schneiden würde. Ihm vertraute ich, sonst keinem.

Es war auch alles ausgesprochen chefmäßig am Montag: die Schwestern jung und zum Sterben schön, die Stimmung heiter und professionell. Ich wurde auf so eine Frauenarztliege gespreizt und bekam eine Spritze in den Schwanz. Es fühlte sich an, als würde ein Dämon ihm das letzte Fünkchen Leben entziehen, ein Schmerz, der bis nach oben in die Seele floss. Danach war der Kleine nur noch ein totes Stück Fleisch. Die Schwester hielt ihn in der Hand – ich glaube, aufgrund dieser Erfahrung hab ich nie einen Krankenschwester-Fetisch entwickelt.

«Dann wollen wir mal», meinte der Chef gut gelaunt. Die Schwestern waren alle in ihn verliebt. Und ich war hier irgendwie der Depp. Wenn überhaupt. Kaum mehr als ein Ding schien ich auf einmal zu sein, das nervte mich.

«Es kann sein, dass Sie durch die Manipulation eine Erektion bekommen», sagte der Chef. «Das muss Ihnen nicht peinlich sein.»

«Muss Ihnen auch nicht peinlich sein, wenn ich keine Erektion bekomme», sagte ich. «Das heißt nicht, dass ich Sie nicht mag.»

Ha. Volltreffer. Die schönen Schwestern und der Chef bogen sich vor Lachen. Ich hatte es geschafft, durch meine Pfiffigkeit vom Dingdepp oder Deppding wieder zum Menschen zu werden. Sogar der Held war ich jetzt.

«Heißt nicht, dass ich Sie nicht mag!», keuchte der Chef, setzte das Messer an und schnitt. Blut spritzte in alle Richtungen. Ich bereute meinen Witz sofort, denn sie kriegten sich irgendwie gar nicht mehr ein.

«Vanessa, gib mir mal den hahaha» – spritz, Vanessa findet vor Lachen nichts –, «hahaha, so eine Heiterkeit, bravo, ups, na hoppala, hier brauchen wir noch einen Tupfer.»

Wie Muppets gurkten die drei, ungelenk grölend und prustend, durch den Raum. Vanessa ließ eine Nierenschale mit Besteck fallen, da lachten sie noch mehr. Der Chef hatte die Augen geschlossen und krümmte sich. Aus meiner tauben, toten Seegurke spritzte ihm Blut auf den Kittel und ins Gesicht. Er schien es nicht zu merken.

«Bitte …», murmelte ich.

«Heißt nicht, dass ich Sie nicht mag!», rief der Chef, während er mit einer fetten Nadel und einem noch fetteren Katzendarm rumfuhrwerkte. Es sah nicht gut aus, er musste immer wieder zwischendurch abbrechen, weil er einen Lachkrampf bekam. Vanessa hatte den Raum verlassen. Die andere hing zuckend am Arm des Chefs. Ich kuckte an die Decke. Neonlicht. Klar. Was sonst.

Dann war auf einmal alles vorbei und der Chef verschwunden. Die übrig gebliebene Schwester sagte mit gerötetem Gesicht, aber sonst wieder einigermaßen gefasst: «Sie können jetzt nach Hause gehen.»

«Jetzt gleich? Aber … die Wunde … muss das nicht …»

«Heute vielleicht nicht so viel machen. Und in den nächsten zwei Wochen …»

«Ich weiß schon: keine Erektionen. Mach ich. Dann werd ich mal versuchen, nicht an den Chefarzt zu denken, wa … oder … haha …»

«Sie können jetzt gehen», sagte die Schwester.

Diesmal wurde es gut. Nach zwei Wochen hatte ich endlich den Schwanz meiner Träume. Sah genauso aus wie auf meiner Zeichnung. Nichts erinnerte an den Wulst, aus dem sie in den Katakomben des Virchow jetzt wohl einen zweiten Nick klonten. Von mir aus. Mein Martyrium war vorbei, und es hatte witzigerweise auf den Tag genau drei Monate gedauert: perfekt.

Ich wählte Jackys Nummer.

«Ja?», fragte sie.

«Hier ist Nick the Nickmaster.»

Schweigen.

«Jacky – alles klar?»

«Nick. Warum rufst du hier an?»

«Warum? Na, du meintest doch, ich soll mich melden, wenn … nach drei Monaten … oder was?»

Jacky seufzte. «Nick, ich bin jetzt mit Speichel zusammen.»

«…»

«Bist du noch dran?»

«Ja. Wa … seit wann denn?»

«Ist das denn wichtig?»

«Aber … hä? Speichel ist doch … ist er nicht 'ne totale Hohlbirne?»

«Vielleicht. Aber vielleicht ist das für mich gerade gut.»

«Liebst du ihn?»

«Er ist nicht so kompliziert.»

Ich legte auf.

Dann rief ich Burner an.

«Jupp?», machte er.

«Hehehehe», sagte ich.

«Nickoletto.»

«Burner. Alte Sackratte.»

«Hehehehe.»

«Hehehehehehe.»

12

Burner gab an diesem Wochenende eine Einweihungsfete in seiner neuen Wohnung (150-Quadratmeter-Altbau, vier Meter hohe Decken, 250 Mark Miete, direkt am U-Bahnhof Voltastraße). Da hatte ich eigentlich zusammen mit Jacky hingehen wollen, jetzt ging ich alleine. Wobei du nie alleine bist, wenn du Freunde hast.

«Nicki, wir hörn grad Böhse Onkelz, hehe», erklärte Burner, als er mir die Tür öffnete.

Aufgrund einer Wette ernährte er sich seit Wochen ausschließlich von Weißbrot und Bier, und so sah er auch aus.

«Schwarz-Rot-Gold, wir stehn zu dir!», sangen die Onkelz.

Ich nahm mir ein Bier.

«Wie kannst du diese Gülle hören, Burner?», wunderte sich La Boum, der auf dem Sofa lag. Saft- und kraftlos wie der junge Marcel Proust. Sonst war anscheinend noch keiner da.

«Boumi, du weigerst dich nur wieder, die Wahrheit zu sehn», sagte Burner. «Du erkennst nicht die wahre Romantik der Onkelz, weil du dich sperrst.»

«Was sagst du denn dazu, Nick?», fragte La Boum. Ich nahm mir noch ein Bier.

«Häppchen vom Guten, Nickobello?», fragte Burner und hielt mir ein abgepacktes Aldi-Weißbrot unter die Nase. «Kann ich dir auch toasten, mein Junge.»

«Von mir aus.»

«Wieso bietest du mir keinen Toast an, Burni?», fragte La Boum.

«Weil du ihn nicht verdienst. Und mach jetzt endlich mal die Faschokacke aus. Wir brauchen richtige Musik.»

«Ich hab hier was», sagte La Boum und hielt ein Sonic-Youth-Tape in die Höhe.

Burner legte stattdessen AC/DC auf.

«Bon Scott war der Größte», sagte er und begann, durch den Raum zu springen.

«Total primitiv», sagte La Boum.

Ich nahm mir noch ein Bier und kaute auf meinem Brot.

«Gut, der Toast, Nicki?», fragte Burner atemlos.

«Gut genug.»

«Hehehehe.»

«Hehe.»

«Hast du Nicki schon erzählt, wie du aus deiner Ausbildung geflogen bist?», fragte La Boum.

«Hehehe», machte Burner.

«Er hat Karel Gotts Orangensaft getrunken», petzte La Boum.

«Wollte nur mal wissen, wie der schmeckt», verteidigte sich Burner.

La Boum richtete sich auf: «Karel Gott war bei denen im Hotel, und er sollte ihm Frühstück aufs Zimmer bringen. Und dann hat er die Hälfte vom Orangensaft ausgetrunken und dafür Leitungswasser reingemacht.»

«Und Karel Gott hat das gemerkt?», fragte ich.

«Er kennt sich mit Säften wohl gut aus», sagte Burner, ohne mit dem Tanzen aufzuhören. Wenn man das Tanzen nennen konnte.

«Dann hat er sich beschwert, und Burni ist rausgeflogen», sagte La Boum.

«Mich hatte doch nur mal interessiert, wie dieser Saft so schmeckt», erklärte Burner.

«Wieso soll der anders schmecken als normaler Saft?», fragte La Boum.

«Na hör mal, war doch immerhin der Saft von Karel Gott», gab ich zu bedenken.

«Siehste, Nicki versteht mich», sagte Burner.

«Auf jeden Fall.»

Es klingelte.

Langsam füllte sich die Wohnung mit Leuten. Der verschwiegene Fred kam. Hundi, der Mann mit den Ohren. Mutter Vinyl, der schon 36 war, aber trotzdem gerne mit uns abhing. Na ja, wir waren auch weit für unser Alter. Mutter Vinyl brachte ein halbes Dutzend Punks aus Westdeutschland mit. Noch irre jung. Und auch sonst irgendwie anders als die Punks, die man so kannte. Niedlich. Niedlich sahen sie aus.

Niedliche Punks gab's jetzt also auf einmal. Vielleicht war das gut. Böse und anti waren wir alle doch lange genug gewesen, möglicherweise lag hier die Zukunft verborgen: in diesen stupsnasigen wuschelhaarigen Boys mit den blanken Stiefeln. Wuschelpunks. Vielleicht waren die es jetzt.

«Na Süßer», sagte ich zu einem kleinen Grünhaarigen

und haute ihm auf den Arsch. Er lächelte. War ich jetzt bi? Oder sogar schwul? Da würde Jacky sich schwarzärgern, hähä.

«Nick, kannst du mir verzeihen, ich habe einen furchtbaren Fehler gemacht! Speichel bringt's nicht, ich liebe dich. Bitte komm zu mir zurück! Bitte, ich flehe dich an!»

«Oh, Jacky, sorry, wie soll ich's dir sagen ... »

«Hast du schon eine andere Frau?»

«Nein, das nicht ... also ... keine andere *Frau* ... »

«Gott sei Dank! Davor hatte ich solche Angst gehabt, das hätte ich nicht ertragen!»

«Na ja ... also weißt du, es ist leider so ... »

Ich lachte tonlos vor mich hin. Dann packte ich den Grünhaarigen und tanzte mit ihm durch den Raum, weil mein Lieblingslied kam. «When it's over» von den Wipers. Die anderen Wuschels sprangen in uns hinein. Es war wie eine Art Schlumpfhagel. Ich überließ mich der seelensäubernden Kraft des Pogo. Erotisch fand ich's allerdings nicht, also war ich wohl doch nicht schwul. Mist.

Milbe kam als Letztes.

«Hab alle Straßenlaternen von der U-Bahn bis hierher eingeworfen, hehehe», erklärte er Burner.

«Super, da werden die Bullen ja keine Schwierigkeiten haben, uns zu finden, hehe», sagte der.

«Genau. Hehehe.»

«Hehehehe.»

Ich nahm mir ein Bier und schaute zu, wie die Wuschelpunks Burners neue Wohnung auseinandernahmen. Bierflaschen flogen aus dem Fenster. Alle paar Minuten krachte oder knallte irgendwas. Auf der ganzen Fete waren nur zwei Frauen, und die saßen, entnervt rauchend, in der Küche.

Der verschwiegene Fred kam mit einer Flasche Jim Beam vorbei.

«Na, Fred?», fragte ich. Er schwieg. Richtig so, im Grunde genommen. Was soll man auf so was auch antworten? «Stimmt, ich bin es»? Fred machte es ganz richtig.

«Haste auch'n Schluckobello für deinen guten alten Freund Nicki in der Pulle?», fragte ich und zeigte auf die Flasche.

Schweigen.

Also wahrscheinlich nicht. Hm. Noch'n Moment warten. Nee, jetzt hätte er mir die Flasche schon gegeben sonst. Außerdem war er eh schon ins Nebenzimmer gegangen. Siehste, Fred hatte mir alle Informationen, die für mich wichtig waren, mitgeteilt, ohne auch nur ein einziges Wort zu sagen. So musste ich werden. Kein Wunder, dass Jacky mich nicht liebte, mit meinem ganzen «Milbe hat dies und Burner hat das gemacht»-Gesabbel. Warum sagte ich auch «Schluckobello» und nicht einfach «Schluck»? Kostete doch nur Zeit. Zeit, die ich nicht hatte. Der Atomkrieg stand kurz bevor. Jeden Moment konnte irgendein Irrer den roten Knopf drücken, und ich vertrödelte hier meine letzten Stunden mit sinnlosen Zusatzsilben.

«Nick, die Atombombe!», ruft Jacky und stürzt in meine Arme. «Sie fällt in 50 Sekunden. Hab's grad noch geschafft, bis zu dir zu rennen. Kann ich mit in deinen Bunker?»

Ich schweige.

Jacky denkt: «Wie souverän er schweigt. Ich dagegen fasele geistlos vor mich hin wie bekloppt», und wird rot. Sie kann nicht ahnen, dass ich gar keinen Bunker habe beziehungsweise: Mein Herz ist mein Bunker.

«'tschuldige, dass ich so viel laber. Ich ... liebe dich», haucht sie, senkt den Blick und schmilzt. Und ein gigantischer Atompilz leuchtet sie dabei von hinten orange an.

«So long, kleine Plaudertasche», flüstere ich.

«Was?», fragte ein Punk neben mir, während er mit den Zähnen am Deckel seiner Bierflasche knabberte.

Ich wischte mir über die Augen, schüttelte den Kopf und ging ins Wohnzimmer (als ob man in den anderen Zimmern nicht wohnen würde).

Hier sprang Milbe gerade mit den Wessiwuschelpunks auf und ab. La Boum wedelte wieder mit seinem trostlosen Sonic-Youth-Tape. Neben ihm stand ein älterer Langhaariger, den ich schon vergaß, während ich ihn noch sah. Von draußen wütendes Geschrei. Ich schaute aus dem Fenster. Unten auf der Straße sammelten sich Türken um ein Auto mit verbeultem Dach, auf dem die ganzen Bierflaschen gelandet waren. Sie kuckten zu uns hoch. Die Musik war laut. Wir tranken schnell und viel.

Dann begannen die niedlichen Wuschels und Milbe sich gegenseitig mit Bier zu überschütten, und nach kurzer Zeit waren zusätzlich alle frisch geweißten Wände nass. Sie zerschmissen die Biergläser, die Burner absurderweise zuhauf rumstehen hatte. Überall Scherben. Zwei rollten sich drin.

«Kuck mal, was die machen», sagte ich zu Burner.

«Auf jeden Fall», sagte er.

Auf einmal empfand ich heftigsten Widerwillen gegen das

alles und hatte keine Lust mehr, hier zu sein. Ich meine, das waren zwar weitgehend meine Freunde, aber dieses Schiff schien nirgendwohin zu segeln. Vielleicht sollte ich es wie eine Ratte verlassen und irgendwas Unglaubliches machen. Bloß was? Vielleicht eben doch mal malen. Oder eben doch nicht malen und stattdessen 'ne Band gründen.

Ich ging in den Flur, griff mir Burners Telefon und wählte Jackys Nummer. Es war mitten in der Nacht, sie würde wohl schlafen, dachte ich, aber sie ging sofort ran.

«Hallo?»

«Hier ist Nick.»

Sie seufzte. «Was gibt's denn?»

«Bin hier auf 'ner Fete, ey. Aber ist voll scheiße. Kann ich nicht bei dir rumkommen?»

Wieder ein Seufzen. «Du könntest rumkommen», sagte sie. «Aber dann wären wir hier zu dritt.»

Mein Herz kotzte.

«Nick?», sagte sie nach einer Weile. «Wollen wir morgen telefonieren?»

«Nein», sagte ich und legte auf.

«Bist du auch dafür, dass wir jetzt Sonic Youth hören, Nicki?», fragte mich La Boum, der gerade um die Ecke bog.

«Ha», entgegnete ich und trat nach ihm. La Boum wich zurück. «Ha.» Noch ein Tritt.

Kung-Fu also. Meine dritte große Leidenschaft. Das würde von jetzt an mein Leben sein, endlich war's entschieden. Als echter Kungfuler kannst du es dir nicht leisten, nachts nicht zu üben, darum machte ich das jetzt.

Zack trat ich. Wupp! Wapp! Hätte ich nicht wie wir alle damals so blöd enge Jeans angehabt, dann hätte man jetzt diesen trockenen Ton hören können, den die Luft beim Entweichen aus der Kampfsporthose macht, wenn der Tritt präzise ist. Meine Tritte waren gerade alle präzise, das spürte ich auch ohne Ton. Ich trieb La Boum vor mir her durch den langen Flur. Er schien Angst zu kriegen. Witzig. Großmütig ließ ich ihn in die Küche entkommen.

Mein Blick fiel auf den grünen Wuschelpunk von vorhin, der nun mit einem Kumpel im Schlafzimmer auf dem Boden saß. Anscheinend hatten sie gerade Burners Bett zerlegt; der Grüne warf lässig einen schmiedeeisernen Bettfuß in die Luft und fing ihn wieder auf. Das Bett kaputt machen und jetzt noch mit Teilen davon rumwerfen? Nein. Ich wollte ihm das Ding aus der Hand treten. Aus Versehen erwischte ich aber sein Gesicht. Ich weiß gar nicht, ob ich das erwähnt habe, aber ich war da schon ziemlich betrunken.

Der Kleine sprang wie ein Flummi hoch und baute sich zusammen mit dem anderen vor mir auf.

Jetzt war's allerdings kein Vorteil, niedlich zu sein. Die beiden gingen mir gerade mal bis zur Brust. Aufgeregt fuchtelten sie mit ihren schmächtigen Ärmchen in der Luft herum. Sie sahen aus wie Fünfzehnjährige. Ich schob sie einfach zur Seite, und zeternd rauschten sie ab.

Ich blieb in der Mitte des Zimmers stehen – ein einsamer Punkt in einem Meer aus Kommas. Kung-Fu. Kung-Fu also. Das war nun meine Zukunft. Nie mehr saufen, nie mehr lieben, kein Bunkerherz mehr kaputt machen lassen. Nur noch trainieren. Liegestütze auf den Fingern. Und durch die Wälder laufen. Durch die Wälder der Welt. Mit kleinen Kieseln in den Schuhen, aus Abhärtungsgründen. Ja. Kung-Fu. Morgen würde dieses neue Leben beginnen.

Gut. Mein Herz tat noch weh, aber mein Hirn füllte sich mit eiskristallkalter Freude darüber, dass jetzt endlich alles entschieden war.

In dem Moment packte mich der grüne Wuschel von hinten und rammte mir mit erstaunlicher Kraft den Metallbettfuß in den Schädel.

Wie ein nasses Laken klappte ich zusammen. Sah eine schnell größer werdende Blutlache vor mir auf dem Boden. Dann wurde alles weiß. Obwohl ich die Augen aufhatte, konnte ich nichts mehr sehen.

«Er hat Nicki erschlagen!», hörte ich jemand schreien, und der Grüne rief, Panik in der Stimme: «Ich hab nur mit ihm gemacht, was er mit mir gemacht hat.»

Ich spürte, wie immer mehr Blut aus mir strömte, ich wusste nicht mehr, wo oben und unten ist, und ich war blind.

«Jetzt sterbe ich», schoss es mir durch den Kopf. «Jetzt krepiere ich, bloß weil ich diesem Flachwichser ins Gesicht getreten habe. Das ist das sinnloseste Ende aller Zeiten.»

«Bind die Kacke ab, Fred!», rief ich schwach. Irgendwie dachte ich: Fred. Er steigt noch am ehesten durch. Und: abbinden. Abbinden war immer gut.

Burner und die anderen schienen nun die Wuschelpunks zusammenzutreten, zumindest hörte es sich so an. Der Grüne kreischte dabei die ganze Zeit: «Ich hab nur mit ihm gemacht, was er mit mir gemacht hat!» Mit seinem ekelhaften süddeutschen Akzent. Was hatte ich an dem bloß niedlich gefunden?

Schön, dass meine Freunde mich rächten. Blöd nur, dass nicht ein Einziger von ihnen mal bei mir vorbeischneite. Fred sollte kommen. Ich rollte am Boden hin und her, starrte in dieses schreckliche weiße Nichts und heulte: «Fred! Bind die Kacke ab!» Kurz danach war ich mir nicht mal mehr sicher, ob es überhaupt einen Fred gab.

Zum Glück stemmten genau in diesem Moment die Bullen Burners Wohnungstür auf. Entweder hatte Milbes märchenhafte Hänsel-und-Gretel-Straßenlaternenaktion sie dazu motiviert oder das kaputte Autodach der Türken. Vielleicht hatten sich auch Nachbarn über die Lautstärke beschwert, das kam tatsächlich auch öfter vor bei unseren Feten damals.

Die Bullen trugen mich die Treppen runter und fuhren mich ins Krankenhaus. Witzigerweise schon wieder ins Virchow, wo ich ja gerade erst herkam. Daran, dass ich das erkannte, merkte ich, dass ich auch wieder sehen konnte. Sogar doppelt. Sehr gut.

Sie nähten mir die Wunde zu und wollten mich die Nacht über dabehalten, aber dazu hatte ich keine Lust. Mir ging's auch schon wieder gut, sogar nüchtern war ich geworden von dem Ganzen. Nachdem ich einen Zettel unterschrieben hatte, durfte ich gehen.

Wie würde ich jetzt zurück zu Burni kommen? Zu Fuß, oder? Ja. Zu Fuß.

Mein Schädel dröhnte, und Laufen ging nicht so gut, wegen dem ganzen doppelt Sehen, aber ich war froh, noch zu leben. Das war ein Zeichen.

Ein Blumengeschäft tauchte plötzlich vor mir auf.

«Ich kauf 'ne Blume für Jacky», murmelte ich. «Bald sind ja die drei Monate vorbei, dann kann sie die in Wasser tun.» Aber das Blumengeschäft war geschlossen. Der Zeitschriftenladen nebenan hatte allerdings auf.

«Kauf ich ihr halt 'ne Zeitschrift», dachte ich und sah ins Schaufenster. Dort lagen neben den üblichen Heften – PM, Neue Revue und Quick – verschiedene Zigarillopackungen, Feuerzeuge, Drehaschenbecher sowie mehrere Kartenspiele. Und auf einmal erfüllte eine kristallschädelklare Klarheit mein Hirn. Ich hatte die Idee des Jahrhunderts! Und sie kam nicht langsam und stückweise angeschlichen, wie man vielleicht denken würde, sondern sie war sofort da, groß und schön und pur. Fast konnte ich es nicht fassen, dass ich auf so was Geniales gekommen war, einfach so. Der Schlag auf den Kopf musste irgendwelche Geheimkräfte in meinem Hirn aktiviert haben. Wahnsinn.

«Kann das wirklich funktionieren?», flüsterte ich, aber ich wusste die Antwort schon.

Absolut würde das funktionieren. Ich brauchte nur Geduld.

Schnell ging ich in den Laden, stützte mich schwer auf den Tresen und fragte den Verkäufer: «Entschuldigung, was kostet so ein Kartenspiel?»

Der Verkäufer sah auf meinen Kopfverband, widerstand dem Impuls, mich rauszuschmeißen, und knirschte: «Zwei Mark.»

In meinen Hosentaschen fand ich 8 Mark 50.

«Okay, dann nehm ich vier Stück», sagte ich.

Das gefiel ihm nicht. Man konnte spüren, dass er eine Falle witterte. Um ihn zu beruhigen, legte ich schnell das Geld auf den Tresen.

Es war eine Szene wie im Western, nur dass er nicht auf die Münzen biss.

Nachdem die Wellen des Widerwillens in seinem Herzen

verebbt waren, griff er unter den Tresen und holte vier Pakete mit Spielkarten hervor. Drei hatten eine grüne Rückseite, eins eine blaue.

«Könnte ich vielleicht vier mit grüner Rückseite haben?», fragte ich.

«Hab ich nicht.»

«Im … Schaufenster liegen doch noch welche. Kann ich vielleicht eins von denen nehmen?»

Er schüttelte den Kopf. «Kann jetzt nicht alles umräumen da.»

«Okay, dann nehm ich nur die drei grünen.»

Vor sich hin fluchend, gab er mir zwei Mark zurück.

Dieser Mann hasste mich. Aber Galileo hatten sie auch gehasst. Und die Sex Pistols. Alle großen Ideen wurden von kleinen Menschen erst mal lange nicht verstanden.

Ich verstaute die Kartenspiele in meiner Jacke, lachte leise in mich hinein und wankte aus dem Laden.

«Nick», sagte Burner, als er mir die Tür öffnete.

«Du Sackratte», antwortete ich, packte ihn am Kragen, und munter hüpften wir eine Minute auf und ab. Dann unterbrach ich das Tänzchen kurz, um mich zu übergeben.

Burner tanzte währenddessen mit sich selbst durch die zerstörte Wohnung. In einigen Ecken lagen Leute, aber die meisten waren anscheinend schon gegangen. Mein hinterlistiger Wuschelpunk und sein irres Schlumpfkommando sowieso.

«Also, man nennt mich überall Konzentrationslager-Ehrhardt?», fragte ich, als ich zurückkam.

«Hehehehe», sagte Burner.

«Hehe.»

Wir sprangen noch ein wenig durch den Raum. Es war nicht einfach, weil mein Schädel so schmerzte und ich oben gerade nicht so gut von unten unterscheiden konnte. Aber ich brachte es über die Bühne.

«Milbe haben sie verhaftet», sagte Burner nach einer Weile.

«Hehe. Old er.»

«Auf jeden Fall.»

«Man nannte ihn Konzentrationslager-Ehrhardt.»

«Hehehe.»

Nicht nur oben und unten waren schwer zu unterscheiden, auch rechts und links.

Aus Versehen trat ich Burners Fensterscheibe ein.

«Ja-wohl», sagte er.

Dann weckten wir die anderen und machten uns Toast.

13

die zeit verging. Das ist eigentlich das Beste an der Zeit: dass sie vergeht. In diesem Aspekt ähnelt sie einem Furz. Es wurde Tag, und es wurde wieder Nacht. Der Mercedesstern auf dem Europacenter drehte sich weiter langsam um seine eigene Achse und nutzte sich dabei leise knarrend ab. Irgendwann einmal würde er abbrechen. Irgendwann würde die Natur sich das ganze Europacenter wieder holen. Blumen würden die brüchige Fassade hochwachsen, es würde zum Fleuropacenter werden. Jetzt aber noch nicht. Noch waren die achtziger Jahre.

Die Kinder schafften ihre Zauberwürfel nicht, verhedderten sich in ihren Fanta-Jo-Jos, Puppen tanzten im Fernsehen, Döner Kebab, kroatische Nudeln und Schweinefleisch süßsauer waren die großen kulinarischen Knaller Westberlins, während sich der Osten an Ketwurst, Grilletta und Hallorenkugeln gütlich tat. Madonna drehte ein neues Video, «Koyaanisqatsi», dachten die Gymnasial- und Gesamtschullehrer, wenn sie morgens zur Arbeit fuhren, und «Koyaanisqatsi» dachten sie auf dem Heimweg, ohne dass ihnen das half. Die heimliche Reptiloidin Raissa Gorbatschowa gab ihrem Mann telepathisch genaue Anweisungen, während Präsident

Reagan mit der Zahnbürste in der Hand vor dem Badezimmerspiegel stand und sich nicht mehr erinnern konnte, wofür dieses Borstending da war. Die Jungen Wilden schmierten und koksten sich langsam, aber sicher aus dem normalen Leben heraus, in dem die meisten anderen stumpf hängen blieben. MTV ging auf Sendung, die bezaubernde Christiane Backer entledigte sich ihrer Pünktchen über dem A und prägte ein neues Schönheitsideal: das Mädchen, das nichts weiß, nichts kann, nichts macht, nur dasteht und spricht. Auf den Rummelplätzen gab es falschfarbene Schlümpfe zu gewinnen. Hergestellt von Kindern, die die Schlümpfe nicht kannten und über die man nicht nachdenken wollte. Immer mehr Menschen begannen, Überraschungseier zu schütteln.

Arnold Schwarzenegger versuchte, etwas anderes zu spielen als eine Maschine, Gottschalk fühlte sich noch ziemlich jung, Regen fiel durch das offene Dach der Gedächtniskirche, sammelte sich unten in Pfützen, floss dann in die Kanalisation und wurde über ein komplexes Wiederaufbereitungssystem in die Berliner Haushalte geleitet. Pac-Man scheiterte wieder und wieder bei dem Versuch, seine flache Welt zu beherrschen. Die Gruppe Motörhead gab es nach über zehn langen Jahren erstaunlicherweise immer noch, der Sänger war in dieser Zeit allerdings ziemlich heiser geworden.

Wenn man was Verwegenes machen wollte, ließ man sich Ohrlöcher stechen. Mit dem griffigen Slogan «Spinnst du? Lass den Mist!» warnte ein Aufkleber in der S-Bahn potenzielle «Surfer» davor, während der Fahrt die Tür zu öffnen, und in Tschernobyl drückte ein besoffener Praktikant den falschen Knopf. Es war eine Zeit, in der viel und gar nichts gleichzeitig geschah.

Man konnte das damals noch selber entscheiden – Aktion oder Stillstand. Tun oder Ruhn. Leben oder Leiden. Ich entschied mich für Leben. Leiden ist eine Stadt in Holland, Alter.

Eigentlich war doch alles total gut, man musste nur drauf kommen.

Ich war dem Tod von der Schippe gesprungen und brauchte auch nicht mehr dauernd über ihn zu reden mit der morbiden Jacky, die sowieso zu dünn war. Stattdessen kaufte ich mir noch mehr Kartenspiele mit grüner Rückseite, wenn ich welche fand, und arbeitete ansonsten weiter an meiner Karriere.

«Herr Nick, kommen Sie mal bitte her. Können Sie mir einen Gefallen tun? 'ne große Cola ohne Eis, keinen Deckel drauf?», fragte der Manager.

Ich brachte ihm seine Cola.

«Sie sind so gut zu mir.» Das war in letzter Zeit sein neuer Spruch geworden. Ein seltsamer Spruch. Er stellte die Cola ins Regal hinter sich, ohne einen Schluck genommen zu haben. «Und, wie läuft's in der Küche?»

«Ganz okay.»

«Verteilen Sie doch mal ein paar Aufgaben, wenn nichts los ist. Lassen Sie beispielsweise einen Ihrer Kollegen die Eismaschine reinigen und einen anderen den Flur feudeln. Denken Sie sich etwas Schönes aus für die, das muss nicht immer Sinn ergeben. Was ich sagen will: Ergreifen Sie ein bisschen Initiative, Herr Nick. Wenn die Kollegen sich weigern, berufen Sie sich auf mich. Ja?»

«Ja, mal sehn.»

«Herr Nick, wissen Sie eigentlich, dass die meisten Menschen nur zehn Prozent ihres Gehirns benutzen? Denken Sie darüber mal nach.»

«Denken ist die schwerste menschliche Arbeit, Herr Czewinski.»

«Muss es nicht sein! Muss es nicht sein, Herr Nick! Sie sind doch ein intelligenter Junge, Sie müssen Ihr Potenzial ausschöpfen. Sie wollen doch weiterkommen.»

«Auf jeden Fall.»

«Sie müssen die WAHRE Natur der Dinge erkennen.»

«Stimmt.»

«Sie und ich, wir sollten uns mal unterhalten. Nicht hier. Hier haben die Wände Ohren.»

Er klopfte an die Wand.

«Bei mir. Irgendwann sollten Sie mal zu mir nach Hause kommen für ein Gespräch.»

Er schrieb etwas auf einen Zettel, faltete ihn zusammen und gab ihn mir.

«Werden Sie das tun?», fragte er.

«Mhm.»

«Sie sind so gut zu mir.»

Auf dem Weg zur Küche faltete ich den Zettel auf.

«Herr Nick» stand drauf.

Heute war außer mir nur Dirk da, ein fetter Kandidat mit Pilotenbrille und einer Elvistolle, die wohl sagen sollte: «Fett ja, aber teddyboyfett.» Die Frisur ließ Dirk allerdings nur noch fetter erscheinen.

Er packte gerade Salate in die Plastikschüsseln. Nach einer Weile fragte er mich: «Hast du 'ne Freundin?»

«Ja», improvisierte ich.

«Sieht sie gut aus?»

«Voll gut.»

Er nickte.

Dann sagte er: «Nach der Arbeit geh ich mal zu ihr.»

«Was willst du denn da?»

«Einfach mal vorbeigehn. Gib mir mal die Adresse.»

«Nein.»

«Wieso denn nicht? Hast du'n Foto von ihr? Zeig mal.»

«Reinige lieber die Eismaschine, Mann.»

«Heute nach der Arbeit fahr ich zu ihr. Vorher muss ich noch mal kurz nach Hause, weil, da muss ich noch was erledigen, aber da brauch ich nicht lange für. Und dann fahr ich zu ihr.»

«Halt doch einfach mal dein Maul.»

«Du wolltest mir doch noch die Adresse geben. Ich fahr zu ihr, und dann haben wir Spaß.»

«Jetzt halt dein Maul!», rief ich und ging ihm mit einer plötzlichen Wut, die mich selber überraschte, an die Gurgel. Ein übles Gefühl: Ich kriegte meine Hände nicht um Dirks fetten Hals herum. Er japste trotzdem wie verrückt. Wie die meisten Dicken war er heimlich ganz schön stark, stärker als ich bestimmt, aber er wehrte sich gar nicht. Ich glaube, er hatte so wenig körperliche Berührungen in seinem trüben Leben, dass er sogar diese hier genoss. Und ich fast auch, fiel mir auf einmal auf – oh Gott! Ich sah in Dirks japsendes, rot anlaufendes Schweinegesicht und war mir selbst auf einmal fremd. Schnell ließ ich ihn wieder los.

«Halt dein dreckiges Maul», sagte ich.

Er japste und keuchte noch einige Zeit hirnlos vor sich

hin, lehnte sich ans Waschbecken, wischte sich die schweißige Stirn und zog eine Show ab wie im Porno. Ich ging nach vorne und schraubte die Eismaschine aus ihrer Verankerung. Dann schulterte ich Dirk vom Waschbecken weg und fing an, die Maschine zu säubern. Dirk beobachtete mich dabei aus seinen ritzigen Ferkelaugen. Zweimal fing er noch aus dem Nichts heraus wieder an, zu japsen und zu keuchen. Ich hatte Lust, ihm eine reinzuhauen.

Schließlich ging er wieder zur Salatecke und machte weiter seine Salate zurecht. Er machte sie schlecht. Vergaß die Eier.

Nach einer Weile fragte er: «Bist du sauer auf mich, weil ich Nazi bin?»

Ich seufzte: «Bist du denn Nazi?»

Er nickte eifrig.

«Hitler hat einen Fehler gemacht», sagte er, «nämlich dass er gesagt hat, der Arsch von einem SS-Mann wäre intelligenter als Einsteins Gehirn. Das war ein großer Fehler, denn Einstein war genial.»

«Tja.»

«Einstein war vielleicht das größte Genie unseres Jahrtausends», erklärte Dirk. «Einstein oder Galileo, einer von beiden. Hitler war hochintelligent, aber er war kein Genie.»

«Hitler hat das rosa Kaninchen gestohlen», sagte ich.

«Hitler war kein Genie, er hat viele Fehler gemacht. Das mit den Juden war ein Fehler.»

«Ja, Mann, ich *bin* Jude, meine Oma war im KZ, also lass mich mit deiner Scheiße in Ruhe.»

Das stimmte beides nicht, aber vielleicht würde es den Idioten zum Schweigen bringen.

«Wie gesagt, das mit den Juden war ein Fehler», laberte Dirk unbeirrt weiter. «Aber ansonsten war Hitler einer der größten Politiker der Neuzeit. Er hat wahnsinnig viel erreicht. Interessierst du dich für Kampfflugzeuge?»

«Nein.»

«Komm doch mal bei mir zu Hause vorbei. Ich hab über hundert Modelle. Alle selbst gebaut. Nicht nur deutsche.»

«Nicht nur deutsche? Kacke. Dann komm ich nicht.»

«Ich kann auch meine Freunde von der Wiking-Jugend bei dir vorbeischicken. Sag mal deine Adresse.»

«Mann, jetzt halt doch endlich mal dein Maul.»

«Willst mich wohl wieder erwürgen. Helmut Kohl ist auch gut, er macht vieles richtig, aber er ist kein Hitler.»

«Ich geh Pommes aus dem Lager holen», sagte ich, dachte kurz noch mal *Lager* wegen dem Naziidioten und ging dann. Fünf Minuten leistete ich mir das Vergnügen, vor der Lagertür rumzustehen und zu grübeln.

Als ich wieder in die Küche kam, stand Dirk über einen einzelnen Hamburger gebeugt, den er offensichtlich von vorne geholt hatte, denn er war bereits verpackt gewesen und sah alt aus. Die Biester alterten schnell. Dirk hatte ihn wieder ausgewickelt, die obere Brötchenhälfte abgenommen und pulte nun die Gurke ab. Dann machte er sich daran, mit dem Finger Ketchup und Hamburgersoße wegzuwischen.

«Was tust du da?», fragte ich.

«Draußen hat einer 'n Hamburger ohne alles bestellt. Darum mach ich das hier ab.»

«Was?» Ich schnappte nach Luft. «Idiot! HERR CZEWINSKI! EIN HAMBURGER PLAIN!»

Der Manager kam in die Küche gerannt.

«Sind Sie sicher?», keuchte er.

«Todsicher. Ein Plain. Gerade bestellt.»

Der Manager sah zu Dirk, der gar nichts schnallte, und dann zu mir. Seine entschlossenen blauen Augen trafen auf meine entschlussbereiten braunen.

«Herr Nick, Sie und ich. Sie wissen, worum es geht. Machen Sie Brot.»

Er stellte sich an den Grill und legte hoch konzentriert ein einziges Hamburgerpatty auf, ohne die Bratuhr einzuschalten. Diesen Hamburger würde er nach Gefühl wenden.

Ich schob Dirk und seinen Schrottburger zur Seite, nahm ein Brötchen, wog es kurz in meiner Hand, befand's für gut, hälftete es einhändig und legte die Hälften vorsichtig genau in die Mitte des Brötchenrösters. Dann klappte ich ihn zu – ebenfalls ohne die Uhr einzuschalten. Mit angehaltenem Atem zählte ich leise im Kopf.

Genau im richtigen Moment machte ich den Röster wieder auf. Die Brötchenhälften waren goldbraun, aber noch weich, die Sesamkörner minimal angetoastet, ich legte sie auf ein Tablett, widerstand mit aller Kraft dem Impuls, gleich Gurke, Ketchup und Hamburgersoße draufzutun, und rief: «Brot!»

In exakt dieser Sekunde kam der Manager mit seinem Grillspatel, auf dem er den perfekt gebratenen Burger wie ein Neugeborenes balancierte. Er platzierte ihn nur durch einen Ruck des Handgelenks und ohne die Finger der anderen Hand zu benutzen, genau in der Mitte der Brötchenhälfte. Es war Ballett, verflucht noch mal. Ballett. Ich klappte die obere Brötchenhälfte drüber und ging nach vorne, um den Burger einzupacken. Wie um ein Geschenk drapierte ich das Papier, ließ gerade genug Luft drunter, ließ gerade genug Fett durchsaften. Der Burger wölbte sich unter dem Papier in einer prallen Appetitlichkeit, für die es überhaupt keine Worte mehr gab.

«Ein Hamburger Plain!», rief ich mit fester lauter Stimme nach vorne und stellte das Tablett aufs Band.

Mein Manager und ich schauten zu, wie er in die Welt hinausrollte. Unser Sohn. Nun konnten wir nichts mehr tun, aber wir hatten ihn gut hingekriegt, er würde siegen dort draußen.

Worte waren nicht mehr nötig. Der Manager nickte mir zu, ich nickte zurück, und er kehrte wieder in sein Kabuff zurück.

«Was sollte das denn jetzt?», fragte Dirk mit dicker Stimme.

«Wenn jemand einen Hamburger ohne alles bestellt, dann ist er von der McDonald's-Aufsichtsbehörde», murmelte ich versonnen wie zu mir selbst. «Niemand sonst würde so was essen wollen. Die Aufsichtsbehörde macht immer wieder unangekündigte Qualitätstests in den einzelnen Stores. Wusstest du das nicht? Hamburger Plain? Nie gehört? Oh Dirk.»

Er kuckte so verletzt, wie nur Dicke es können, und maulte: «Hitler hätte kurzen Prozess mit dir gemacht.»

«Aber wo ist er, dein Hitler? Wo ist dein Hitler jetzt?»

Mit ausgebreiteten Armen tanzte ich um ihn herum.

14

«am sonntag kommen unsere Verwandten aus Johannesburg zu Besuch», sagte meine Mutter am Telefon. Ihre Stimme klirrte vor Feindschaft. Sie mochte mich nicht. Ich hatte ihr süßes Kind gekillt und in diesen monströsen krumm gewachsenen Horstmichel verwandelt, der ich nun war. Das nahm sie mir übel. Konnte ich verstehen, war wirklich ein niedliches Kind gewesen.

«Was für Verwandte denn?», fragte ich.

«Dein Onkel Piet und seine Tochter Kim. Die ist ungefähr so alt wie du. Sie laden uns zum Abendessen ein. Ins Hilton.»

«Ins echte Hilton? Sind die so reich?»

«Sie sind Multimillionäre. Sie haben da unten mehrere Diamantenminen.»

«Sie stehlen den Schwarzen die Erde.»

«Vielleicht ist es besser, wenn du nicht kommst.»

«Doch, doch, ich bin dabei!»

«Du musst dir aber einen Anzug anziehen.»

«Logisch.»

Hilton. Ha. Das wollte ich sehen. Und dieser Cousine würde ich's zeigen. Diamantensuse. Rassistische Schlange. Kim klang allerdings gut. Wie Kim Wilde. Water on Glass. Mein Plan war: Ich würde die Cousine unter einem Vorwand weglocken und dann mit ihr ins Linientreu gehen, das irrerweise ganz in der Nähe vom Hilton war. Dort würden wir LSD nehmen und die Nacht der Nächte erleben. Ich würde ihr die Härte Berlins zeigen. Die Poesie der Straße. Die armen Reichen kannten ja immer nur ihren eigenen Rapunzelturm des Unrechts, in dem sie dauernd saßen und Perlenmuscheln schlürften, während woanders das richtige Leben rauchte.

Zum Glück hatte ich gerade zwei LSD-Pillen von La Boum bekommen, sonst wäre mein Plan unrealistisch gewesen. Um einen Reichen aus seiner Reichenstarre zu erlösen, musst du ein paar Synapsen kappen. Anders schnallen sie's nicht.

Am Sonntag holte ich mein Konfirmationsanzugsjackett, das ich zum Glück noch hatte, aus dem Schrank, zog dazu die Militärhose an, seifte mir den Iro hoch und fuhr zum Hilton.

Alle saßen schon beim Essen. Meine Onkel und Tanten hatten sich in feinsten Zwirn geschnürt, wirkten aber dennoch wie Bauern in diesem jamesbondhaft schicken Hotel. Ich erkannte die Klasse des Ladens sofort daran, dass sie mich total ehrerbietig behandelten. Hier entlang, Monsieur, darf es eine Croûtonsuppe vorneweg sein, Sire? Wäre ein Hauch kristallklares Tafelwasser genehm?

Meine Eltern kuckten überraschenderweise gar nicht missbilligend, als ich ankam.

«This is our son Thomas», stellte meine Mutter mich vor (ihr dachtet nicht im Ernst, dass ich Nick heiße, oder? Die anderen hießen ja auch nicht wirklich «Burner» oder «La Boum»).

Onkel Piet war ein riesiger breitschultriger Mann, der wie ein Wildtöter aussah. Er trug als einziger Mann hier kein Jackett, sondern ein zerknittertes Holzfällerhemd. Instinktiv erkannte ich darin schon wieder die Nonchalance der wirklich Reichen, die sonst nur wirklich Arme wie ich hatten. Ich streckte ihm meine Hand hin und schrie auf, als er sie fast zerquetschte.

«Kuck mal, du sitzt neben Kim», sagte mein Vater und zeigte auf einen leeren Stuhl neben einem anderen leeren Stuhl. War wohl gerade auf der Toilette, die verzärtelte Fregatte. Vielleicht sollte ich gleich auch da hin und meinen LSD-Trick durchziehen? Hm. Seit meinem Abenteuer bei McDonald's ging ich allerdings nicht mehr so gerne auf Damentoiletten. Und da kam Kim eh schon wieder.

Sie war schön. Starke Akne zwar und nicht so elfenhaft wie Jacky, aber was willst du. Ich hatte gelernt, durch die Akne hindurch in die Seele eines Menschen zu sehen, und ihre war schön. Nachher auf LSD würde sie ja sowieso anders aussehen. Hier, inmitten dieser ganzen Spießerverwandten, wurde mir auf einmal klar, wie weit ich es gebracht hatte seit meinem Auszug von zu Hause. Ein astreiner Bukowski war ich geworden, ein regelloser Sid. Einfach mal auch mit LSD in der Tasche. Ich hoffte zumindest, dass es LSD war und La Boum mir nicht irgendwelche Hustenbonbons verkauft hatte. Für mich würde heute auch das erste Mal sein, dass ich welches nahm, und ich freute mich schon drauf.

Kim gab mir wohlerzogen die Hand und setzte sich.

Onkel Piet zeigte uns einen blaugrau schimmernden

Koffer aus Elefantenhaut, die Dinger stellte seine Firma her. Ich war auf der Seite der Elefanten. Aus Rache würde ich seine Tochter stehlen. Leise klimperte ich mit meiner LSD-Schachtel.

«So you like Punk Rock?», fragte mich Kim. Süß: Sie kannte sogar die richtige Bezeichnung.

Wie der verlorene Straßenjunge mit den wenigen Worten, der ich ja auch irgendwie war – zumindest mehr als alle anderen hier –, zuckte ich die Schultern und grinste schief.

«I've been living in London for the last few years. There was quite a bit of Punk going on», sagte sie.

What? London? Sie? Dort?

«Do you not live in the Africa?», fragte ich.

«I lived there as a child. And I go there for the holidays. But most of the time, I'm in London. I go there to an Internat.»

Internat. Like Hanni and Nanni. Und genauso sah sie auch aus. Verschmitzt, sommersprossig (okay, es waren Pickel, aber die wirkten fast genauso keck) und schön.

«Do you know Punk bands?», fragte ich, und oh, meine Brüder, was soll ich euch sagen – sie kannte *alle*. Meine Cousine aus Afrika: ein heimlicher Punk. Es war unglaublich.

Wir redeten und redeten. Wir verstanden uns so gut, dass es überhaupt nicht mehr sexy war, und die Zeit verflog.

«So, verabschiede dich mal, Piet und Kim müssen sich ausruhen, sie haben ja Jetlag und fliegen morgen weiter nach Idar-Oberstein ins Diamantenschleifwerk. Kim macht da ein Praktikum», sagte meine Mutter. Ich blickte hoch. Alle standen schon. Das Essen war vorbei, und ich hatte es gar nicht gemerkt.

«Kuck mal, die Kim und der Thomas. Da haben sich ja zwei gefunden», sagte meine Tante.

Onkel Piet allerdings sah nicht erfreut aus. Er klopfte ungeduldig auf seinen Elefantenhautkoffer.

«Kim!», sagte er.

«We have to go», sagte Kim.

«Maybe you want to go to the toilet before?», schlug ich vor. Mist. Mein ganzer Plan. Mist, Mist, Mist. Würde jetzt nicht mehr klappen. Alle starrten uns an.

«What?», fragte Kim.

«I … don't know … »

«It was nice meeting you», sagte sie. «Will you write me? I will be in Idar-Oberstein for the next six months.»

«Kim!», sagte Onkel Piet noch einmal.

Mir fiel auf, dass sie überhaupt nicht «Ja, Mann, gleich!» oder «Lass mich doch mal in Ruhe!» oder sonst was Teenytechnisches erwiderte, sondern vollkommen ruhig und gelassen blieb, als sie jetzt einen Zettel aus der Tasche holte und mir mit dynamischen und trotzdem runden Buchstaben ihre Adresse aufschrieb. Kim war cool.

Ich nahm den Zettel. Dann standen wir beide auf.

«Goodbye», sagte sie lächelnd und ging mit ihrem Vater.

«Ja, ihr Arschlöcher, ich werde meine Cousine aus Afrika heiraten», sagte ich zu meinen Jungs, als wir uns am nächsten Abend an der Ecke trafen.

«Wirklich, Nicki?», fragte La Boum. Burner schwieg und machte ein nachdenkliches Gesicht. Milbe warf mit Steinen nach der Straßenlaterne über uns. Wenn er sie treffen würde, würden wir im Dunkeln sitzen. Meine Freunde dachten die

Dinge nicht zu Ende. Zum Glück würde ich diesen ganzen Blödsinn bald hinter mir gelassen haben.

«Ja, mein Junge», sagte ich, «und dann zieh ich zu ihr. Sie ist reich. Sie ist so reich, ihre Familie hat auf ihrem Grundstück ein extra Dorf, wo die schwarzen Bediensteten wohnen. Wir bauen uns da unser eigenes Haus unter der Erde, in das du nur kommst, wenn du durch den Swimmingpool tauchst.»

«Hm, hm», machte Burner.

«Können wir dich dann da besuchen kommen?», fragte La Boum.

«Nein», sagte ich und lachte, um so zu tun, als wäre das nicht ernst gemeint.

«Was ist denn, wenn sie dich gar nicht heiraten will, mein Lieber?», fragte Burner.

«Du weißt mal wieder nicht Bescheid», sagte ich. «Ich hab ihr heute'n Brief geschickt mit'ner Kassette, die ich extra für sie aufgenommen hab. Mit nur guten Sachen.»

Dazu fiel Burner nichts mehr ein. Die aphrodisierende Kraft selbst aufgenommener Kassetten kannte natürlich auch er.

«Jawohl!», rief Milbe, als klirrend das Licht ausging.

Ich hatte einen kunstvollen Brief gestaltet. Alles vollgezeichnet mit punkigen Figuren, denen die Augen ausgestochen wurden oder die irgendwo an Ketten hingen. Panzer und Atompilze im Hintergrund. Um jedes A hatte ich einen Kreis oder – meine eigene Erfindung – ein Viereck gemacht, und alle Lieder auf der Kassette hatte ich ihr erklärt. Wipers, Buzzcocks, Dead Kennedys, Roky Erickson And The Aliens,

Disaster Area, Die Schlimmen Finger, Captain Sensible, The Clash, Stromsperre, Abwärts, Fehlfarben – es war die Kassette aller Kassetten. Den ganzen Tag hatte ich dafür gebraucht und immer wieder von vorne angefangen, weil ein Lied an einem anderen Platz doch besser aufgehoben war. Die Übergänge kamen auch gut, ich beherrschte schließlich den Trick: mit dem Kuli in das rechte Kassettenrädchen, das Band straff spannen und dann schnell in den Recorder. Und dann Ttiming, Timing und nochmals Timing. Fast hätte ich die Kassette gar nicht abgeschickt und behalten, aber das wäre wahrscheinlich das falsche Signal gewesen.

Drei Tage später kam schon der Antwortbrief. Er war außen mit einer Art Wachskreidengekrakel bemalt – sollte vielleicht eine Flamme sein, schwer zu sagen. Ich mochte die Farbe: Orange. Orange wurde viel zu selten verwendet in der Welt. War den meisten Menschen vielleicht zu intensiv. Zu direkt. Kim nicht.

Der Brief war mit Schreibmaschine geschrieben und begann mit dem Hinweis «Mein Deutsh ist nicht so gut, darum habe ich einen Freund übersetzen lassen». Mein Herz sank. «Einen Freund»? Was für einen Freund??! Wo kam der denn jetzt her? Fast traute ich mich gar nicht mehr weiterzulesen. Aber nur fast.

«Mein lieber Nick», stand da. «Mein»? Fand ich schon gut. Ich gehörte also ihr. Ja! «Leider habe ich mir den rechten Arm gebrochen, sodass ich diesen Brief mit Schreibmaschine schreiben muss. Über deine Kassette habe ich mich sehr gefreut, ich höre sie den ganzen Tag und denke dabei an dich.»

Ich war baff. Aber es kam noch besser.

«Hier in Afrika ist es 40 Grad im Schatten. Nun, mein Junge, du kannst dir denken, wie ich bekleidet bin. Schreib mir bald zurück, du fehlst mir. Mein kleiner Goldfisch, ich glaube, ich habe mich wirklich in dich verliebt. Was machst du? Mein Breitschwanz, ich sehne mich nach dir.»

Ich rannte in den Flur, riss den Telefonhörer hoch und wählte Burners Nummer.

«Du Arschgeige!», schrie ich, als er sich meldete. «Meine Cousine hat mir zurückgeschrieben! Sie liebt mich! Ich zieh nach Afrika, und ihr KÖNNT MICH ALLE MAL!!»

«Hm?», machte Burner. «Die Cousine also, Nicki?»

«Sie nennt mich ‹mein Breitschwanz›! Wir werden heiraten!»

«Hm. Hm. Hm. Kaum zu glauben, alter Junge.»

«Ich komm rum, ich zeig dir den Brief!»

Und so machte ich es. Schwang mich auf Rockys Rad und radelte rüber zu Burner, so schnell ich konnte.

Als ich dort ankam, waren La Boum und Milbe ebenfalls da. Sie aßen ungetoasteten Toast und tranken Bier. Das würde alles bald nicht mehr meine Welt sein.

Wort für Wort las ich ihnen den Brief vor. Keiner sagte was. Neid war scheinbar kein gutes Stimmbänderöl. Die armen Schweine. Cousinenlos. Um sie aufzumuntern, trank ich ein paar Bier.

«Ist dieser Brief wirklich von deiner Cousine, Nicki?», fragte Burner schließlich.

«Von wem denn sonst, du Irrsinnsvogel? Hier: ihre Unterschrift. Und hier die Briefmarke: ein Löwe. Und wo gibt's die? In Afrika.»

«Und im Zoo», meinte La Boum.

«Und hier», fuhr ich unbeirrt fort. «Kuckt, was sie mir Übermäßiges auf den Briefumschlag gemalt hat. Das nenne ich mal eine Kunst vor dem Herrn mit Pfiff.»

«Wenn Burner das gemalt hätte, wärst du nicht so begeistert davon», maulte Burner.

«Weil du so was nie hinkriegen würdest, du Stümper! Kuck dir die feinen Linien an.»

Burner zeigte auf das Böhse-Onkelz-Poster, das bei ihm im Wohnzimmer hing.

«Die Onkelz sind skeptisch», sagte er. «Sie denken: der Brief von Kim? Niemals.»

Tatsächlich sahen die Onkelz ausgesprochen zweiflerisch aus, aber ich ließ mich davon nicht verunsichern.

«Jetzt schreib ich ihr gleich einen Antwortbrief», rief ich. «Und dann heiraten wir! Macht's gut, ihr Sackratten!»

Ich stürmte zur Tür.

«Kann ich mit zu dir kommen, Nicki?», fragte La Boum.

Er vermisste mich anscheinend schon, obwohl ich noch gar nicht nach Afrika gezogen war.

«Was willst du denn bei mir?»

«Dachte, wir können vielleicht 'n paar Runden Mühle spielen. Oder Dame.»

«Ich spiele bald mit Gold und Diamanten, mein Junge. Aber okay, komm halt mit.»

La Boum setzte sich auf den Gepäckträger, obwohl Rocky aus irgendwelchen jazzrockig-abergläubischen Gründen so was bei seinem Rad immer nicht wollte, und ich trat in die Pedale.

«Freust dich sehr über den Brief, wa?», fragte La Boum nach einer Weile.

«Ja», antwortete ich. «So was Heftiges hatte ich gar nicht erwartet, ehrlich gesagt. Mein Breitschwanz! Hohoho.»

«Hm», machte La Boum.

«Hehehe», machte ich.

«Und jetzt schreibst du ihr gleich zurück?»

«Auf jeden Fall.»

«Und was würdest du sagen, wenn Burner den Brief geschrieben hätte?», fragte er.

Ich bremste.

«Was?»

«Ich musste schwören, nichts zu verraten», sagte La Boum. «Aber kuck dir doch mal die Briefmarke an.»

Die Briefmarke. Die Löwenbriefmarke. Aus Afrika. Kim *war* aber gar nicht in Afrika, sondern in Idar-Oberstein, und dahin hatte ich ihr ja auch geschrieben. Kaum zu glauben, dass mir das nicht aufgefallen war. Ich holte den Brief aus der Tasche und schaute mir die Marke an. Sie war, wie es schien, von irgendwo anders runtergerissen, es fehlten lauter Zacken. Und sie war abgestempelt mit «Kinder-Post».

«Du dummes Schwein», sagte ich zu Burner, als wir uns das nächste Mal trafen.

«Hehehehe», sagte er.

«Hehehe», konterte ich.

15

eine woche später kam ein weiterer Brief. Aber er war von Jacky. Nachdem ich sorgfältig den Stempel überprüft hatte, riss ich das Kuvert auf und las.

«Kick!», schrieb sie.

Kick? Ach so, *Nick.* Jacky hatte eine schwer zu entziffernde Schrift. Ihre Schrift war wie sie selber.

«Was machst du?», ging der Brief weiter. «Ich kann mir schon denken, dass du wahrscheinlich gar nichts von mir hören willst, wahrscheinlich wünschst du mich zum Teufel. Das würde ich verstehen. Es tut mir leid, dass ich nicht das für dich sein konnte, was du wolltest. Ich weiß nicht, warum. Ich hab dich lieb. Vielleicht bin ich bescheuert. Vielleicht kann ich keine richtige Nähe ertragen. Bei mir ist so viel schiefgelaufen in der Kindheit, aber das interessiert dich sicher nicht und muss dich ja auch nicht interessieren. Aber ich möchte, dass du weißt, dass du ein wichtiger Mensch für mich bist und immer bleiben wirst. Ich denke viel an dich.

Das mit Speichel war ein Fehler. Hast du dir schon gedacht, oder? Jetzt bin ich mit einem älteren Mann zusammen. Wobei, ich weiß gar nicht, ob wir zusammen sind, vielleicht ist es nur Sex. Es ist gut, mal jemanden zu haben, der einfach alle Entscheidungen trifft, und man selber muss nicht nachdenken. Davor haben wir alle Angst, oder? Vor dem Nachdenken. Vor dem Nachdenken über uns selbst. Nick, ich weiß nicht, warum ich dir das alles schreibe, ich hoffe, es geht dir gut und du hast eine Frau gefunden, die dich glücklich macht. Das wünsche ich dir und dass du mich nicht ganz vergisst.»

Dann nur noch ihre Unterschrift.

Ich schrieb zurück: «Also, man nennt mich überall Konzentrationslager-Ehrhardt», unterzeichnete mit «Heinzi» und schickte das noch am selben Tag ab.

«Wer ist denn dieser Konzentrationslager-Ehrhardt?», schrieb sie ein paar Tage später zurück. Jetzt schrieben wir uns also. Wie Franz Kafka und Felice Bauer. Wie Goethen und die eine Oberschülerin da. Wie Rocky und der Gerichtsvollzieher. Schreiben. So war das damals. Wir spionierten uns nicht gegenseitig im Internet aus, sondern durchsuchten die Briefe nach Hinweisen. Wer war Konzentrationslager-Ehrhardt? Ich verriet es ihr nicht. Blöde Kuh. Soll mich mal in Ruhe lassen.

Nachdem ich einige Wochen auf Jackys Briefe immer nur mit einem einzigen kryptischen Satz geantwortet hatte, rief sie mich irgendwann zu Hause an. Logisch da. Wo sonst? Sorry, wenn ich manchmal ein bisschen zu viele Worte benutze, aber das wird ja ein Hardcoverroman und kein Bastei-Westernschockerheft. Es muss eine gewisse Dicke erreichen.

«Nick?», sagte sie.

«Hehe», konterte ich.

Sie seufzte. Hallend seufzte sie in den Hörer. Ich finde, so was soll man nicht machen.

Nach dem Geseufze sagte sie nichts.

«Was gibt's denn jetzt schon wieder?», fragte ich schließlich.

«Wollte mal hören, wie's dir geht.»

«Astrein.»

«Ja?»

«Voll.»

«Bist du noch sauer auf mich?»

«Hä? Nee, wieso denn?»

«Wollen wir uns morgen treffen?»

«Nee.»

«Warum denn nicht?»

«Da kann ich nicht.»

«Wann kannst du denn?»

«In einer Woche.»

«Nächsten Montag? Wollen wir uns dann treffen? Ich kann da nach der Arbeit.»

«Wo denn?»

«Im Schwarzen Café? Montag um sechs?»

«Okay.»

Hm.

Hm, hm, hm.

Jetzt mal nicht den Idioten machen. Jacky wollte sich mit mir treffen, das konnte alles bedeuten, von supernovahaft großglühender Jahrtausendliebe bis zu «Kannst du mir 20 Mark leihen?». Ich hatte inzwischen genug Ahnung von Frauen, um zu wissen, dass man sie nicht verstehen konnte.

Absurd auch, dass sie sich in einem Café treffen wollte. Wie zwei Rentner. Am besten dann gleich noch Kaffee *trinken*, wa? Kännchen. Und Kuchen essen. Katzen, Kaffee und Kuchen – Jacky war echt so'ne richtige Oma. Ha! Genau, sie war ja auch schon zwanzig, älter als ich! Alt war das Mädel, ihre beste Zeit vorbei, tja, Pech. Bevor sie in die Grube fahren würde, wollte sie wohl noch mal ihren Frieden mit mir machen, die alte Haut. Hm. Oder? Wa-rum wollte sie sich unbedingt mit mir treffen?

Es roch nach einer Falle. Das musste ich generalstabsmäßig planen. Das Gute war immerhin, dass ich vollständig über sie hinweg war. Das war schon mal ein Pluspunkt. Ich hatte sie so dermaßen überwunden, dass es weh tat. Sie konnte mich mal leise schwesterlich am Arsch lecken, ich war endlich frei von ihr. Das würde sie erkennen, und dann würde sie sich zwangsläufig wieder richtig in mich verknallen – mit Begierde und allem –, und dann würden wir wieder zusammenkommen. Bis an unser Lebensende diesmal. Ohne die fucking Entscheidungen von ihrem scheißälteren Mann oder sonst welchen Idioten.

Die Woche, die ich mir genialerweise als Anlaufzeit verschafft hatte, nutzte ich, um mich mit meinen Leuten zu beraten.

Eugen meinte: «Du musst sie gut lecken und dann schön ficken», und gab mir ein Lehrbuch. «Joy of Sex» hieß es.

Rocky sagte: «Ich kannte auch mal so'ne Frau ... », ab da hörte ich schon nicht mehr zu, weil: kannte er eben nicht. Es gab nur eine Jacky. Rocky sah gerne mal Gemeinsamkeiten, wo keine waren, textete einen auch ständig zu mit Geschichten über Frank Zappa und David Bowie und sonst welche

Swing-Ära-Rentner, mit deren Hilfe er eine Brücke zu uns heutigen Menschen schlagen wollte. Wir waren damals auch so wie ihr, wollte er sagen, aber das stimmte nicht. Ein Lungenfisch war nie wie ein Mensch, ein Gaswölkchen war nie wie ein Stern. Ein Arsch war nie wie ein Schiss. Rocky und seine Generation waren der Humus, aus dem wir gewachsen waren, und aus uns würden später noch blödere erwachsen, und nie würde irgendwas von denen wie irgendwas von uns sein. So war's halt. Das grausame Gesetz der Generationen. Du kamst da einfach nicht raus.

Und eine Frau, die Rocky mal gekannt haben könnte, hatte lila Pullis an, hieß «die Dörte» und aß Rüben. Jacky aber war eine Göttin. Sowieso «kannte» man nicht mal eben so «eine Frau», wie man sich auf einen Stuhl setzte. Frauen waren fremd, Frauen waren fern, du «kanntest» die nicht. Wer Frauen so wie Alltagsgegenstände behandelte, verstand sie nicht. Nieder-fucking-knien und sie anbeten musste man. Hatten meine Hustlergirls Rocky gar nichts gelehrt?

Rockys verwirrter Freund Bernd murmelte nur irgendwas von Vaginastrahlung, Freimaurerblech und Reptiloiden – das konnte ich auch nicht anwenden.

Burner hatte noch den besten Tipp: «Du brauchst'n guten Abgang, Nicki.»

«Abgang?»

«'n guten. Einen, den sie sich für immer merkt. Kuck mal hier.» Er griff unter seine Matratze und holte seine Schreckschusspistole hervor. «Ich versteck mich in der Nähe, und wenn keiner damit rechnet, knall ich dich ab.»

«Meinst du?»

«Nicki, du weißt, wie es mit den Frauen ist: Sie wollen

dich in die Bredouille versetzen. Du kannst nicht gewinnen. Wenn du dich mit ihr triffst, wirst du in der Bredouille landen. Was auch immer sie von dir will, es ist nichts Gutes. Du wirst dich nur zum Idioten machen, und – zack – sitzt du in der Bredouille.»

«Aber …»

«In der BREDOUILLE.»

Burner schien dieses Wort zu lieben. Und wie immer machte alles, was er sagte, total Sinn.

«Kuck, mein Junge, du willst dieser Lady zeigen, wer old Nick ist, und das kannst du nur durch einen Abgang vor dem Herrn. Genau in dem Moment, wo sie denkt: Jetzt hab ich ihn in der Bredouille, komme ich mit der Wumme und PAFF. Damit wird sie nicht gerechnet haben. Das Ding ist richtig laut. Ist kein Spielzeug.»

«Okay, aber erschieß mich erst, wenn ich dir das Zeichen gebe. Weil, vielleicht ende ich gar nicht in der Bredouille. Vielleicht … weiß ich nicht …»

«Eben. Du weißt es nicht. Aber sie weiß es. Sie hat alle Fäden in der Hand. Glaub mir, Junge, ich will nur dein Bestes. Sie aber will die Bredouille.»

«Na gut.»

«Und die hier musst du noch nehmen.»

Er gab mir zwei dunkelbraune Kügelchen.

«Also man nennt dich überall Konzentrationslager-Ehrhardt», sagte ich.

«Das sind Blutkapseln, mein Sohn. Wenn ich schieße, musst du die zerbeißen und dann sabbern wie ein tollwütiger Hund.»

«Ich weiß nicht.»

«Bitte, Nicki. Soll es ein Kindergeburtstag werden oder ein Peckinpah? Wir brauchen Blut. Du weißt, dass ich recht habe.»

Natürlich hatte er recht. Wie immer. Der Sack.

Dann kam der nächste Montag. Um Entspannung vorzutäuschen, kam ich eine halbe Stunde zu spät. Das Schwarze Café. Unten saß sie nicht, dann wohl oben. Nachdenklich auf meinen beiden Blutkapseln rumlutschend, ging ich die Treppe hoch. Als Erstes sah ich Burner. Er hatte sich in einer Ecke am Fenster platziert, trug einen Trenchcoat, einen Humphrey-Bogart-Hut und eine verspiegelte Sonnenbrille. Eine große Pralinenschachtel lag vor ihm auf dem Tisch.

Agentenmäßig tat ich so, als würde ich ihn nicht kennen, und ließ meinen Blick schweifen.

Da saß sie. Sie war noch viel schöner, als ich sie in Erinnerung gehabt hatte. Aber ich wusste, dass ich selber auch super aussah heute. Durch einen glücklichen Zufall hatte ich nämlich ein blaues Auge, ein schwarzes Auge schon fast, mit gewissen Gelbanteilen, ein komplett zugequollenes Monstrum mit einem Pflaster drüber und mit genähter Augenbraue. Ich sah total dramatisch aus, wie aus einem Film. Es passte so gut – Jacky schaute überrascht auf, als sie mich sah. Er ist böse verletzt! Weil ich ihn verlassen habe, wirft er nun sein Leben weg! Oh Gott!, dachte sie wohl.

«Hey», sagte ich zur Begrüßung, griff mir einen Stuhl, wirbelte ihn in hohem Bogen über meinem Kopf durch die Luft, knallte ihn, so hart es ging, verkehrt rum auf den Boden und setzte mich rittlings drauf. Alle kuckten nun zu uns. Ich bereute die Aktion sofort, denn ich fühlte mich nicht gut, mit der Lehne vom Stuhl vorne. Man musste da die Beine seitlich abspreizen, und meine Beine waren so lang und dünn, das hatte was Feminines. Feminin war nicht der Plan gewesen. Wie ein gefährlicher Bulle beim Verhör oder sonst was Derbes hatte ich rüberkommen wollen und nicht wie eine zickige Ballerina. Mich jetzt allerdings anders hinzusetzen hätte unentschlossen gewirkt, also musste ich das durchhalten.

«Was soll das?», fragte noch dazu der Kellner.

«Einen Kamillentee», antwortete ich. Damit würde er nicht gerechnet gehabt haben.

«Pass mal auf, benimm dich hier, sonst fliegst du raus, klar?»

«Pff», machte ich.

«Hast du mich verstanden?»

«Ja», sagte ich.

Jacky seufzte.

«Was ist denn mit deinem Gesicht passiert?», fragte sie immerhin.

Ich grinste und sagte nichts.

Falls es euch interessiert: Burner und ich hatten am Abend davor noch den Bredouillenentfleuchungsplan mit zwei freundschaftlichen Flaschen Erdbeersekt begossen. Und weil wir nicht so anti waren, wie wir immer taten, hatten wir die Flaschen nachher in den Altglascontainer geworfen. Aus Distanz. Ich hatte es hingekriegt und das Loch genau getroffen, aber Burners Pulle war abgeprallt und gegen meine Schläfe gedonnert, wo sie zerbrochen war. Musste sogar genäht werden.

«Tut das weh?», fragte sie.

Mann, wurde das jetzt ein Interview, oder was? Ich schnaubte verächtlich. Dabei verschluckte ich aus Versehen eine der Blutkapseln. Noch schlimmer, sie geriet irgendwie in die falsche Röhre, und ich musste hart husten, wobei ich die zweite Kapsel ausspuckte. Mit einem verräterischen Klicken prallte sie vom Tisch ab und flog Jacky direkt ins Auge.

«Au!», rief sie. «Spinnst du?»

«*Du* spinnst», hustete ich, aber dann tat sie mir leid, und ich fragte: «Schlimm?»

«Soll ich ihn rausschmeißen?», fragte der Kellner, der plötzlich hinter mir stand.

«Es war ein Versehen», sagte ich.

«Ist schon okay», sagte Jacky.

Der Kellner ging nicht.

«Ist okay, Mann», sagte ich zu ihm. «Ist schon okay, Dad. Ich liebe dich, Dad. Willst du reden, Partner? Hey.»

Er musterte mich. Dann nahm er meinen Tee vom Tablett, ließ ihn aber ein Weilchen vor meiner Nase in der Luft schweben, bevor er ihn auf den Tisch stellte. Als ob ich danach schnappen würde wie ein Frosch nach der Fliege. Idiot. Dabei war er der Doofe, denn ich wollte diesen Tee gar nicht. Diesen nicht und auch keinen anderen. Trank doch keinen Tee, Alter.

«Benimm dich hier», sagte der Kellner. Um ihn weiter zu täuschen, nickte ich.

«Hast du denn inzwischen 'ne Freundin?», fragte Jacky. Sie hatte jetzt die Hand vom Gesicht genommen. Ihr Auge tränte, sah aber okay aus. Es war okay, Dad. Außerdem: Auge für Herz.

«Ja», sagte ich.

«Und wie ist die so?»

«Toller als du.»

«Ja? Wie heißt sie denn?»

Ich kuckte auf den Zuckerstreuer. Ich beobachtete den Zuckerstreuer. Sie beobachtete mich, wie ich den Zuckerstreuer beobachtete.

«Bitte lass den Zuckerstreuer stehn», sagte sie. «Wirf ihn nicht gegen die Wand.»

Ich nahm den Zuckerstreuer und warf ihn gegen die Wand. Dann sprang ich auf und rannte weg.

Hinter mir hörte ich einen ohrenbetäubenden Knall, und Burner kam mir hinterher.

Wir rannten, so schnell wir konnten, die Kantstraße runter und kamen erst nach zehn Minuten zum Stehen.

Keuchend lehnte ich mich gegen eine Mülltonne und kippte mit der zusammen um. Am Boden musste ich lachen. Abwechselnd keuchend und lachend blieb ich eine Weile da liegen und fühlte mich auf eine bittersüße Weise großartig. Burner legte sich neben mich.

«Warum hast du mir nicht das Zeichen gegeben?», fragte er.

«Ach, ist doch auch so ganz gut gelaufen.»

Wirf nicht den Zuckerstreuer an die Wand. Haha. Falsch geraten, Puppe, ich mache, was *ich* will.

16

«besuch für dich, Nick», sagte Doris Klitoris und kuckte dabei unglücklich aus der Wäsche. Seit einiger Zeit war sie nicht mehr Skin. Nicht mal mehr Skin. Das war immer traurig, wenn einer seine Verkleidung ablegte und normal wurde. Sah schrecklich aus. Banal. Alle hatten wir Angst vor dem Tag, an dem wir unserer eigenen Banalität ins Gesicht schauen mussten. Dieser Tag würde kommen, das Ende der Jugend. Auch ich würde bald kein Teenager mehr sein, und was sollte ich dann machen, als Twen? Swingerpartys? Mit wem denn?

Mein Besuch war Jacky. Woher wusste sie bloß, dass ich hier arbeitete? Auch nicht gut, dass sie mich nun in dieser Scherzuniform sah. Mit dem Hut noch dazu. Schnell nahm ich ihn wenigstens ab und warf ihn in den Zerkleinerer.

«Herr Czewinski, ich muss mal kurz fünf Minuten Pause machen», rief ich.

«Auf keinen Fall!», rief er zurück. «Wir haben zu wenig Leute in der Küche.»

«Dann kündige ich.»

«Herr Nick, spinnen Sie jetzt komplett? Sie gehn sofort zurück in die …»

Er kam aus seinem Kabuff gestürmt, sah Jacky und stockte.

«Äh … gut. Alles klar, Herr Nick, nehmen Sie sich so viel Zeit, wie Sie wollen. Hm.»

«Was sollte das denn letztens?», fragte Jacky.

«Ist doch egal», sagte ich.

«Ich musste noch deinen Tee und den Zuckerstreuer bezahlen. Was ist denn los mit dir?»

«Kann dir ja das Geld geben dafür.»

Sie schwieg.

Ich war in der Bredouille.

Sie seufzte: «Ich hatte gedacht, man kann normal mit dir reden, aber wenn du dich wie ein Vollidiot benimmst, hab ich auch keinen Bock mehr, dich zu treffen. Ist es, weil ich nicht mit dir zusammen sein will? Dann sag das doch.»

Wut stieg in mir hoch. Das war nicht gut: Wut war die Heiterkeit der Schwachen. Um meine Wut zu verschleiern, summte ich leise die Filmmusik von Rocky. Mache ich heute noch gern, übrigens.

«Singst du jetzt?», fragte sie. Ich zwinkerte ihr wissend zu. Sie seufzte.

«Ich hab's so satt, diese kleinen Jungen», sagte sie. «Ich brauche einen Mann, kein Kleinkind.»

Langsam und möglichst organisch stellte ich mein Summen ein.

Ich dachte: Kung-Fu. Endlich war es entschieden. Kung-Fu war mein Schicksal, konnte ich nichts gegen tun. Mit den Frauen würde es nie klappen bei mir, aber ein einsamer Krieger brauchte sowieso niemanden. Kalte Freude leuchtete hell durch mein geschundenes Herz. Auf einmal war meine Zukunft klar: Statt einmal alle drei Wochen würde ich ab jetzt dreimal pro Woche in die Kung-Fu-Academy gehen, aufhören zu trinken und nur noch trainieren. Am besten gleich anfangen. Den frontalen Rundtritt, los, Alter, den kannst du gut.

Ich holte Schwung mit dem rechten Bein, um es Jacky in hohem Bogen über den Kopf schnellen zu lassen, da wurde ich unsicher: Sie war eigentlich nicht sehr klein, fast so groß wie ich mit ihren hohen Schuhen, was, wenn ich da nicht rüberkäme? Ich würde sie im Gesicht treffen, und ich hatte ja WIEDER MEINE DOC MARTENS AN!

Aber mein Bein war schon in Bewegung. Die einzige Möglichkeit, es aufzuhalten, bestand darin, meinen Oberkörper rechtwinklig runterzuklappen.

Schnell!

Ich schaffte es gerade noch, mein Bein mit der Stirn zu stoppen. Es tat irre weh. Mann, das war die richtige Entscheidung gewesen, mit diesem Schwung hätte ich ihr den Kiefer gebrochen.

«Du trittst dich selbst?», fragte sie.

«Ich muss wieder an die Arbeit», murmelte ich benommen.

«Herr Nick, nehmen Sie sich so viel Zeit, wie Sie wollen!», rief der Manager.

«Hast du dir wehgetan?»

«Herr Nick, nehmen Sie sich ’n halbe Stunde Pause für Ihren Besuch. Das haben Sie sich verdient. Sie sind doch unser bester Mann.»

«Ich kündige», sagte ich und stolperte aus der Küche in den Lobbybereich.

«Nick», sagte Jacky. «Können wir nicht Freunde sein?»

«Mein Name ist nicht Nick», antwortete ich, was zwar inhaltlich falsch, von der Emotionalität her aber richtig war.

Dann ging ich mit schnellen steifen Schritten aus dem Store raus.

«Bis Montag, Herr Nick!», rief mir der Manager nach.

17

murat kam zu mir an den Grill, packte mich an der Schulter und sah mir mit seinem stechenden Blick wild ins Gesicht.

«Ich bin dein bester Freund», sagte er.

«Nein.»

«Doch, Mann. Ich bin dein allerbester Freund. Denn ich zeige dir ... das.»

Und er drehte meinen Körper nach vorne, wo die schönen Mädchen arbeiteten.

Diese Girls von vorne und wir Boys von hinten hatten bei Mac nicht richtig viel miteinander zu tun. Unsere einzige Interaktion bestand darin, dass wir, wenn wir ein Blech Hamburger (zwölf Stück) fertig gebraten hatten, fragend «Auf zwölf?» nach vorne brüllten. Die brüllten dann «Sechs auf zwölf!» zurück oder «Neun auf zwölf!» oder so, je nachdem, wie viele von diesen Hamburgern wir noch zu Cheeseburgern hochjucken sollten. Dann machten wir's so, packten die Teile ein und legten sie auf das Laufband, wo sie ihre 45 Zentimeter aus der Hölle in den Himmel fuhren, bis die Engel sie mit ihren schmalen Madonnenhänden runternahmen. Diese Mädchen da vorne waren nicht für uns. Der Manager – Wandler zwischen den Welten, der er war – scherzte mit ihnen, wir nie. Obwohl wir dank Eugen von jeder Einzelnen die Muschiweite wussten, akzeptierten wir die Rangordnung Kasse / Küche intuitiv.

Gerade arbeitete der Manager vorne ein neues Mädchen ein, bildschön, lockig und gut drauf. Sie lachte ständig und schnallte nichts.

«Huch, hihi, jetzt hab ich schon wieder statt auf Cheeseburger auf große Pommes gedrückt.»

«Haha, gar kein Problem, da gehen wir einfach noch mal auf Storno, bleib mal ruhig so stehen, warte, ich fass einfach um dich rum und – zack –, siehst du, schon storniert.» Der Manager war gerade auch unglaublich heiter drauf. Als wäre alles ein Riesenspaß.

«Wow. Super. Und was mach ich jetzt?»

«Was würdest du denn jetzt gerne machen?»

«Tja. Weiß ich grad gar nicht.»

«Na, wie wär's denn vielleicht mal mit 'ner Cola?»

«Ja, hey, warum nicht, klar.»

«Vorsicht. Den Becher immer am besten dahin stellen, wo dann nachher die Cola auch rauskommt. Und es empfiehlt sich, erst den Becher hinzustellen und dann den Knopf zu drücken. Gib mal deine Hand, wir drücken erst mal gemeinsam. Na, läuft doch super, oder?»

«Ja.» Fließ. «Oh, das wird jetzt aber ganz schön voll.»

«Genau! Ganz genau, richtig beobachtet, das wird allmählich sogar zu voll. Und was könnten wir da machen?»

«Ah, äh ...»

«Vielleicht einfach mal die Hand vom Knopf nehmen? Mal kucken, was dann passiert?»

«Hihi, ups, hey!»

«Siehste? Und jetzt noch den Deckel drauf.»

Dafür, dass er mir das hier zeigte, wollte Murat mein bester Freund sein? Es machte mich eher traurig. Was für 'ne Ungerechtigkeit mal wieder. Dieses Mädchen wurde so geduldig und einfühlsam in die Geheimnisse des Jobs eingewiesen. Mich dagegen hatten sie an meinem ersten Tag einfach neben einen grimmig dreinblickenden Araber gestellt: «Herr Nick, lassen Sie sich von dem Herrn Ali alles erklären.»

«Hei», hatte ich zu Herrn Ali gesagt. Und er: «Mach Brot.»

Ich so: «Die da? Die Brötchen da? Soll ich die toasten? Wo, also wie, also wenn ich jetzt …?»

Herr Ali hatte mit dem Kinn auf eine komplex aussehende Maschine gezeigt – glühend heiß, uneinladend, im Mittelalter haben sie dir mit so was noch den Penis geplättet, wenn du an Anatomie und Erdrotation glaubtest. Ich hatte ein Brötchen genommen und es draufgelegt. Dann hatte ich nach einem zweiten Brötchen gegriffen, das wollte ich jetzt zu seinem Bruder tun, aber da schob mich Ali zur Seite, schmiss mein kleines einsames erstes Brötchen auf den Boden, griff mit beiden Händen sechs neue, hälftete sie, knallte sie in die Maschine und hebelte die dann zu. Dann schmiss er Patties auf den Grill, tauchte Fische ins Fett, holte die Brötchen wieder raus, wendete die Burger, schoss mit der Wumme Ketchup und Majo auf die Brötchenhälften, flippte Gurken drauf und brüllte: «Auf zwölf?»

«Auf was?», fragte ich. «Ich weiß nicht. Ach so, war gar nicht an mich gerichtet, die Frage, oder? Haha.»

Er machte die Hamburger fertig, während ich im Weg stand, ging dann rüber zu den Chickens und werkelte dort.

Ich blieb an der Brötchenmaschine stehen und begann vor lauter Ungebrauchtheit sanft hin und her zu schwanken.

«Wie macht sich unser Herr Nick?», fragte der Manager.

«Baut nur Scheiße», antwortete Ali.

«Herr Nick, Sie sind hier nicht im Legoland.»

«Ach so, ja, das stimmt, 'tschuldigung.»

So war es bei mir gewesen. Ungerecht.

«Ja, sehr interessant», sagte ich zu Murat und wollte wieder an den Grill gehen.

Er hielt mich fest.

«Kuck doch mal genau hin», sagte er. Und da sah ich es.

Das neue Mädchen hatte seinen McDonald's-Rock nicht richtig zugemacht. Das war nämlich eigentlich nur so eine Schürze. Wenn die zu locker gebunden war, ging sie hinten auf. Und genau das geschah hier gerade. Die Schürze ging auf. Noch war es nur ein schmaler Spalt, aber man sah schon den Schlüpfer durchschimmern. Das war falsch. Jemand musste es ihr sagen. Murat schnaufte neben mir. Ekelhaft. Er legte den Arm um mich. Angewidert schüttelte ich ihn ab, das heißt, ich hätte ihn auf jeden Fall abgeschüttelt, wenn das Mädchen sich nicht gerade gebückt hätte. Dabei ging der Spalt weiter auf, und ihr ganzer Hintern war frei. So lief sie im Kassenbereich hin und her. Schwenkte diesen runden, schwerkraftverachtenden Riesenpfirsich, der nur von einem seidigen rosa Slip bedeckt war, vor uns allen herum. Der Manager schwitzte neben ihr wie ein Schwein.

«Huch, 199 999 Mark, das ist nicht richtig, oder?»

«Kein Problem, macht gar nichts, da gehen wir auf Storno. Du könntest so lange … vielleicht neue Becherdeckel holen.»

«Okay. Wo waren die noch mal, ach ja, hier unten.» Bück.

Wir starrten nach vorne, hypnotisiert, wagten kaum zu atmen. Keiner arbeitete mehr in der Küche, außer Rainer. Wir lehnten gegen irgendwelche glühend heißen oder eiskalten Maschinen und starrten nach vorne. Unsere Augen gelangten an die äußerste Grenze des Starrens, wo sie verzweifelt versuchen, mehr zu sein als Augen. Zeit und Raum verschmolzen. Die Zeit schien stillzustehen.

«Ups, Fanta ist ja nicht Fishmac.»

«Das macht doch nichts. Gehen wir einfach noch mal auf Storno.»

Es war unser aller Storno-Porno, der hier ablief. Und es war krank. Ich würde auch gleich aufhören, hier zu glotzen, mein Leben sollte nicht so sein. Ich war besser als das hier. Aber stopp mal, war das nicht ein unerträglich arroganter Gedanke? Kam nicht mein ganzer Ärger ausschließlich davon, dass ich mich heimlich für was Besseres hielt? War ich denn besser als Murat? Nein. Scheiße, wir waren alle gleich, und das war auch gut so, oder? Vielleicht war das die süße Lektion, die es hier zu lernen galt.

Der Manager glotzte von Zeit zu Zeit böse zu uns nach hinten, aber wir hatten keine Angst vor ihm – er wusste, dass seine eigene Geilheit genauso gläsern vor uns lag wie unsere vor ihm. Die dumme Sau –, wir konnten seine Seele riechen. Wir waren alle gleich. Alle waren wir gleich. Ich spürte meinen Körper nicht mehr, schien auf einmal nur noch aus einem schwebenden Paar Augen zu bestehen.

Das Mädchen war so schön. Nicht nur ihr Po. Ihr ganzes Wesen. Sie wirkte so unbeschwert und mit sich selbst im Reinen. So clean.

Das machte einerseits ihren vulgär hinten rausperlenden Hintern umso geiler, das war alles so verboten, keuch, schon klar. Andererseits zeigte es – mir zumindest – eine bessere Welt. Eine Mädchenwelt, eine Welt der Freundlichkeit, der Leichtigkeit, der fröhlichen Farben. Eine Welt, in der es möglich war, okay zu sein. Eine Welt, zu der ich einfach mal so gar nicht gehörte, die mich aber leise zu rufen schien. Oder bildete ich mir das nur ein? Auf jeden Fall nahm ich mir fest vor, mehr zu malen. Über den Ruhm, den ich dann als erfolgreicher Maler hätte, könnte ich vielleicht in diese okaye Welt eindringen. Hintertürchen Ruhm, warum nicht? Klang nach einem soliden Plan.

Die Schürze war jetzt hinten völlig offen. Keinerlei Aktivität mehr in der Küche, außer dem grimmigen Geklapper von Rainer. Der Manager schwitzte und schwitzte. Wie konnte es sein, dass sie immer noch nichts merkte? Unsere erigierten Penisse hätten aneinandergelegt eine mittlere Kleinstadt drei Wochen lang mit Strom versorgen können.

«Hier sind gar keine Hamburger mehr», sagte sie.

«Da … das musst du den Leuten in der Küche sagen», krächzte der Manager heiser.

Lächelnd kam sie zu uns. «Könntet ihr vielleicht mal neue Hamburger machen?»

«Ich mach hier schon die ganze Zeit», klagte Rainer tantenhaft, «aber mir hilft ja keiner. Übrigens, dein Rock ist hinten offen.»

«Echt? Oh, huch, haha.» Sie band die Schürze zu.

«Ich töte ihn», keuchte Murat.

«Mach nicht», hauchte ich.

Als ich das nächste Mal mit Eugen arbeitete, berichtete ich ihm von diesem Abenteuer. Endlich konnte *ich ihm* auch mal was Erotisches erzählen.

«Mann, da hättest du dabei sein müssen», sagte ich. «Sie war so schön.»

Er lächelte, schaute an mir vorbei ins Nirgendwo und sagte: «Ich hab sie gefickt.»

«Was?»

Er nickte.

«Wen hast du gefickt? Die neue Frau von vorne mit den Locken? Aber ... hä? Wie? Wann denn?»

«Gestern. 'ne geile, weite, feuchte Muschi.»

«Dann kennst du die? A ... aber ... hä? Die hat doch gerade erst angefangen ... wie hast du sie denn kennengelernt?»

Er nickte. Er nickte lächelnd und verdrehte dabei die Augen. «Schön weit. Kam ich richtig gut rein. Vorher hab ich sie noch geleckt.» Er leckte zur Demonstration die Luft. Ich konnte es nicht fassen. Dieser Haudegen. Aber es fiel mir irgendwie schwer, mir die beiden zusammen vorzustellen. Wie hatte er sie denn bloß angesprochen? «Hey, Weitinchen, gehn wir zu mir, einen ficken»? Darauf wäre sie nicht angesprungen, da war ich mir fast sicher. Wobei, was machte ich mir hier vor? Ich hatte ja nun überhaupt keine Ahnung von Frauen, vielleicht war das ja einfach mal genau der richtige Spruch.

Ich wollte mehr erfahren.

«Wie heißt sie denn?»

Eugen lächelte. Dann schnalzte er mit der Zunge. Und dann sagte er: «Muschi.»

Jetzt war ich mir auf einmal bei Eugen nicht mehr so sicher. Lebte er in einer Scheinwelt? Einer Scheidenwelt? War er irre? Das hätte mir leidgetan, weil ich ihn mochte, er war immer so gut drauf. Aber unmöglich war es nicht.

«Du musst auch mal wieder eine flachlegen, Nick», sagte er und tätschelte meine Wange.

«Kann schon sein», antwortete ich.

«Wann war denn dein letztes Mal?»

«Weiß ich grad nicht, lange her sein kann's nicht.»

«Geh mal ins Blue Note am Nollendorfplatz.»

«Blue Nose? Was soll denn das sein?»

«Blue Note. Ist 'ne Disco. Da kannst du gut ältere Frauen aufreißen. Die sind alle schon schön feucht und warten nur drauf.»

Ältere Frauen. Würde ich jetzt so ein Gigolo werden? Ein Callboy? Klang doch ganz gut.

Jacky hatte ihren älteren Mann, warum ich dann nicht eine ältere Frau? Vielleicht würden wir uns alle vier mal zufällig übern Weg laufen; dann konnen die zwei Alten miteinander abziehen und Jacky und ich auch. Wer wusste schon die Zukunft?

18

das blue note war ganz anders als das Linientreu. Niemand war cool, alle waren alt. Nicht so alt wie Rocky, aber doch schon so stramme Mitte zwanzig, würde ich sagen. Dass diese Typen überhaupt noch in die Disco gingen! Die Musik war so «Smooth operator, can I take it to the bridge»-mäßig. Ich nahm ein leeres Glas von einem Tisch, füllte auf der Toilette mein Dosenbier hinein und stellte mich damit an die Tanzfläche.

Frauen waren jede Menge da. Aber keine sprach mich an. Ich zuckte ein bisschen mit den Mundwinkeln, knirschte mit den Zähnen, rieb mir fahrig die Visage und versuchte, dezent so zu wirken, als hätte ich ein psychisches Problem oder schlechte Drogen genommen. Ein Aufreißtrick, den ich mir mal selbst ausgedacht hatte. Im Linientreu hatte er nie funktioniert. Hier klappte es leider auch nicht. Dabei waren so viele Frauen da. Frauen über Frauen. Sie tanzten schon *mit*einander. Ich biss mir in die Hand. Ich knabberte am Kragen meiner Jacke. Ich trat einen Stuhl um und stellte ihn wieder hin – nichts.

So ein Dreck. Wie viele Stunden stand ich hier nun schon rum? Was machte ich eigentlich falsch? Krampfhaft dachte ich nach. Was würde Eugen tun? Lächeln würde er, als wenn alles okay wäre, dachte ich, und während ich das dachte, breitete sich automatisch ein Grinsen auf meinem Gesicht aus.

Und – wer hätte das gedacht! – eine Frau, die mir gegenüber am Tresen stand, grinste zurück!

Schnell kuckte ich weg, zuckte noch ein bisschen vor mich hin und kuckte dann vorsichtig wieder zu ihr rüber.

Sie lächelte immer noch, rutschte von ihrem Barhocker runter und kam zu mir.

«Meine Schwester und ich beobachten dich schon 'ne ganze Weile», schrie sie mir ins Ohr.

Die Frau sah aus, wie ein Kind eine Frau malen würde: lange Haare, langes Kleid, roter lächelnder Mund. Unheimlich: eine fremde Frau. Auch echt alt. Bestimmt fünfundzwanzig. Weiter hinten saß noch eine Frau und winkte. Sah so ähnlich aus. Bei ihr stand ein riesiger schwarzer Alliierter. Der winkte jetzt nicht, und das hätte ich auch nicht erwartet.

«Ist das deine Schwester?», fragte ich. Keine quantenphysikalisch relevante Frage, aber sie nickte und sagte irgendwas. Dazu nickte ich wiederum. Eigentlich war alles ganz einfach.

Wir tranken zusammen was. Meine Schwester war die jüngere und die von dem Alliierten die ältere. Sie mochten Marokko. Sie kamen öfters ins Blue Note. Nach einer Weile gingen sie tanzen, und der Alliierte und ich schauten ihnen dabei zu.

«Do you have a brother?», fragte ich. Er nickte. Ich nickte. Die Schwestern kamen wieder. Irgendwann machte das Blue Note zu. Wir standen auf der Straße. Vier Freunde ohne einen zu lösenden Fall und ohne Hund. Es war kalt. Die Schwestern hatten Hunger.

«Gehen wir doch zu McDonald's», schlug ich vor. Vielleicht würde Murat arbeiten, und wir könnten ein paar abgelaufene Hamburger abgreifen.

Wir betraten den menschenleeren Store, in dem sich eine einsame Blondine hinter der Theke langweilte.

«Wartet kurz hier», sagte ich zu meiner neuen lustigen Bande und ging vor zur Küchentür. Just in dem Moment, als ich sie öffnen wollte, kam Rainer aus der Damentoilette.

«Du bist doch heute gar nicht eingeteilt», sagte er.

«Ich ... wir ... wollten was essen», sagte ich und wies vage in Richtung der anderen drei.

Rainer sah die Schwestern und den Alliierten hinten am Tisch sitzen, pfiff ein paar Töne und verschwand dann in der Küche.

Kurz darauf kam er wieder, mit einem Tablett voller Burger und Shakes.

«Bitte sehr», sagte er. «Geht aufs Haus.»

«Ach super, das ist ja nett», sagten die Schwestern und griffen zu.

Komisch, dass sie sich nicht wunderten. Ich hatte ihnen ja gar nicht erzählt, dass ich hier arbeitete. Dieses Freiessen musste ihnen doch eigentlich rätselhaft vorkommen.

«Tja, man kennt mich hier», sagte ich. Sie nickten.

«I like Burger King», sagte der Alliierte, und das fanden sie genauso interessant.

Rainer hatte sich wieder sein Wischzeug geholt und feudelte die Lobby. Ich ging zu ihm.

«Danke, Alter», sagte ich. «Das war echt in Ordnung von dir.»

«Pfff», machte er verächtlich und wandte sich ab.

Als wir fertig gegessen hatten, sagte die ältere Schwester: «Wir könnten auch zu uns gehen.»

Der Alliierte fand's gut, ich auch, und als wären wir Milliardäre, nahmen wir ein Taxi. In den Süden. Den seltsamen Süden von Berlin. Dahlem. Zehlendorf. Wo man einfach nie war. Gelbe niedrige Häuser standen dort in Reihen. Längst war es schon wieder hell. Der Alliierte und die eine Schwester knutschten während der ganzen Fahrt, meine und ich machten wieder unsere bewährte Lächelnummer. Und nachher dann: Sex. Würde ja so kommen. Sex war immer gut. Wenn ich etwas von Eugen gelernt hatte, dann das.

Wir wankten in eins von den niedrigen Häusern. Der Alliierte und ich hatten nicht viel Text miteinander. Kein Wunder: *Burger King*? Immerhin zwinkerte er mir zu, als die Schwestern die Tür aufschlossen.

Beim Betreten der Wohnung nahm die Jüngere beiläufig meine Hand. Auf einmal eine fremde Hand in der Hand. Das war doch vollkommen verrückt. So war also Eugens tägliches Leben.

«Wir müssen leise sein», sagte sie.

Die Wohnung war niedrig und dunkel. Anscheinend waren diese Schwestern doch nicht so reich, wie die Taxiaktion hatte vermuten lassen.

Auf einmal rief eine brüchige Stimme: «Wer ist da? Sind da Leute bei euch?»

«Schlaf weiter, Oma!», rief die ältere Schwester.

«Was sind das für Leute?» rief die Oma. Sie war hinter einer Tür.

«Das geht dich nichts an!», rief jetzt die jüngere Schwester.

«Das ist meine Wohnung», rief die Oma, und es klang, als würde sie weinen. «Ach Gott, was macht ihr da, wen bringt ihr da in meine Wohnung?»

«Das geht dich nichts an, das geht dich nichts an, gib Ruhe!», schrien beide Schwestern auf einmal total aggressiv.

Die Oma weinte und jammerte weiter durch die geschlossene Tür, und je zittriger sie klagte, umso böser schrien die Schwestern zurück.

Dann bugsierte die Jüngere den Alliierten und mich ins Wohnzimmer, während die Ältere offenbar zu der Oma ins Zimmer ging und sie dort weiter fertigmachte.

«Du kommst ins Heim!», schrie sie. «Wenn du dich nicht aus unserem Leben raushältst, weisen wir dich morgen früh ein!»

«Wollt ihr was trinken?», fragte die Jüngere. Ich schüttelte den Kopf. Der Alliierte nickte und zündete sich eine Zigarette an.

Nach einer Weile kam die Ältere zurück. Von der Oma war nichts mehr zu hören.

«Wir gehen schlafen», sagte sie, packte sich den Alliierten und zog mit ihm ab.

Die Jüngere lächelte total lieb und zeigte auf eine Tür.

«Wollen wir zu mir rübergehn?», fragte sie.

«Kann auch hier schlafen», antwortete ich und zeigte aufs Sofa. «Hast du vielleicht 'ne Decke?»

«Aber das ist ja total ungemütlich», sagte sie und zog einen süßen Flunsch. «Komm doch lieber zu mir.»

«Schon okay», sagte ich, zog meine Stiefel aus und legte mich aufs Sofa.

Sie stand noch eine Weile da, dann ging sie rüber in ihr Zimmer und kam mit einem Laken zurück.

«Du willst wirklich nicht mit rüber?»

Ich tat so, als wär ich schon eingeschlafen.

Sie ging in ihr Zimmer, ließ aber die Tür offen.

Jetzt hörte ich die Oma leise weinen und die Schwester und den Alliierten leise ficken. Draußen sangen die Vögel. Das war noch der beste Sound.

Hier konnte ich nicht schlafen, bei diesen Omamörderinnen. Nachdem ich eine Weile gewartet hatte, griff ich mir meine Stiefel und schlich mich aus der Hütte. Als ich bei der Omatür vorbeikam, rief sie: «Wer ist da?!», worauf die ältere Schwester mit sich überschlagender Stimme «Sei still! Sei endlich still! Kannst du nicht mal still sein?» schrie.

Schnell machte ich die Tür auf und rannte raus.

Dahlem. Oder Zehlendorf oder wo auch immer ich jetzt war. Der Zeitschriftenhändler hatte auf jeden Fall Kartenspiele mit grüner Rückseite. Ich kaufte mir zwei.

Auf verschlungenen Pfaden schaffte ich es nach Hause und holte mir dort im Bett noch einen runter, ohne richtig zu checken, worauf eigentlich.

19

du fliegst bei mcdonald's nicht raus. Ich musste kündigen.

Ohne aufzuschauen, sagte der Manager: «Herr Nick, machen Sie keinen Blödsinn. Ist es wegen der Sache mit dem Safe? Vergessen Sie's.»

Die Sache mit dem Safe hatte ich tatsächlich schon vergessen. Murat, Eugen und ich waren ein paar Wochen zuvor am leeren Chefzimmer vorbeigekommen. Um den Clown für meine Kollegen zu spielen und mal ein bisschen Stimmung in den Laden zu bringen, war ich zum Safe gegangen, hatte «Ah! Ein Franz Jäger, Berlin!» gerufen, mein Ohr drangehalten und – klickklickklick – dran rumgedreht.

Murat verstand die Anspielung nicht, hielt es aber für schwul, während Eugen wissend lächelte, was er allerdings auch schon vor meinem kleinen Sketch getan hatte.

An diesem Tag war Zahltag. Unsere Umschläge lagen in dem Safe, und so standen wir ein paar Stunden später vor dem Chefzimmer in einer Reihe an, während drinnen der Manager das Teil nicht aufbekam.

«Hat hier jemand dran gedreht?», fragte er.

Alle sahen zu mir.

«Wer hat am Safe gedreht?»

«Öh. Kann sein, dass ich das war», sagte ich.

«Herr Nick?»

«Tja. Mist, also ich glaub, ich könnt's total gewesen sein jetzt.»

«Waren Sie's, oder waren Sie's nicht?»

«Ja.»

«Herr Nick, Sie haben nicht am Safe zu drehen.»

«Ich weiß. Das weiß ich. Ich hab's nur als Witz gemeint. Ich hatte aus einem Scherzgedanken heraus so getan, als wär ich Egon Olsen ... wissen Sie, von der Olsenbande? ... Olsenbande? Ich hab ... Es tut mir so leid, sollte nur'n Witz sein.»

«Herr Nick, Sie haben die Kombination verdreht.»

«Wie gesagt. Nicht mit Absicht.»

«Ich kann nun den Safe nicht öffnen.»

«Aber können Sie nicht einfach die richtige Kombination eingeben?»

«Niemand kennt die richtige Kombination. Der Safe ist immer offen, aber Sie haben ihn jetzt verschlossen.»

«Ach so? Immer offen? Aber ist das nicht gefährlich? Ich meine ... hier laufen ja dauernd Leute lang.»

«Sprechen Sie einen Verdacht gegen Ihre Kollegen aus, Herr Nick?»

«Nein, natürlich nicht, ich ... es tut mir echt leid. Mist. Kann man nichts machen?»

Er schüttelte den Kopf. Dann sagte er: «Was ich nicht verstehe, ist: Was hatten Sie an dem Safe zu schaffen?»

«Wie gesagt, ich habe einen Spaß gemacht. Ich hab Egon Olsen von der Olsenbande gespielt. Ich hab so gesagt: Ah, ein Franz Jäger, Berlin, haha, und dann aus Witz dran gedreht, wie der's doch immer … es war blöd, es war'n Fehler … ich wünschte, ich hätt's nicht gemacht.»

«Wollten Sie den Safe aufbrechen?»

«Nein. Ich hab nur so getan. Ich hab getan, als würd ich ihn aufbrechen wollen. Aus Witz. In Anspielung auf eine Fernsehserie. Die Olsenbande.»

«Woher wussten Sie, dass heute Zahltag ist?»

«Na, der ist doch immer am Dienstag. Aber daran hatte ich gar nicht gedacht. Ich wollte den Safe nicht aufbrechen.»

«Herr Nick, Sie haben im Managerzimmer nichts zu suchen. Sie haben nicht am Safe zu drehen. Ich kann jetzt ihretwegen die Gehälter nicht auszahlen. Der Safe ist zu.»

Rainer stieß hörbar Luft aus und schüttelte leise fluchend den Kopf. Murat war auch nicht begeistert. Nur Eugen wirkte entspannt wie immer. Verdiente ja auch Tausende mit seinen Pornos.

«Die Sache wird ein Nachspiel haben, Herr Nick.»

Hatte sie aber nicht. Im Gegenteil. Jetzt sagte mein Manager: «Herr Nick, holen Sie sich einen weißen Hut. Ich befördere Sie hiermit zum Schichtführer. Verteilen Sie mal ein paar Aufgaben, zeigen Sie mir, dass Sie führen können, und dann wollen wir mal sehen, was wir aus Ihnen noch machen.»

«Danke, aber wie gesagt: Mein Entschluss steht irgendwie fest. Ich möchte gern aufhören.»

«Menschenskinder, Junge, vergessen Sie doch die Geschichte mit dem Safe.»

«Es ist nicht deswegen.»

«Weswegen denn dann?»

«Ich … weiß nicht. Ich hab das Gefühl, ich muss es tun …»

«Herr Nick, darf ich das fragen, führen Sie eine homosexuelle Beziehung mit Herrn Eugen?»

«Was? Nein.»

«Zu einem anderen der Kollegen?»

«Nein, aber selbst wenn's so wäre …»

«Ich möchte Ihnen nur sagen, das wäre kein Kündigungsgrund.»

«Ja. Nein. Reicht nicht als Grund, dass ich einfach aufhören will?»

«Das ist doch kein Grund.» Er stieß Luft aus, stemmte die Hände in die Hüften und sah mich an. Dann grinste er über beide Backen. «Herr Nick, mögen Sie den McRib?»

«Geht so.»

«Kommen Sie, ich sag Ihnen was: Sie gehen jetzt zurück in die Küche und machen mir einen McRib mit extra Zwiebeln ohne Gurke, und für sich selber machen Sie auch einen. Tun Sie sich ruhig mal zwei Gurken rauf. Und dann vergessen wir die ganze Sache.»

Damit ließ er mich stehen. Ich machte ihm seinen McRib. Aber mir machte ich keinen.

Dann ging ich nach Hause. Zur Feier des Tages kaufte ich mir vier neue Kartenspiele. Jetzt hatte ich schon fünfzehn. (Was ich wohl mit diesen ganzen Kartenspielen will, wa? Tja, Freunde, da müsst ihr das Buch schon bis ganz zu Ende lesen, das wird nämlich erst am Schluss erklärt. Die meisten Leser hören ja heutzutage schon nach zwei Dritteln auf, aber das läuft hier nicht. Sorry.)

«Herr Nick, endlich erwisch ich Sie mal.»

«Herr Czewinski? Was gibt's?»

«Junge, Sie sind ja ein schwer zu fassender Kandidat. Ich versuch schon die ganze Woche, Sie zu erreichen. Hatte immer nur einen anderen Herrn an der Strippe. Hat der Ihnen das nicht ausgerichtet?»

«Rocky? Äh. Doch.»

«Warum haben Sie dann nicht zurückgerufen?»

«Worum geht's denn?»

«Ich wollte mich mal nach Ihrem Befinden erkundigen. Sie waren ja Montag, Mittwoch und Freitag nicht da. Sind Sie krank? Das können Sie ruhig zugeben.»

«Herr Czewinski, ich arbeite ja gar nicht mehr bei Mac. Hab doch gekündigt, erinnern Sie sich nicht mehr?»

«Das hatten Sie aber nur im Spaß gesagt.»

«Oh nein, das war ernst.»

«Herr Nick, ich weiß es doch noch, Sie hatten uns allen diesen Egon Olsen vorgespielt. Aus Spaß. Das war doch keine richtige Kündigung. Dieser Egon Olsen, das ist ja eine Phantasiefigur von Ihnen, mit der Sie Ihre Kollegen in den Pausen erfreuen. Der kann doch keine Kündigung einreichen, er ist ja nicht real.»

«Dann kündige ich eben jetzt.»

«Telefonisch? Das ist doch Blödsinn. Kommen Sie vorbei, Junge, Sie können sich Ihre Schicht aussuchen. Wenn Ihnen Montag, Mittwoch, Freitag nicht mehr passen, können Sie Dienstag, Donnerstag und das Wochenende machen. Wir brauchen immer gute Leute fürs Wochenende, das wissen Sie ja. Sind ja schon oft genug eingesprungen.»

«Ich bin noch nie am Wochenende eingesprungen. Ich

glaube, Sie haben eine völlig falsche, idealisierende Vorstellung von mir, Herr Czewinski. Und ich muss jetzt leider los.»

«Wann können Sie heute hier sein?»

«Nie. Tschüss.»

20

kunst. Das würde ich jetzt machen.

Ich schrieb mich für einen Volkshochschulkurs ein. Aktzeichnen.

Aufgeregt ging ich zur ersten Stunde. Der Kurs fand wirklich in einer Schule statt, das heißt in einem üblen, von Neonröhren grell beleuchteten Raum voller Tische mit abgerundeten Ecken und Haken dran und mit diesen kippeligen Stühlen. Ich blieb ganz hinten in einer Ecke stehen, während sich meine neuen Künstlerkollegen an den Tischen ausbreiteten. Sie waren alle alt. Und alle hatten sie feinste Papiere und Rötel in verschiedensten Rötelröten dabei, pergamentumgürtete Kohlestücke, Tuschkästen mit zwei Ebenen und fünfstöckige Buntstiftpackungen. Was das Herz begehrte – sie hatten es. Ich Armer dagegen besaß nur lauter schrottiges DDR-Zeug, das ich mir für meine 25 Mark Begrüßungstauschgeld mal drüben gekauft hatte. Faseriges graues Papier, wässrige Tusche und Rattenhaarpinsel. Witzigerweise sahen die DDR-Sachen alle viel mehr nach Vergangenheit aus als der edle Schnickschnack der Alten. Die Alten hatten keinen Stil. Sie waren alt. Trotzdem machten sie hier voll einen auf

Grundschüler, checkten sich gegenseitig ab und verteilten schon Rollen. Ein Dicker gab gleich den Klassenclown, indem er laut «Zum Glück sind wir alle pünktlich gekommen! Sonst gibt's was mit'm Rohrstock» rief. Darüber lachten ein paar Frauen und etablierten sich so als die Frauen, die lachen. Ein grimmiger Typ lachte unübersehbar nicht, sondern sortierte laut klackernd seine Kohlestücke. Das würde dann wohl der heimliche Boss werden. Und eine ebenfalls nicht lachende Frau strich zitternd ihr Papier glatt. Dann sah sie mit durchscheinenden gesenkten Lidern zu Boden. Sie war auch irgendwas Besonderes. Die Schöne vielleicht. Schwer zu sagen.

Unglaublich eigentlich: Für diese ganzen alten Knochen war die Schulzeit doch schon ewig vorbei. Wieso mutierten sie hier sofort wieder zu so einem miesen Klassenmob? Hatten sie in ihrem langen reichen Leben da draußen gar keine Persönlichkeit entwickelt? Entwickelte man am Ende gar keine Persönlichkeit im Leben?

Blöde Nazis. Wieder mal ärgerte ich mich drüber, dass die alle noch lebten und sogar noch gute Sachen machen durften, wie nämlich das jetzt hier.

Na sollten sie – ich würde ihr Spiel jedenfalls nicht mitspielen. Hatte Besseres zu tun, als mir in dieser Schulklasse des Todes ein Plätzchen zu sichern. Clown und Boss waren ja eh schon besetzt, da blieb nur noch die Rolle des Außenseiters. Aber die wollte ich nicht. Ohne mich. Ich ignorierte sie alle konsequent.

Stattdessen schaute ich mir verstohlen das Aktmodell an, das vorne neben der Tafel saß und rauchte. Sie hatte rot gefärbte toupierte Haare und trug einen grünen Bademantel.

Darunter war sie wohl nackt. Musste ja so sein. Und gleich würde sie den Bademantel abwerfen, und wir könnten dann alles sehen. Am helllichten Tag und zusätzlich von den Neonröhren bestrahlt. Musste ja so sein. Konnte ich mir trotzdem nicht vorstellen.

Dann kam der Lehrer in den Raum. Kurze Haare, Brille und weißes Hemd mit schwarzer Weste drüber. Unten lockererweise eine Blue Jeans.

«Na, der hätte sich auch 'ne ordentliche Hose anziehn können», schoss es mir durch den Kopf. Wo kam das denn her? Ein Kollektivgedanke der Alten, der sich auf mich übertrug? Würde ich durch den Kontakt mit denen am Ende auch alt werden?

«Schön, dass Sie alle hier sind», sagte der Lehrer.

«Schon seit geraumer Zeit», dröhnte der dicke Clown. Ein paar Frauen gaben leise Laute schmerzvoller Zustimmung von sich. Der Boss sortierte klackend seine Rötel, und die Schöne strich mit durchsichtiger Hand über ihr durchsichtiges Papier.

Das Aktmodell rauchte und starrte durch uns alle hindurch, als ginge sie die ganze Sache hier gar nichts an.

Und unter dem Bademantel war sie nackt. Konnte ja nicht anders sein. Ich kriegte einen Dicken. Jetzt waren hier schon zwei Dicke im Raum, aber meiner war kein Clown, glaubt das mal besser nicht, Freunde.

«Ja, es war'n ganz schöner Verkehr, tut mir leid, kommt nicht wieder vor», sagte der Lehrer, erst mal sämtliche Autorität abgebend. Das war damals bei Lehrern normal, kannte ich noch aus meiner eigenen Schulzeit. Irgendetwas wollten sie mit diesem Verhalten erreichen. Mitleid wahrscheinlich.

Miteid von Nazis gibt es allerdings nicht so schnell. Der Boss sagte: «Wir sind ja auch alle pünktlich gekommen», worauf die Frauen nickten, die Schöne leise zu zittern anfing und der Clown «Ob mit'm Eselskarren oder mitter Postkutsche» hinzufügte.

«Tja, also, ich denke, dann fangen wir mal an», sagte der Lehrer zaghaft. «Yvette? Hast du Lust, loszulegen?»

Wirkte nicht so, aber Yvette drückte ihre Zigarette aus, stand auf und begann den Knoten des Bademantelgürtels zu lösen. Selbst jetzt konnte ich mir nicht vorstellen, dass sie gleich nackt sein würde. Schamhaft kuckte ich zu Boden.

Die Nazis machten einen auf Profi, kniffen Augen zusammen, glätteten ihr glattes Papier, nahmen die Kohlestückchen, Bleistifte und Rötel zwischen die Finger, blickten ernst und entschlossen. Wie Ballerinas, die vor dem Tanzen noch ihren hirnverbrannten Niffnaff an der Stange vollführen. Nur die Schöne zitterte, offenbar vor Angst, den ersten Strich zu tun. Vielleicht war sie doch nicht die Schöne, vielleicht war alles auch eh ganz anders. Mann, ich dachte viel zu viel über diese alten Häute nach. Schluss damit. Das hier war *meine* Geschichte, verdammt noch mal. Das hier war der erste Tag meines neuen Lebens.

Der Lehrer sagte: «So, wir machen wie immer erst mal ein paar kurze Stellungen, Spielbein, Standbein, fünf Minuten jeweils. Und … los.»

Jetzt kuckte ich hoch, und da stand Yvette splitterfasernackt, mitleidlos ausgeleuchtet, auf einem Tisch. Schief stand sie da, das eine Bein angewinkelt, das andere durchgestreckt, die Arme hingen wie tot herunter. Sie schaute über uns hinweg zur hinteren Wand.

Ihr Körper war kalkweiß, abgesehen von ein paar roten Druckstellen. Die Brüste schienen keinen Inhalt zu haben. Die Hüften waren ausladend, die Beine wie riesige Rüben. Zwischen den Schenkeln wucherte es unkontrolliert, wie man's damals nicht anders kannte.

Die anderen fingen an zu zeichnen.

Yvette. Ich war verliebt.

Ab da ging ich jeden Dienstagabend zum Aktzeichnen. Meistens war Yvette das Modell, manchmal leider auch andere. Sogar Männer gab es und einmal sogar einen Mann *und* eine Frau. Gemeinsam standen sie da nackt herum, und der Mann kriegte keine Erektion. Spinner.

Unser Lehrer ließ sich immer was einfallen. Manchmal brachte er einen Diaprojektor mit und projizierte Bilder von Blumenwiesen, Wasserfällen oder Steppen auf die Modelle. Dazu spielte er mit seinem Kassettenrecorder psychedelische Musik.

«Probiert doch mal was Wildes», sagte er. «Nicht immer nur naturalistisch! Lasst euch inspirieren.»

Die Alten malten dann genauso weiter wie zuvor. Was Wildes probierten sie nicht. Das schien ein guter Aspekt des Alters sein: Man wurde frei von Beeinflussung. Die Alten machten, was sie machten, egal, was der Lehrer sagte. Eigentlich Punk. Die zitternde Schöne zeichnete sogar die ganze Zeit überhaupt nicht die Aktmodelle, sondern immer wieder nur dasselbe. Das Gesicht eines jungen Mädchens mit offenem Haar und fragendem Blick. Sah nicht schlecht aus, aber das hätte sie natürlich auch zu Hause machen können, oder?

War ja kein Akt, sondern ein Porträt. Jede Stunde zeichnete sie drei bis fünf von diesen identischen Gesichtern, ohne auch nur einmal von ihrer Staffelei aufzublicken. Das war ja auch nicht nötig.

«Schön», sagte der Lehrer, «sehr schön, Frau Kruse. Aber vielleicht möchten Sie sich mal an ein anderes Motiv wagen? Wir sind ja hier, um auszuprobieren. Hätten Sie nicht dazu einmal Lust?»

Frau Kruse machte eine Kopfbewegung und murmelte: «Mmh mm.»

«Ich meine nur, Sie können hier natürlich zeichnen, was Sie wollen, da sind Sie ganz frei, aber die Möglichkeit bestünde jedenfalls. Das wollte ich eigentlich nur sagen.»

Frau Kruse ließ ihren langen Hals schwanken und sagte nichts.

Der Clown erkannte seine Chance. Er trat an Frau Kruses Staffelei und sagte: «Arme und Beine sind etwas kurz geraten.»

«Jeder, wie er kann», erwiderte Frau Kruse und reckte den Hals. Sie sah aus wie eine Schildkröte: unendlich alt, aber immer noch gefährlich.

«Ist das eigentlich mit Rötel?», fragte der Clown nun schon sehr viel kleinlauter.

Frau Kruse schwieg ein Weilchen und murmelte dann: «Das ist mit Jaxon-Kreiden. Jaxon-Kreiden hab ich da benutzt.»

«Darf man mal sehn?», fragte der Clown und beugte sich über Frau Kruses Kreidekasten. So gebeugt, betrachtete er die Kreiden. «Ah ja», sagte er. «Kuck an. Jaxon-Kreiden. Schön.»

Frau Kruse sagte nichts. Nach einer Zeit des Betrachtens ging der Clown wieder an seinen Platz und setzte sich.

Zu meiner Schande muss ich gestehen, dass dieser ganze «Lasst euch inspirieren»-Ansatz bei mir voll auf furchtbaren Boden (kein Tippfehler) traf. Nach ein paar Wochen zeichnete ich nicht mehr naturalistisch – sah eh immer kreplig aus –, sondern spritzte schwarze Tusche aufs Papier und verwischte alles lustvoll mit den Fingern, der unbehaarten Seite meines Pinsels oder mit einer Schere. Ich spuckte und rotzte auf meine Bilder und verwischte das. Atemberaubende Sachen entstanden, wahnsinnig wild – war das wirklich von mir?

Ich zeichnete immer hinten im Stehen, den anderen im Genick, und irgendwann fing ich an, beim Zeichnen Laute auszustoßen. Es war einfach zu intensiv, die Laute mussten raus. Die Kunst war eine Supernova, die mich von innen durchbrodelte – ich war nur ihr Gefäß und hatte keinen Einfluss auf die Laute, die dabei entstanden, obwohl der irdische Nick schon mitkriegte, dass es die anderen irritierte. Manchmal durchdrang mich die Kunst so stark, dass ich keinen Strich tun konnte. Einmal wurde es so heftig, dass ich – ohne zu wissen, was ich tat – mein Zeichenbrett auf den Boden knallte, zum Fenster lief und mit einem Satz hinaussprang. Der Unterrichtsraum befand sich im ersten Stock. Unten milderten dornige Büsche meinen Sturz.

Diese Dornen waren irgendwie gut. Echt waren sie. Schmerzhaft echt. Ich zerriss mir Hände, Gesicht und Klamotten, während ich mich schwer atmend aus den Büschen befreite, und fing dann an zu rennen. Ich rannte draußen im gleißenden Sonnenlicht, so schnell ich konnte, angetrieben von purer Kunst. Dreimal rannte ich ums Schulgebäude herum, bis ich wieder in der Lage war, in den Unterrichtsraum zurückzukehren. Alle glotzten mich an. Ich nahm mein Brett und zeichnete weiter.

«Picasso ist wieder da», sagte der Clown.

«Jeder, wie er kann», sagte Frau Kruse.

Ich atmete tief ein und aus. Ich spürte die Kunst so sehr, dass es weh tat. Aber was für ein grandioser Schmerz, meine Freunde, lasst mich jetzt sterben! Ich spuckte aufs Brett und verwischte das mit dem Blut von meinen zerkratzten Händen. Meine Schulter pochte. Aus meinem rechten Handgelenk zog ich einen Dorn und steckte ihn in die Mitte des Bildes. Kunst war mein Ding.

Aber was dachte eigentlich der Lehrer? Was hielt er von meinen Sachen? Im Grunde genommen war das natürlich scheißegal, fuck off. Aber je mehr Zeit verging, umso mehr hätte ich's trotzdem gern gewusst.

Nach jeder Stunde legten wir alle unsere Zeichnungen im vorderen Teil des Raums auf den Boden, wir bauten uns im Halbkreis drum herum auf und schwiegen. Niemand sah zum Lehrer, niemand schien irgendeine Art Kritik von ihm zu erwarten. Er gab auch keine. Er stand nur da, den rechten Ellenbogen in der linken Hand und die rechte Hand mit ausgestrecktem Zeigefinger quer über dem Mund. Manchmal nickte er. Manchmal sagte jemand von den Alten «Schön» oder «Ganz prima» oder «Ist das mit Rötel?». Aber meistens standen wir einfach endlose Minuten so um den Lehrer herum. Schweigend. Die Blicke über die ausgebreiteten Werke schweifen lassend.

Wobei wir es alle vermieden, in Richtung von Herrn Kanters Bildern zu schauen. Herr Kanter war ein dürrer, sehr aufrechter kleiner Herr mit schmutzwasserfarben getönter Brille und rübergekämmten Haaren, der immer dieselbe Strickjacke trug und dessen Zeichnungen so derart knallpornographisch waren, dass es rauchte.

Alle weiblichen Modelle malte er mit weit gespreizten Beinen und auseinanderklaffenden, immer geschwollen wirkenden Schamlippen, denen er mit Buntstiften noch einen zusätzlichen rosigen Schimmer verlieh. Jedes Schamhaar zeichnete er einzeln. Den Männern spendierte er riesige halbsteife Schwänze. Eigentlich waren die Zeichnungen ziemlich geil, aber man konnte sie nicht geil finden. Sie waren doch von Herrn Kanter! Die ganzen wollüstigen Vulven kombinierten sich im Kopf sofort mit dem schlohweißen Spinnenhaar und den von dunklen Todesflecken betüpfelten Krallen ihres Schöpfers. Keine gute Kombi. Eine der schlechtesten Kombis der Weltgeschichte.

Ich glaube, Herr Kanter wusste selbst nicht, was er da tat. Aber er merkte, dass niemand sich sein Zeug ansah, und kuckte deshalb immer sehr beleidigt um sich. Irgendwann begann er zu schnaufen. Schnauf, schnauf, kuckt doch mal her!

Einmal ging ausgerechnet Frau Kruse zu ihm und musterte das kranke Zeug lange und ausgiebig.

Dann sagte sie: «Jeder, wie er kann.»

Ich spürte, dass ich gleich loslachen würde wie nie zuvor in meinem Leben, und um die Situation zu entschärfen, sprang ich aus dem Fenster.

Das war mir mittlerweile eine liebe Gewohnheit geworden. Nur wuchsen hier vorne, wo wir die «Besprechung» abhielten, leider keine Dornenbüsche draußen, sodass ich auf den harten Asphalt knallte und mir den Arm brach.

Dadurch entdeckte ich die Magie des Malens mit links.

«Paul Klee hat das auch so gemacht», sagte der Lehrer, als er sah, wie ich in der nächsten Stunde mühsam auf meinem Blatt rumkrampfte. «Das Eingeschliffene überwinden. Mit der ungewohnten Hand entstehen ganz andere Sachen.»

Ich nickte und spürte, dass bald der Moment kommen musste, wo er was zu meinen Sachen sagen würde. Es lag so dermaßen in der Luft. Der Kram der Alten langweilte ihn, so viel war mir schon lange klar. Dafür war er doch nicht Lehrer geworden. In mir sah er vielleicht seinen wahren Schüler. Seinen Nachfolger. Obwohl. Lieber nicht. Aber meine Bilder riefen ihn. Und er hörte diesen Ruf, da war ich mir fast sicher.

Meine Bilder waren so ganz anders – voller Kraft. Aber waren sie auch gut? War es nur lustvolles Rumgeschmiere oder Genius pur? Da ich sehr schnell arbeitete, hatte ich am Ende immer einen Riesenhaufen Zeichnungen, fast so viel wie alle anderen zusammen. Und während die ihren Schmus vorsichtig auf dem Boden drapierten, schmiss ich meins einfach alles runter aufs Linoleum und stellte mich noch mit meinen Stiefeln drauf.

Ja, ich fieberte dem Moment entgegen, an dem der Lehrer was zu meinen Sachen sagen würde. Nach außen gab ich mich aber lässig und desinteressiert. Meistens verließ ich sogar während der Besprechung den Raum, ging auf die Toilette, holte mir dort einen runter und pullerte dann ins Waschbecken – ein Künstler macht auch alltägliche Verrichtungen gerne etwas anders als normal.

Einmal, als ich danach zurückkam, kniete Yvette vor meinen Bildern. Mein Herz fing an zu klopfen. Langsam ging ich zu ihr.

Sie hatte, wie immer, wenn das Zeichnen vorbei war, wieder ihren Bademantel übergeworfen, aber darunter war sie nackt. Musste ja so sein. Ganz selbstverständlich nackt unter dem Mantel. Wahnsinn.

Yvette besah sich eine Zeichnung, auf der ich mit der Faust in die feuchte Tusche gehauen hatte, sodass es aussah, als würde ihr Kopf explodieren.

Sie richtete sich wieder auf, holte eine Zigarettenpackung aus ihrer Bademanteltasche und steckte sich eine in den müden Mund.

«Feuer?», fragte sie.

«Ist einfach so geworden», sagte ich.

Da kam der Lehrer und zündete ihr das Teil an, und jetzt standen wir alle drei zusammen, die einzigen Nichtalten in diesem Idiotenverein. Ich spürte, wie sehr wir eine Gruppe waren, und wollte jetzt endlich was vom Lehrer hören, also sagte ich: «Ich weiß immer gar nicht ...», und wies auf meine Sachen.

«Doch doch», erwiderte er. Yvette ging. Der Lehrer und ich blieben nebeneinander stehen. Ohne Yvette fühlte sich das schwul an.

«Sag mal, eine Sache wollte ich dich fragen», wandte er sich an mich.

«Okay. Was denn?» Jetzt. Jetzt würde es kommen: Ich wollte dich fragen, woher diese Wut in deinen Bildern stammt, diese abgrundtiefe Verzweiflung, dieser kraftvolle brüllende ungestillte Hass. Kann es sein, dass du leidest wie ein Tier, dass du verlassen wurdest von der Frau deines Lebens, von einer bösen Hexe mit zwei kratzigen Katzen? Haben sie dir zu dritt das Herz aus der Brust gekratzt, Junge? Kann es sein, dass du ein Tornado bist, ein Abgrund? Brennst du, Junge? Du brennst. Du brennst und brennst und brennst. Wenn du nicht deine Kunst hättest, würdest du wohl Menschen töten. Du machst mir Angst, Junge, und gleichzeitig habe ich auch Angst *um* dich.

Was er in Wahrheit sagte, war allerdings: «Kann es sein, dass du die Kursgebühr noch nicht überwiesen hast?»

Wow. Kleinlichkeit an Bord. Vielleicht war das aber auch nur ein Test, und das wahre Gespräch würde gleich kommen.

«Weiß ich nicht», sagte ich.

«Ist noch nicht überwiesen. Hier, ich hab dir noch mal meine Kontonummer aufgeschrieben. Wär toll, wenn du dich da demnächst drum kümmern könntest.»

Er gab mir einen Zettel. Ich nickte. Er nickte auch. Was bedeutete das? Nicken. Nicken hieß doch «Du bist okay», oder? Einer von uns. Ein Künstler. Schätze, so war's.

Yvette war inzwischen bei den Alten und kuckte sich deren uninspirierten Schrott an. Heute war anscheinend ihr Ankucktag.

Sie zeigte auf die ewig gleichen Frauenporträts von Frau Kruse.

«Das sieht mir aber nicht ähnlich», sagte sie.

«Das sind ja auch gar nicht Sie», sagte Frau Kruse, und der Lehrer seufzte neben mir.

«Wer soll das denn dann sein?», fragte der Clown zaghaft.

Frau Kruse wackelte mit ihrem Hals und senkte den Blick.

Als sie wieder hochschaute, blitzten ihre Augen vor unbändiger Wut.

Seid ihr alle blind?, schien ihr Blick zu sagen. Sie sah genauso verkannt aus, wie ich mich fühlte. Frau Kruse – eine von meinen Leuten? Damit hatte ich nicht gerechnet.

«Das bin *ich,* verdammt noch mal», sagte sie.

21

kunst macht nicht satt. Ich brauchte einen neuen Job. Burner zum Glück auch. Wir bewarben uns bei einer derben Ku'dammdiskothek als Zettelverteiler und wurden auch gleich genommen. Einen halben Tag lang an der Ecke stehen, für fünf Mark die Stunde.

«Können wir zusammen an derselben Ecke verteilen?», fragten wir unseren neuen Boss.

«Träumt nicht mal davon, ihr Schwuchteln», antwortete der gutmütig zwinkernd. «Jeder kriegt seinen eigenen Standort.»

Es war kalt draußen.

«Ich mach uns Tee, mein Junge. Gegen die Kälte, verstehst du?», munterte ich Burner auf, und tatsächlich kam ich an unserem ersten Arbeitstag mit zwei Thermoskannen an.

Mein erster selbst gemachter Tee. Hatte jeweils zwölf Beutel in eine Termoskanne mit heißem Wasser geworfen und die dann ordentlich verschraubt.

«Richtiger Tee?», winselte Burner. «Ich dachte, du brühst uns den guten löslichen Nesquick Zitrone.»

«Wir sind doch keine kleinen Kinder mehr, du Hurensohn. Jetzt gibt's verdammt noch mal richtigen Tee. Hier, trink. Trinke den Tee.»

Burner nahm einen Schluck und verzog das Gesicht: «Bitter.»

«Der Geschmack wahren Tees.»

«Auf jeden Fall.»

«Auf eure Posten!», rief der Boss.

Die Zettel, die wir verteilen mussten, waren lila. Es war ein amerikanischer Fünfzigerjahreschlitten darauf abgebildet, und darunter stand der markige Spruch: «Im Midnight ist was los.»

Niemand wollte diese Zettel haben.

Der Tee war wirklich ganz schön bitter.

Die Zeit verging nicht.

Auf einmal stand ein vierschrötiger Zuhältertyp vor mir und hielt die Hand auf. Erst kapierte ich nicht, was er wollte, dann wurde es mir klar. Ich gab ihm einen Zettel. Er hielt ihn sich vors Gesicht. Das sollte aussehen wie Lesen. Für Marsmännchen sah das vielleicht so aus.

«Was ist denn da los im Midnight?», fragte er.

«Nichts», sagte ich. «Voll der Scheißladen.»

«Was? Guter Laden?» Er quetschte seine eh schon schlitzigen Augen zusammen.

«Ich glaub nicht», sagte ich. «Also, ich war ja nur vorhin kurz drin, um die Zettel zu holen – heute ist mein erster Arbeitstag, weißt du –, und ich finde, es sah total erbärmlich aus. Kuck mal, deshalb haben sie ja mich und meinen Kumpel angestellt, um unbedarfte Touristen reinzulocken. Kann mich natürlich täuschen, aber ich finde, wenn ein Laden gut ist, spricht sich das eh rum, und man muss keine Zettel verteilen.»

«Guter Laden?»

«Ich fürchte nicht, Alter. Geh lieber ins Linientreu.»

Er schnaubte kurz und stiefelte breitbeinig davon. Wahrscheinlich ins Midnight, trotz meiner gut gemeinten Warnungen. Der Typ tat mir leid.

Da fuhr ein Cabrio voller satter Popperschweine an mir vorbei.

«Was verteilst du denn da?», rief einer mir zu.

Ich warf meine ganzen restlichen Zettel in hohem Bogen zu ihnen in die Karre und ging in eine Kneipe flippern.

Aber als ich später im Midnight meinen Lohn abholen wollte, sah mich der Boss eine irgendwie zu lange Zeit schweigend an und sagte dann: «Du kriegst nichts.»

«Hä? Wieso nicht?»

«Du hast den Laden schlecht gemacht. Und du warst nicht auf deinem Posten.»

«Ich war vielleicht mal kurz auf Klo.»

«Du warst über 'ne Stunde weg. Und die Flyer lagen überall auf dem Boden rum. Glaubst du, wir kontrollieren das nicht? Für heute kriegst du keinen Pfennig.»

«Ich find's nicht gerecht», sagte ich. Der Boss schwieg.

«Nicki, wir holen uns dein Geld», sagte Burner, als ich ihm davon erzählte.

«Aber wie?»

«Wir gehn zum Oberboss. Unser Boss kann nicht der Oberboss sein. Wir finden den Oberboss und berichten ihm von deinem Fall.»

Und so machten wir's. Wie sich herausstellte, gehörte das Midnight zu einem riesigen Kartell von Kneipen, Stundenhotels und Biergärten. Wir redeten einen ganzen Tag lang auf üble Schläger und starke Frauen ein, die uns nicht einordnen konnten. Wir sahen für sie aus wie Idioten mit unseren Clockwork-Orange-Clownsuniformen, aber wir hatten immerhin das Gleiche an. Das ist immer gut, wenn man es mit Schlägern zu tun hat, weil die dann denken: Wo zwei sind, könnten auch mehr sein – Schlägermathematik. Und am Abend wurden wir tatsächlich zum Oberboss vorgelassen.

Er war größer, breiter und furchterregender als alle anderen und lag wie ein Pascha auf ausladenden bunt bestickten Kissen. Zwei Frauen in Hotpants saßen rechts und links von ihm.

Unser normaler Boss war auch da und schaute uns grimmig an.

«Worum geht's?», fragte der Oberboss.

«Zwei Zettelverteiler.»

Burner trat vor. «Die wolln ihm nicht seine letzte Schicht zahlen, er hat aber voll gearbeitet.»

«War nicht auf seim Posten gewesen», sagte der normale Boss.

Ob die Frauen mich wohl gut fanden? Eine wenigstens? Ihre Mienen wirkten starr.

«Er musste mal pieseln», erklärte Burner. «Passiert mir manchmal auch. Wir hatten Tee getrunken. Richtigen Tee.»

«DU warst auf deinem Posten gewesen», sagte der normale Boss. «Aber er nicht. Ich hab um acht nachgekuckt und um neun.»

«Weil er zweimal pieseln war», sagte Burner.

«Ich hab jeweils zehn Minuten gewartet. Er kam nicht.»

«Doch», sagte ich. «Ich war da.»

«Um wie viel Geld geht's hier?», fragte der Oberboss.

«Zwanzig Mark.»

Der Oberboss griff in seine Tasche, holte ein Bündel Hunderter heraus und fingerte darin herum. Er schaute zu der einen Frau, die, die Augen verdrehend, mit der Hand über die Taschen ihrer Hotpants fuhr und dann lustlos den Kopf schüttelte.

«Los.» Der Oberboss zeigte auf den normalen Boss und krümmte den Finger.

«Ich hab nix hier», protestierte der. «Außerdem – »

«Dann besorg was, aber 'n bisschen zackig!», schrie der Oberboss ihn an. «Du Scheißpolacke, du Jugo, willst du mich verarschen hier? Ich hab noch was andres zu tun!»

Mit rotem Kopf zog der normale Boss ab.

Der Oberboss hielt Burner und mir ein Etui mit Zigarillos hin. Wir nahmen uns jeder eine. Er schnipste mit den Fingern, eine von den Frauen kam und gab uns Feuer. Von nahem wirkte ihre Haut holzartig und das Gesicht wie aufgemalt.

Rauchend standen wir nun in der Mitte des Raums. Auf dem Boden lagen schwere orientalische Teppiche. Nirgends ein Aschenbecher. Ich rauchte ja eigentlich sowieso gar nicht. Wir balancierten die Asche vorsichtig auf den Stummeln. Es lief keine Musik im Hintergrund. Das fällt einem in solchen Momenten immer auf.

Der normale Boss kam wieder rein und drückte mir wortlos zwei Zehner in die Hand.

«Danke», sagte ich. «Ey, vielen Dank, echt. Und nächstes Mal – »

«Ihr seid beide gefeuert», sagte der Oberboss. «Raus hier.»

Unser nächster Job war bei einem Bäcker im Märkischen Viertel, und diesem Job trauere ich bis heute nach. Der Bäcker hatte folgende Idee gehabt: Die Leute sollten Backwaren telefonisch bei ihm bestellen, und er würde die dann liefern.

Er hatte Zehntausende von farbigen Zetteln drucken lassen, auf denen ein Foto von ihm mit Kochmütze im Kreis von einem halben Dutzend Backspezialitäten abgebildet war: Puddingschnecke, Kokosmakrone, Amerikaner, Bienenstich, Kirschdingens und Rumkugel.

«Ihr verteilt das an alle Haushalte!», wies er uns an.

«Aber glauben Sie, dass da Leute anrufen?», gab ich zu bedenken. «Sie können doch genauso gut runter zu irgendeiner anderen Bäckerei gehn. Gibt ja an jeder Ecke eine.»

«Aber ich liefer ihnen das!», rief der Bäcker. «Ich bring ihnen das hoch in die Wohnung! Ich hab ausgerechnet, wenn nur jeder Hundertste was bestellt, lohnt sich die Sache.»

Anfangs klingelten wir noch unten an den Hochhaustüren. Wir dachten, bei so vielen Leuten wird uns schon irgendjemand aufmachen, aber die Mieter zeigten sich von ihrer skeptischen Seite: «Verpisst euch, ick ruf die Bullen», «Fickt euch in den Arsch!» oder «Ick komm gleich runter und hau euch aufs Maul!», meinten sie. Runter kam dann aber keiner. Am nettesten waren noch die Rentner, die ließen einen wenigstens ausreden.

«Könnten Sie mal die Tür aufmachen?»

«Was?»

«Könnten Sie mal auf den Summer drücken und die Tür aufmachen?»

«Wer spricht da?»

«Wir sind Unbekannte. Müssten nur mal was in die Briefkästen stecken.»

«Nein, ach. Nein danke.»

«Bitte. Wir wollen nichts Böses. Können Sie nicht einfach mal aufmachen?»

«Ein andermal.»

«Oder jetzt? Bitte?»

«...»

«Hallo?»

«Ja, ich bin noch da.»

«Könnten Sie nicht bitte mal aufmachen?»

«Ich bin nicht sicher. Danke. Auf Wiedersehn.»

«Bitte.»

«Nächstes Mal. Andermal. Wiedersehn. Alles Gute aber noch.»

Manch kleiner Plausch ergab sich da. Aber rein kamen wir nie.

Also warfen wir die Zettel am Ende alle in den Müll. Was erst mal gar nicht so einfach ging, weil's so viele waren. Nach ein paar Tagen wussten wir aber, wo es gute Mülltonnen gab, und schließlich fanden wir sogar einen illegalen Schrottplatz, wo wir sie einfach alle auf einen Schlag abladen konnten.

Dann fuhren wir mit unserem hölzernen Bollerwagen zurück zum Bäcker und holten neue.

«Alle Achtung, Jungs, ihr seid schnell», lobte er uns.

«Bringt die Aktion denn überhaupt was?», fragte Burner.

«Oh ja», sagte er.

«Ehrlich? Wie viele haben denn schon angerufen?»

«Schon einige hundert.»

«Warum tragen Sie eigentlich eine Kochmütze auf den Zetteln und keine Bäckermütze?»

«Ich weiß schon, was ich tu, Jungs.»

Aber am nächsten Tag ließ er uns gehen.

Das Geld wurde knapp.

Ich machte mir Brei aus Haferflocken und Wasser. Jeden Tag. Morgens, mittags und abends.

Rocky war ebenfalls pleite, hatte allerdings – wie alle Raucher – immer noch Geld für Tabak.

«Ihr müsst dienstags von sieben bis neun in die Lehrter Straße gehn», riet uns Rockys Kumpel Bernd. «Da könnt ihr Fehlfleisch kaufen.»

«Fehlfleisch?», fragte Rocky, während er sich durch den Aschenbecher tastete.

«Ess ich nur. Kostet fast nichts. Sehnige, abgelaufene Stücke, Knorpeliges, Harnorgane. Fleischereiabfälle mit Gammel oder Grind – musst du manchmal 'ne Ecke wegschneiden, aber das meiste kann man essen.»

«Starker Tipp!», rief Rocky. «Spitzentipp! Das mach ich. Immer dienstags, ja?»

Bernd antwortete nicht. Er hatte schon wieder vergessen, worüber wir gerade sprachen. Bernd verdiente seinen Lebensunterhalt mit Psychopharmakatests. Seine Wahrnehmung war dadurch oft stark beeinträchtigt. Wenn er nicht gerade stationär beobachtet wurde, hing er gerne bei uns in der Küche ab. Irgendwann wohnte er ganz bei uns, er schlief im Wohnzimmer. Seine alte WG hatte ihn rausgeschmissen, weil er die Katze getötet hatte.

«Sie wollte mich fertigmachen», erklärte er mir die Sache.

«Er hat die Katze aufgebahrt», sagte Rocky später.

«Aufgebahrt?», fragte ich.

«Er hat sie auf ein Tablett gelegt, Teelichter drum herum gestellt und angezündet. So haben seine Mitbewohner sie dann gefunden.»

«Muss er bei uns wohnen?»

«Bernd und ich kennen uns schon ewig. Er war früher 'n guter Schwimmer.»

«Sollte er dann aber nicht vielleicht wenigstens Miete zahlen oder so?»

«Er hat Schwierigkeiten.»

22

«du kannst deine Wäsche auch bei mir waschen», schlug meine Oma vor, und um die fünf Mark für die Maschine im Waschcenter zu sparen, ließ ich mich auf ihr Spiel ein. Mit einem prall gefüllten Müllsack voll dreckigster Klamotten fuhr ich durch die halbe Stadt zu ihr.

«Wie bist du gekommen?», fragte sie zur Begrüßung.

«Ist doch egal», sagte ich.

«Hattest du gute Anschlüsse? Du bist Leopoldplatz in die U-Bahn gestiegen, oder?»

«Ja.»

«Dann konntest du ja direkt bis Rathaus Steglitz durchfahren.»

«Es war genau so.»

«Das ging dann doch ganz gut.»

«Ja.»

«Hast du deine Wäsche mitgebracht?»

«Nein. In dem Müllsack hier trage ich Amphibien umher.»

«Dann hast du deine Wäsche nicht mit? Wir hatten doch ausgemacht, du bringst sie. Du wolltest sie doch hier bei mir waschen.»

«Ich hab sie ja auch gebracht. Sie ist hier in dem Sack.»

«Ach so.» Meine Oma machte das schmerzverzerrte Gesicht, das sie immer machte, wenn ihr klar wurde, dass ihr Gegenüber im Scherz gesprochen hatte. Meine Oma war ein starker Mensch. Starke Menschen brauchen keinen Humor.

Sie rupfte mir den Sack aus der Hand, rannte rüber ins Bad, kniete krachend vor der Waschmaschine nieder und wuchtete Unterhose um Unterhose, Shirt um Shirt hinein. Ich wollte nicht, dass sie das Zeug anfasst, und sagte: «Lass mich das doch tun», aber sie machte wieder nur das schmerzverzerrte Gesicht. Ihre Wohnung. Ihre Maschine. Ihre Gesetze.

Quälend langsam wusch die Wäsche. Wenn man die Waschmaschine eine Weile beobachtete, hatte man zudem das Gefühl, sie macht lauter sinnlose Pausen, rollt dann wieder los, überlegt sich's anders, stoppt wieder. Sie wirkte konfus und unstrukturiert.

«Komm doch ins Wohnzimmer, du brauchst da nicht die ganze Zeit danebenzustehen», rief meine Oma, und so setzte ich mich zu ihr, um bei Saft und Kuchen meine Zukunft zu besprechen.

«Wirst du eine Ausbildung anfangen? Als was denn?»

«Mal sehn.»

«Du musst dich bald entscheiden.»

«Ja.»

«Wie lange bist du nun schon aus der Schule raus?»

«Drei Jahre.»

«Das ist eine lange Zeit.»

«Stimmt.»

«Das kann ja hilfreich sein, so eine Auszeit. Aber jetzt muss es langsam mal wieder vorangehen.»

«Auf jeden Fall.»

«Ist das Geld für die Miete eigentlich bei dir angekommen?»

«Ja. Danke.»

«Ich überweise dir ja jeden Monat dieses Geld.»

«Es kommt auch jeden Monat an. Danke.»

«Ich gebe es dir gerne.»

«Danke.»

«Ich denke, du kannst das gut gebrauchen, solange du noch nicht weißt, wie es weitergeht. Ich ermögliche dir das gern.»

«Danke. Ich kuck noch mal kurz nach der Wäsche.»

«Die ist noch nicht fertig. Das höre ich von hier. Du könntest natürlich auch dein Abitur nachholen. Auf einer Abendschule.»

«Ja, das wär 'n Ding.»

«Soll ich mich da mal erkundigen? Nach Abendschulen? Nach den unterschiedlichen Aufnahmebedingungen der verschiedenen Abendschulen?»

«Tja.»

«Man muss sich da rechtzeitig anmelden.»

«Auf jeden Fall. Klar.»

«Du kannst mit mir, glaube ich, besser über diese Dinge reden als mit deinen Eltern, stimmt's? Die haben ja auch viel mit sich selber zu tun. Warst du mal wieder da in letzter Zeit?»

«Nein.»

«Ich glaube, deine Mutter hat sehr viele Probleme. Mit deinem Vater kannst du besser reden.»

«Würd ich jetzt gar nicht sagen.»

«Ist denn das Geld für die Miete rechtzeitig angekommen?»

«Danke, ja.»

«Ich hab ja bei der Post einen Dauerauftrag eingerichtet, sodass es immer am 27. des Monats bei dir sein müsste.»

«Ist es auch. Super. Hilft mir sehr.»

«Es sind immerhin 200 Mark jeden Monat.»

«Danke.»

Als die Wäsche fertig war, klumpte ich sie wieder zurück in den Sack, bedankte mich bei meiner Oma und machte mich auf den Heimweg. Die nassen Plünnen waren jetzt allerdings so schwer, dass der Sack riss. Ich ließ ein paar Sachen, die eh nicht mehr so gut waren, auf der Straße liegen und schleppte den Rest umständlich wie eine verletzte Geliebte zur U-Bahn. Dann ging ich ins Waschcenter, um alles zu trocknen.

Ich holte meinen Dostojewski aus der Tasche und begann zu lesen.

Mir gegenüber saßen ein etwa dreißigjähriger Mann mit Schnurrbart und seine Mutter.

Merkwürdig, dass jeder erwachsene Mann sofort hochgradig verrückt wirkt, sowie seine Mutter in der Nähe ist, oder? Woran liegt das bloß?

«Lass doch, Mutter!», rief der Schnurrbärtige gerade laut. Die Mutter flüsterte etwas. Man hörte nichts.

«Nein! Nein, Mutter, nein!»

Flüster flüster.

«Es reicht jetzt, Mutter!»

Er wandte sich mir zu, während die Mutter weiter flüsterte.

«Du bist noch sehr jung», sagte er. Dann kniff er die Augen zusammen und verdrehte schlangenhaft seinen Kopf, um den Titel meines Buches lesen zu können. Was auch schon wieder verrückt war, denn der Titel war ja nicht schräg oder verkehrt herum draufgedruckt, sondern ganz normal. Aber was bedeutete schon «normal» im Waschcenter.

«Lesen», sagte der Schnurrbärtige.

Ich nickte.

«… und verstehen», fügte er hinzu.

«Auf jeden Fall», sagte ich.

«Interessierst du dich für Geschichte?»

«Nein.»

Wieso quatschten mich eigentlich ständig alle zu? Und wieso dachte niemand: Oh, ein grimmiger junger Typ mit Lederjacke und Iro. Die sind gefährlich. Lieber keinen Kontakt aufnehmen?

«Lass doch, Mutter! Lass jetzt, sei ruhig!! BIST du ruhig?!! Ja, Geschichte. Damit muss man sich auskennen.»

Er zwinkerte mir zu.

«Adolf Hitler», sagte er.

«Ja, find ich nicht so gut», sagte ich.

«Man muss sich auskennen.»

Die ganze Zeit faselte die Mutter tonlos weiter. Jetzt drehte er sich zu ihr und fing an zu brüllen: «Nein, Mutter, nein!! Sei jetzt still! Sei still, sei still, sei still!!!»

Ich stand auf und ging raus.

Dort entdeckte ich … ein Pornokino. Direkt neben dem Waschcenter. Gleich das nächste Haus. Komisch: Schon hundertmal hier gewaschen, aber das Teil hatte ich vorher nie gesehen.

«Eintritt 5 Mark, 2 Bier gratis» stand an der Tür. Wäre ja Schwachsinn gewesen, da jetzt nicht reinzugehen. Wo ich doch gerade dank meiner Oma (danke noch mal) exakt fünf Mark gespart hatte, sodass mich das Kino und die Biere GAR NICHTS kosten würden!

Klopfenden Herzens sagte ich «Einmal», zahlte und kriegte ein niedliches kleines Henkeltablett mit zwei Bierflaschen drin ausgehändigt. Der Saal war dunkel, klein und roch nach altem Sperma. Wonach sonst.

Der Film faszinierte mich. Er schien aus einer anderen Zeit zu stammen, einer anderen Welt. Die Darsteller waren fast ausnahmslos sehr hässlich, dabei aber übelst ausgeleuchtet. Die Geschlechtsteilnahaufnahmen konnte man kaum ertragen, blauädrig, faltig, von räudigem Wildwuchs befallen. Aber die Story war gut und die Musik auch. Mein Kollege Eugen spielte nicht mit.

Nach einer Weile setzte sich allerdings eine ältere Dame neben mich und fragte frech: «Na, krieg ich eins von den Bieren?»

«Okay», sagte ich, und sie griff sich eins, nahm einen Schluck und fragte: «Und – kommst du mit?»

«Wohin denn?»

Sie zeigte auf eine Tür rechts neben der Leinwand. Gerade verschwanden darin ein Rentner und eine übergewichtige Blondine.

«Nein danke. Heute nicht.»

«Ach, komm doch.»

«Nächstes Mal, okay? Hab auch gar kein Geld mehr. Aber danke auf jeden Fall. Vielen Dank.»

Sie stand wortlos auf und ging.

Jetzt sah ich, dass überall Damen durch die Reihen pflügten und die Cineasten ansprachen. Das brachte eine totale Unruhe, das war nicht mehr der originale Pornokinogedanke. Ich kippte meine Biere runter und ging zurück ins Waschcenter.

Der Schnurrbärtige war nicht mehr da. Seine Mutter war nicht mehr da. Und meine Wäsche war auch nicht mehr da. Gut so. Endlich war Schluss mit dem rosa Quatsch.

23

der manager sah nur kurz hoch, als ich in sein Zimmerchen kam, dann beugte er sich wieder über seine Berechnungen.

Stumm stand ich vor seinem Schreibtisch und wartete. Es war eine Frau-Doktor-Dreuser-Situation, wie sie im Buche steht.

«Ja?», sagte er nach einer Weile.

«Herr Czewinski, ich bin's. Wollte fragen, ob ich wieder hier anfangen kann.»

Er studierte mit gerunzelter Stirn ein Blatt Papier. Ausgiebig studierte er es. Dann legte er es links vor sich auf den Schreibtisch. Dann nahm er es noch mal hoch und legte es von links nach rechts, also von mir aus gesehen von rechts nach links.

Wieder nahm er es kurz hoch, tippte es hochkant ein paarmal gegen die Schreibtischoberfläche, ein Handgriff, den man normalerweise doch eigentlich nur mit mehreren Blättern macht, damit sie an einer Kante bündig übereinanderliegen. Er machte es jetzt mit seinem einzelnen Blatt, schaute noch mal konzentriert drauf und legte es dann wieder ab. Ich reckte den Hals. Auf dem Blatt war einfach nur der Hamburgerklau abgebildet – der Feind von Ronald McDonald. Nur die Zeichnung. Kein Text.

Der Manager schwieg.

«Ich könnte ab morgen. Drei Tage die Woche am liebsten.»

Er nahm das Blatt mit dem Hamburgerklau wieder hoch, beugte sich nach hinten und tat es in sein fischertechnikeskes Metallregal, in dem bereits ein einzelner Lederhandschuh und eine Eieruhr lagen. Mit nach hinten gedrehtem Oberkörper fragte er: «Und warum wollen Sie wieder im Store arbeiten, Herr Nick?»

«Na, ich brauch ja Arbeit.»

Er lachte trocken schnaubend und bitter.

«Brauchen wir das nicht alle?»

«Tja.»

«Brauchen wir das nicht alle», wiederholte er, diesmal ohne Fragezeichen.

«Ha», machte ich.

«Ich frage mich nur: Wenn ich Sie jetzt wieder einstelle – wer garantiert mir denn, dass Sie nicht irgendwann wieder alles hinschmeißen, so wie letztes Mal?»

Jetzt sah er mich an, und seine blauen Augen waren gleichzeitig kalt und warm.

Ich schwieg.

«Wer garantiert mir denn, dass Sie nicht plötzlich sagen, nö, mir reicht's, ich geh zu Burger King.»

«Ich geh doch nicht zu Burger King.»

«Oder sonst wohin.»

«Na, irgendwohin werd ich schon mal gehn, ich werd ja nun nicht ewig hier arbeiten.»

«Was?»

«Ich meinte, weiß ich auch nicht.»

«Wissen Sie auch nicht! Niemand weiß irgendwas, niemand war's gewesen, aber alle wolln was abhaben vom Kuchen. Stimmt's, Herr Nick?»

«Kann schon sein.»

Er nahm die Eieruhr aus dem Regal und sah sie prüfend an.

«Vier Tage die Woche, sagten Sie?»

«Eigentlich drei. Aber vier geht auch.»

Er nickte und kritzelte etwas auf einen leeren Zettel. Ich glaube, es war sein Name. Dann knüllte er den Zettel zusammen, warf ihn mit großer Geschicklichkeit in den Papierkorb.

Er öffnete die Schreibtischschublade, holte eine Stechkarte hervor, schob sie mir rüber und fragte: «Montag, 13 Uhr, erste Schicht. Okay?»

«Kein Problem.»

«Herr Nick?»

«Ja?»

«Sie sind so gut zu mir.»

Die Kollegen verbargen ihre Freude über meinen Wiedereinstieg geschickt. Oder vielleicht war das eben das Geheimnis von Mac: Alles floss so dahin. Ist einer mal weg, ist er irgendwann vielleicht auch wieder da, was soll's. Wir schienen über konventionellem Smalltalkmüll wie «Wo warst du denn die letzten Monate?» zu stehen. Eugen grinste mich nur zufrieden an, Rainer nickte knapp, und Murat schwor, ich wäre nie weg gewesen.

Einzig Doris schien sich zu freuen. «Hab doch da grade Stiefel gesehn, die ich kenne», sagte sie. Sie war wieder Skin. Das Leben schien aus schwachsinnigen Kreisläufen zu bestehen.

«Hehe», machte ich. Sie war noch fetter geworden in meiner Abwesenheit. Vermutlich Kummerspeck.

«Wieder mit den achtzehn Loch.»

«So und nicht anders sieht's mal aus.»

Sie leckte sich die Lippen. Fast fand ich es diskriminierend. Ich meine, möglicherweise war ich nicht der genialste Typ des Universums, aber auch ich hatte mehr zu bieten als nur meine blöden Stiefel. Vielleicht war Doris genauso unentschlossen in Bezug auf mich wie umgekehrt ich. Vielleicht dachte sie: Warum nicht diesen spastischen Vollpfosten ficken, richtige arische Männer wollen mich ja nicht. Vielleicht quatschte sie sich mich schön, indem sie das Einzige, was sie okay an mir fand, bis zur Blödsinnigkeit überbetonte. War das das Geheimnis der Liebe? Alles Unpassende nicht sehen (Katzen, drei Monate kein Kontakt, nie Sex, will nicht mit mir zusammen sein) und sich stattdessen auf das wenige Hinhauende konzentrieren (sie ist so schön)?

Die Stiefelsprüche kamen auf jeden Fall geballter als je zuvor. Als hätten sie sich bei Doris in den letzten Monaten angestaut.

Es war so massiv, dass ich eine Falle witterte. Vielleicht wollte Doris mich in den Müllzerkleinererraum locken und dort in kleine Stücke zerhäckseln für ihren Faschogott Odin. Vielleicht war sie eine Serienkillerin. Die tödliche Doris. Vielleicht auch nicht.

24

«wenn du interesse hast», sagte der Volkshochschullehrer zu mir, «ich geb in zwei Wochen einen Workshop. Samstag Sonntag.»

Ein Workshop! Das würde der blanke Wahnsinn werden! Samstag Sonntag – zwei Tage und eine Nacht ununterbrochen malen, bis die Finger bluten! Und dann mit Yvette ins Bett. Es klang nach einer Aktion Marke Nick.

«Da kann ich», sagte ich darum.

«Das würde dreißig Mark kosten», meinte er. «Kannst du mir gleich zusammen mit der Kursgebühr überweisen, die steht ja auch noch aus.»

«Ja.»

«Plus zehn Mark für die Übernachtung. Wir schlafen in Mehrbettzimmern in einer Jugendherberge. Die kannst du vielleicht direkt mitbringen.»

«Gut.»

Mehrbettzimmer. Ich und Yvette. Das würde das Wochenende der Wochenenden werden.

Bei dem Workshop waren hauptsächlich jüngere Leute dabei. Also immer noch alt, aber eben keine Frau Kruse und

Konsorten, sondern eher so ambitionierte Twens. Das Angenehme bei denen war, dass sie nicht so eine kindische Schulnummer aufführten wie die Alten. Sie saßen da und waren sie selbst. Also entwickelte man vielleicht doch Persönlichkeit im Leben und verlor die halt bloß wieder im Alter. Wie Haare oder Träume.

Yvette konnte ich allerdings nirgendwo sehen.

«Gar keine Modelle?», fragte ich den Lehrer.

«Wir zeichnen dieses Wochenende nach der Vorstellung.»

Er stellte einen Kassettenrecorder auf den Tisch und schaltete ihn ein. Es erklang mittelalterliches Lautengezirpe. Dann sagte eine Stimme: «Du!»

«Das ist eine Aufnahme von Klaus Kinski», erklärte der Lehrer. «Er liest Boris Vian.»

«DU!», röhrte die Stimme durch die gesichtslose Mehrzweckhalle. «Du!! Duuuu!!! Ich bin so wild – – – ICH BIN SO WILD NACH DEINEM ERDBEERMUND!!!»

«Können wir nicht vielleicht Musik anmachen stattdessen oder so?», fragte ich.

Einige nickten. Der Lehrer schüttelte den Kopf: «Versucht mal, euch drauf einzulassen. Ich hab mir da schon was bei gedacht.»

Es war wieder wie bei meinen Hippielehrern damals in der Schule: Tausend Sachen ließen sie einem durchgehen, erniedrigten sich zum Steinerweichen, schwappten wie der lappigste Lappen der Welt durch die Schnarchsuppe ihres Lebens, aber dann kam ein Moment, in dem sie plötzlich alle bisher eingesparte Härte an den Tag legten und keinen Millimeter mehr von ihren selbstausgekifften Hirnbrotideen abwichen.

Niemand von uns wollte den schnaufenden Kinski hören, aber der Lehrer ließ ihn laufen. Stundenlang. Zwischen den Gedichten kam immer kurz Musik, aber halt immer wieder nur dieselben düdeligen Zupfgeigenhanselklänge, die letztlich nur signalisierten: Gleich kommt wieder Klaus.

Und dann kam Klaus. Klaus und Klaus. Und Klaus und Klaus und Klaus und Klaus, bis in den Abend hinein. Ich konnte nicht mehr. Bisher hatte mich das ganze Gestöhne und Gelechze von ihm nur dazu inspiriert, wieder und wieder dieselbe Zeichnung von einem Typen in weißem Hemd zu machen. Keine Ahnung, wieso. Ein Typ in einem weißen Hemd, der da so stand.

«Bist du das?», fragte der Lehrer, als er an meinem Tisch vorbeikam. Hä? Ich war doch nicht Frau Kruse. Entschlossen schüttelte ich den Kopf.

«Gut», sagte er und ging weiter. Das dumme Schwein. Was war das hier für 'ne Betrügernummer ohne Yvette? Erschöpft verließ ich die Erdbeermundhöllenhalle. Ich war so fertig, dass ich nicht mal aus dem Fenster sprang, sondern die Tür nahm.

Draußen auf der Straße breitete ich die Arme aus und fühlte mich wie in einem Film, den leider gerade keiner sah.

Wer brauchte diese Bilder von immer demselben Typen im weißen Hemd? Hatte ich nichts Tieferes zu sagen? Anscheinend nicht. Dreck. Ich ging ein paar Schritte. Meine Laune war im Keller.

Da sah ich auf einmal Yvette um die Ecke biegen. Sie also doch noch! Das musste Schicksal sein. Sie trug einen schlabbrigen knallorangen Bhagwanhosenanzug und um den

Hals eine Holzkette. Und darunter war sie nackt. Musste ja so sein.

«Ey», rief ich und winkte ihr zu. Sie kuckte verständnislos. Erkannte mich nicht. Unsere Beziehung war wirklich noch am Anfang aller Anfänge.

«Der Papa fand die Mama schon gut, lange bevor die Mama überhaupt wusste, wer der Papa ist. Die Mama war nämlich ein Aktmodell, und der Papa hat sie gemalt.»

«Iiiiiiiihh, waas??! Ganz nackich? Iiiiihh!!»

«Daran ist überhaupt nichts iiiiiih, junge Dame. Wir sind alle nackich unter unseren Kleidern, auch du.»

«Trotzdem. Das ist pervers.»

«So ein Quatsch. Sei bloß nicht so verklemmt. Der menschliche Körper ist ein Wunder der Natur.»

«Und die Mama fand dich erst gar nicht gut?»

«Die Mama WUSSTE erst nicht, dass sie mich gut findet. Ich war ihr noch nicht aufgefallen. Aber dann hab ich der Mama das Leben gerettet.»

«Erzähl!»

Genau in dem Moment, als Yvette zu mir rübersah, kam aus der Kneipe Zum Tröpfchen, die sich auf der Ecke befand, ein besoffener Rentner mit einem kleinen karierten Hut.

«Alles Arschlöcher!», lallte er, sah Yvette, baute sich vor ihr auf und fragte: «Und du? Bist du auch'n Arschloch?»

Schnell wie das – vermutlich im Labor gezeugte – Kind eines Aals und einer Pfeilin flutschte ich dazwischen.

«Wow. Hattest du keine Angst, Papa?»

«Darüber denkt man in solchen Momenten nicht nach. Ich musste doch die Mama beschützen.»

«Du bist ein richtiger Held.»

«Und du musst langsam mal ins Bett.»

«Nein, bitte noch zu Ende erzählen!»

«Also gut. Aber putz dir schon mal die Zähne.»

Es war ein alter, kleiner, dicker Mann. Vielleicht achtzig oder fünfzig. Sturzbetrunken. Tatsächlich hielt sich meine Angst in Grenzen.

«Wer ist hier'n Arschloch?», fragte ich.

«Na, zum Beispiel DU.»

Jetzt wusste ich nicht so richtig weiter. Aus Verlegenheit fasste ich seinen Hut mit beiden Händen und zog ihn ihm über die Augen. Wie in einem Film mit Bud Spencer und Terence Hill.

Er riss den Hut wieder hoch und war auf einmal fuchsteufelswild.

«Du Arschloch! Du Nutte!», schrie er und stampfte mit den Beinchen.

Er tat mir leid. Was war das für ein Rentnerleben – immer im Tröpfchen, alle sind Arschlöcher, und dann kommt so ein kerniger junger Typ und demütigt einen. Yvette stand hinter mir und sagte gar nichts.

«Mach doch was, du Nutte!», kreischte der Alte jetzt und fuchtelte mit den Armen. Es sah jämmerlich aus. Alter und Alkohol – kein Gewinnerteam, merkte ich mir schon mal für später und fasste ihm noch mal an den Hut. Was sollte ich sonst machen? Schimpfworte fielen mir gerade keine ein, und schlagen konnte ich ihn nicht. Allein die Vorstellung, wie meine Faust in diese faltige, verlebte alte Hülle dreschen würde, war absurd. Aber irgendwie musste ich Yvette ja beschützen, deshalb machte ich mich daran, ihm noch mal den Hut über die Visage zu ziehen.

Mit einer blitzschnellen Bewegung holte er eine Pistole aus seinem Trenchcoat, hielt sie mir ins Gesicht und drückte ab.

Ich sah die Knarre blitzen, die runde Mündung direkt vor der Pupille, dann hörte ich einen ohrenbetäubenden Knall. Ich sah Feuer, roch Rauch, und schon lag ich am Boden, während aus meinem linken Auge ein halber Liter Blut floss.

Yvette rief irgendwas, der Alte drehte sich um und humpelte davon.

Schon wieder würde ich sterben. Schon wieder wegen was echt Bekloppptem – Shit!!!

«Ich bin tot!», weinte ich. «Ich bin tot!»

«Hey!», sagte Yvette. Sie hatte sich zu mir runtergekniet und fasste meine Schulter an. Erregte mich nicht mal, so tot war ich.

Verzweifelt rollte ich hin und her, weinte und litt.

Tot! Alles vorbei! So jung und schon hinüber. Sogar die alte Mördersau würde mich überleben. Wie ungerecht!

«Hör mal: Du bist nicht tot», sagte Yvette. «Das war nur eine Schreckschusspistole.» Und nachdem ich kurz drüber nachgedacht hatte, machte das total Sinn.

Auch das Blut aus meinem linken Auge konnte kein Blut sein, dann hätte das Auge mehr weh getan, und vermutlich hätte ich dann damit auch nicht mehr sehen können.

Es waren Tränen. Der Alte hatte seine Knarre direkt auf

mein Auge gerichtet, und der kurze Feuerstrahl aus der Mündung hatte meine halbe Gesichtshälfte mit winzigen Verbrennungen gesprenkelt. Meine Kontaktlinse schien angeschmolzen zu sein, ich sah verschwommen, aber das Auge war okay. Vor Erleichterung fing ich an zu lachen.

«Geht's wieder?», fragte Yvette.

Lachend wollte ich sie umarmen, war aber nicht sicher, ob wir schon so weit waren.

«G … g … gg …», sagte ich stattdessen. Was war das denn jetzt? Offensichtlich stotterte ich vor Schock. Na gut.

«Kannst du aufstehn?», fragte sie.

«K … k … k … kl.»

Rührend, dieses Stottern auf einmal.

Zittrig rappelte ich mich auf, und dabei fiel mir etwas Interessantes auf: Yvette wirkte gar nicht verliebt oder dankbar. Sie kuckte eher genervt. Vielleicht sah das nur wegen meiner kaputten Kontaktlinse so aus. Wahrscheinlich, oder? Ich meine, ich hatte sie doch gerade gerettet. Vielleicht stand sie selbst noch unter Schock. Schock – Liebe. In der Reihenfolge lief so was doch immer ab.

«Yv … Yvette», haspelte ich.

Sie nickte.

«Du bist aus Peters Zeichenkurs, stimmt's? Machst du bei dem Workshop mit? Ich wollte da gerade hin.»

Peter hieß also der Lehrer. Was für ein lieber Name.

«Kannst du gehn?»

«Ja.»

Eigentlich war alles wie in einem romantischen Film, bloß dass die Hauptdarstellerin genervt wirkte. Und nicht niedlich genervt und heimlich verliebt, sondern einfach mal nur genervt. Genervt, wie man von schlechtem Wetter genervt ist. Vielleicht war sie aber immer nur geschockt. War ja auch der totale Schock gewesen gerade. Schweigend liefen wir nebeneinanderher.

«Kannst du gehen?»

«Ja.»

Wie dämlich konnte man sein. «Kannst du gehen?» – «Nein.» Das wäre natürlich die richtige Antwort gewesen! Dann hätte sie mich gestützt. Ich baute ein paar vorsichtige Stolperer in meinen Gang ein, aber Yvette schien sie nicht zu bemerken. So erreichten wir das Schulgebäude, stiegen die Stufen hoch und gingen auf unserem Raum zu.

Durch die Tür hörte man schon: «Duuuuu! Duuuuuuhhh! Ich bin so geil von geilem Safffft ...»

Als der Lehrer uns reinkommen sah, schaltete er Klaus aus.

«Wir machen 'ne halbe Stunde Pause», sagte er, kam zu uns rüber und nahm Yvette in den Arm. Sie küssten sich. So. Jetzt hatte ich ein für alle Mal die Schnauze voll von Kunst. Kunst Dunst. Leise schlich ich mich wieder aus dem Raum.

Und jetzt? Meine linke Gesichtshälfte schmerzte, mein Auge tränte. Kurz konnte ich mich für die Vorstellung begeistern, wie sie mich nachher alle vermissen würden, wenn's ans Schlafengehen ging.

«War er nicht bei dir, Yvette? Ihr seid doch zusammen gekommen. Was habt ihr denn überhaupt da draußen zusammen gemacht?»

«Ach nichts. Er hat mich verteidigt und wurde dabei angeschossen.»

«Waaas?! Aber dann müssen wir ihn finden! Unbedingt! Am Ende erliegt er in irgendeiner finsteren Ecke seinen Verletzungen! Oder er ist losgezogen, um sich zu rächen – allein gegen alle!»

«Ist doch egal. Er war nur irgendein rattiger Punk. Küss mich, Peter. Steck mir die Zunge rein.»

«Unfassbar! Wie kannst du jetzt an so was denken? Hast du kein Herz? Der Junge hat sein Leben riskiert für dich!»

«Na und? Ich verachte ihn. Wenn er hier wäre, würde ich ihn anspucken. Komm, fick mich, Peter: hier und jetzt. Lass uns ficken, während er da draußen verblutet.»

Hm. Diese kleine Phantasie nahm irgendwie eine schräge Kurve. Mein Penis, der offensichtlich genauso krank war wie die Welt da draußen, richtete sich auf. Ich zwang mich, an was anderes zu denken. Der Alte! Ich musste ihn finden. Wäre wahrscheinlich gar nicht so schwer. Einfach nur jeden Abend ins Tröpfchen gehen, das war sicher sein Stammlokal. In dem Scheißschuppen saß garantiert kein einziger Mensch, dessen Stammlokal das *nicht* war. Jeden Abend müsste ich dahin gehen, bis er endlich auftauchen würde. Und dann würde ich ihn töten. Natürlich würde er lauter Freunde in dem Laden haben, aber das wären ja dann auch alles Alte. Na ja, umso schlimmer fast. Jeder, der mal einen Zombiefilm gesehen hat, weiß, dass Alte im Rudel gefährlich sind. Das Grauen und der Ekel, von ihnen berührt zu werden, machten ihre Langsamkeit wieder wett. Am besten verabschiedete ich mich von diesen ganzen Mordplänen. Mein Leben würde sich dann ja auch total verändern, ein Mörder kann nie mehr glücklich sein. Auf einer Frühlingswiese, mit einer Blondine im durchscheinenden Sommerkleid, würde ich immer noch denken: Bin ein Mörder. Verdiene das hier alles nicht. Die Blondine würde mich umso mehr lieben, weil ich so authentisch emotionslos wäre. Sie würde sich total um mich bemühen. Irgendwann aber würde sie es aufgeben und sich einen anderen suchen.

«Warum lief es denn nicht mit deinem Exfreund?»

«Er konnte nicht lieben. Irgendwas Grauenhaftes muss ihm widerfahren sein in seiner Vergangenheit. Ich weiß nicht, was es war, er hat nie drüber geredet. Komm, fick mich.»

«Aber – hängst du denn gar nicht mehr an ihm?»

«Nein. Ich verachte ihn. Er ist nur ein Wurm. Besorg's mir, hier im Sonnenlicht auf der Wiese, wo wir immer zum Picknicken waren. Da liegt noch seine Bierflasche, haha.»

Was war das jetzt auf einmal? Hatte der Schreckschuss mich zum Maso gemacht? Bitte nicht.

Um mich abzulenken, trat ich das Glas von der roten Axtkiste ein, die hier im Flur hing. Die Feueraxt. Was sollte das bloß wieder? Scheiße, es brennt, schnell 'ne Axt? Die ganze Welt war bescheuert.

25

weil das eine genauso gute Idee war wie jede andere, begann ich das Workshopgebäude zu erkunden. Ging die Treppe hoch und oben die Flure entlang. Aus einem Raum am Ende des Ganges drangen Geräusche.

Ich hielt mein Ohr an die Tür. Dann öffnete ich sie vorsichtig.

Der Raum war groß. Eine Aula wahrscheinlich. Nahe der Tür saßen Leute auf Stühlen im Dunkeln und kuckten nach vorne, wo auf einer beleuchteten Bühne etwas aufgeführt wurde. Eine Theatergruppe. Vielleicht war das hier ein Zeichen von Gott, dass ich auch Schauspieler werden sollte? Typisch für Gott wär's. Er konnte ja nie ganz normal sagen, was er meinte.

Leise schlich ich mich rein und setzte mich ins Publikum, das sehr jung war, genau wie die Schauspieler vorne. Oberschüler noch, so kam's mir vor.

Richtige Schüler. Keine gesellschaftsfernen Rentner wie Frau Kruse, Herr Kanter oder ich. Junge hoffnungsvolle Menschen, die etwas zu erreichen versuchten. Abitur. Das gute alte Abitur. Wie mein lieber Milbe. Der versuchte es sogar schon zum zweiten Mal. Recht so.

Das Stück, das sie vorne aufführten, war nicht so eine Verwechslungskomödie, wie wir sie als Kinder immer gern im Fernsehen gesehen hatten. Ihr wisst schon, wie hieß das nur? Ohnsorg oder so. Diese abgefilmten Theaterstücke, wo auf der einen Seite der Bühne eine Tür aufgeht und auf der anderen eine zu und wo sie aus diesem einen Übergimmick alles rausholen, was rauszuholen ist. Oh ja. Der eine kommt immer genau, wenn der andere geht, sie verpassen sich jedes Mal haarscharf, und die heitere Verwechslungsenergie bleibt dauerhaft erhalten. Für uns Fernsehkuckkinder der siebziger Jahre war das damals zu hundert Prozent gut genug gewesen. Wir dachten nicht: Mann, jetzt reicht's mal, am Ende kommt doch eh alles raus. Nein, elektrisiert und mit weit aufgerissenen quadratischen Augen verfolgten wir das Treiben und ließen uns verzaubern.

So ein Tür auf / Tür zu-Ohnsorgstück war das hier jetzt jedenfalls nicht, sondern total anders. Die einzelnen Szenen schienen nicht viel miteinander zu tun zu haben. Immer einer machte was, und die anderen standen auf schauspielerische Weise drum herum. Dann kam der Nächste dran. Alle trugen schwarze Rollkragenpullover, die Mädchen dazu enge schwarze Leggins. Typen waren auch dabei, mit engen schwarzen Hosen statt Leggins; kam trotzdem krank. Die Mädchenkörper, auch die dicken, von denen es einige gab, wirkten perfekt, es stimmte einfach alles. Die Jungskörper dagegen schienen ständig in eine Richtung zu kippen. Vielleicht, weil männliche Gehirne schwerer waren, das hatte mir Rocky mal erzählt, und die dicken Denknüsse mussten sie nun ausbalancieren. Die fundamentale Unverständlichkeit des Theaterstücks ließ mir genug und noch mal genug Zeit, die ganzen Körper in Ruhe zu betrachten, und ich beschloss, doch kein Schauspieler zu werden. Ich wollte nicht spielen – ich wollte *sein*. Aber nett kamen sie mir vor, diese Kippkörperjungen. Nett, schlau und harmlos. Und die Mädchen waren alle schön.

Ich fühlte mich mit einem Mal sehr wohl. Ein gefallener Teufel, umgeben von Engeln. Das hier war der Beginn von etwas ganz Neuem, ab jetzt würde sich alles ändern. Diese schwarzen Schwäne leuchteten. Sie strahlten. Obwohl sie höchstens zwei Jahre jünger waren als ich, gehörten sie einer ganz anderen Generation an. Sie wirkten so frisch und frei. So wollte ich auch sein.

Innerlich streifte ich die alte, keimige Punkerhaut ab, die mich ja eh nur dauernd an den Rand des Todes brachte, faltete sie ordentlich zusammen, was schon bewies, dass ich sie nicht mehr trug, und atmete auf. Nackt war ich jetzt (das sind Metaphern, das checkt ihr, oder? Ich war nicht wirklich nackt).

Ein inneres Schaudern bemächtigte sich meiner. Ein unglaubliches Glücksgefühl. Ich war frei! Endlich war ich frei! Mit der keimigen Haut hatte ich auch meine gesamte Vergangenheit abgestreift, Jacky, Yvette, die ganzen ollen Eulen, sie hatten keinen Einfluss mehr auf mich! Mein inneres Schaudern verstärkte sich. Es ließ mich auf meinem Stuhl auf und nieder zucken. Schneller. Heftiger. Jetzt begannen noch meine Zähne zu klappern. Der Typ neben mir glotzte irritiert. Mit tränendem linken Auge, verbrannter Gesichtshälfte und klappernden Zähnen grinste ich ihn an.

«Hah», machte ich, «H … hah … hhah … »

Fühlte sich gerade richtig an. Ich war ein Neugeborener

und kannte keine Konventionen mehr. Außerdem würde ich diesen Typen umhauen können, wenn er ein Problem mit mir hatte. Er wandte den Blick ab. Sein Glück.

Jetzt kam ein Mädchen mit schwarzen toupierten Haaren nach vorne.

Sie stellte sich in die Mitte der Bühne, ging dort auf alle viere, streckte den Po hoch und blickte wild um sich. Ihre Leggins waren nicht schwarz, sondern glänzten pinkfarben.

Ein pinkes Tier. Gefangen anscheinend, denn sie rannte so von links nach rechts. Die Herumstehenden waren die Käfigstäbe. Wahnsinn. Das war doch mein bisheriges Leben, was sie hier darstellte.

Mit hochgerecktem pinken Po tapste sie zum vorderen Bühnenrand und fauchte: «Uiiiiii ... da kommt 'ne SPINNE!!!»

Dann krabbelte sie wieder von links nach rechts und von rechts nach links.

«'ne dicke fette schwarze!», rief sie.

Schließlich krabbelte sie zurück in die Mitte der Bühne und drehte sich dort zischend und augenrollend im Kreis.

Die anderen drehten sich mit, stampften dann gleichzeitig auf den Boden und schrien: «Ha!», worauf das Licht ausging.

Als es wieder hell wurde, standen sie alle in einer Reihe und hielten sich an den Händen. Typen und Mädchen. Fassten sich einfach so an. Sie sahen glücklich aus.

Um mich herum fingen alle an zu klatschen. Das Stück war wohl zu Ende. Begeistert klatschte ich mit. Das Publikum bestand auch nur aus Schülern. Und einem Lehrer mit Glatze und Bart.

Einige liefen nach vorne, um den Schauspielern zu gratulieren. Ich ging einfach mal mit.

«B … b … ravo», sagte ich zu einem vergeistigt wirkenden Lockenkopf. Er lächelte und sagte «Danke».

Ich drehte mich zu dem Lehrer und sagte: «H … h … hat mir echt g … gut gefallen.»

«Na ja, wir hatten ja leider nicht so viel Zeit wie erhofft», sagte er und grinste zufrieden. «Dafür ist es doch ganz ordentlich geworden.»

Ich nickte.

«F … f … für so w … wenig Z … Zeit, ey … V … v … voll gut.»

Zwei Legginsmädchen kamen zum Lehrer und sprangen freudig auf und ab.

«H … hat mir echt g … gut g … gefallen». sagte ich.

«Ich war so aufgeregt!», sagte die eine.

«Du warst *so* toll!», sagte die andere.

«Spinnst du? *Du* warst toll!»

«U … und v … vor allem, wo ihr n … nur so wenig Z … Zeit hattet.»

Auf einmal stand die mit den pinken Leggins neben mir.

«Wer bist'n du?», fragte sie im selben Tonfall, wie sie zuvor «Da kommt'ne Spinne» gesagt hatte. Sie hatte eine niedliche Nase. Grob irgendwie. Als wäre sie von Gott nicht zu Ende geknetet worden. Eine gute Figur hatte sie auch, aber das hatten ja alle.

«E … ey, h … hat mir echt gut g … g … gefallen», sagte ich.

Sie sah mich wortlos und mit schief gelegtem Kopf an. Dann rief sie: «Los, jetzt gehn wir alle schwimmen!»

Und so machten wir es. Der Tegeler See war nicht weit. Schien okay zu sein, dass ich mitkam. Sie waren wirklich Oberschüler.

Alle kurz vorm Abitur. Immerhin hatte ich die Zehnte zweimal gemacht, also stand ich rein von den abgeleisteten Jahren her gar nicht so tief unter ihnen.

Trotzdem, Mann, das lief hier anders ab als in der Zehnten. Freier. Diese Vögel zogen sich einfach alle nackt aus und sprangen in den See. Ich nicht. Nackt kam ich irgendwie nicht so gut. Und, äh, im Dunkeln schwimmen? In der düsteren Brühe, mit all den nachtaktiven Leuchtmonstern, die im Schlick lauerten? Diesen abnormen Zahnfressen freiwillig das wurmähnlichste Tier der Welt hinhalten?

Da blieb ich mal lieber mit meinem neuen bärtigen Lehrerkumpel am Ufer sitzen.

«H … h … hat m … mir echt g … gut g … g … gefallen», sagte ich noch einmal, und er nickte zufrieden. Er fand spürbar gut, dass ich als Behinderter irgendwie auch mit dabei war.

Die Schwarzhaarige mit der niedlichen Nase kam aus dem Wasser. Nackt. Nackt leuchtet immer, auch im Dunkeln. Vielleicht hatte ich vor lauter Ungeficktheit aber auch schon so eine Art Phosphatblick entwickelt. Auf jeden Fall sah ich alles.

Der durchgeistigte Lockenkopf holte eine Flasche Wodka hervor und gab sie ihr.

Sie setzte sie an und trank. Nackt. Dann hielt sie mir die Flasche hin.

Am nächsten Morgen weckte sie mich, indem sie mir ihren runden Ellenbogen in die Rippen stieß. Sie hieß Sonja und hatte nichts zu essen im Haus.

Sie roch gut. Wir redeten nicht viel.

Eine Weile lungerten wir noch in ihrer riesigen, lichtdurchfluteten Wohnung rum, wobei sie die ganze Zeit in Unterwäsche blieb. Ein Zeichen des Vertrauens. Ein gutes Signal.

Dann musste ich zur Arbeit.

26

«herr nick, kommen sie mal bitte mit nach hinten.»

Was wollte der Idiot jetzt wieder?

Langsam folgte ich ihm in sein Kabuff.

«Herr Nick, mir ist zu Ohren gekommen, dass Sie sich über Ihre Kollegen lustig machen.»

«H … hä?»

«Das geht nicht. Wir sitzen hier alle im selben Boot. Wir sind eine Familie. Belustigen sich etwa in einer Familie die einzelnen Mitglieder über andere?»

«N … n … nein.»

«Dann unterlassen Sie das bitte ebenfalls.»

«I … ich h … hab doch g … gar n … nichts gemacht.»

«Ach, Herr Nick, jetzt bringen Sie mich schon wieder zum Lachen. Sie können das gut, andere Leute in die Pfanne hauen, Sie haben ein Talent zum Spaßmacher. Ich sage ja nicht, dass Sie Herrn Rainer nicht hervorragend imitieren. Unter vier Augen, hier im Büro, während Ihrer Pause, können Sie das auch gerne tun. Aber nicht draußen in der Küche. Denken Sie doch mal nach, Junge, Sie wollen doch Schichtführer werden. Na, dann beweisen Sie Führerqualitäten. Ein Führer lacht nicht über Schwächere, er führt sie. Der Führer braucht die Schwächeren. Wen sollte er sonst führen? Wenn Sie ein Führer sein wollen, müssen Sie die Schwächeren in Sicherheit wiegen.»

«I … ich m … mach mich gar n … nicht über Rainer lustig, i … ich st … stottere jetzt auch.»

«Wie oft soll ich es noch sagen? Nicht in der Küche. Unterlassen Sie das.»

«Also gut.»

Und weg war mein Stottern.

Erstaunlich, dass es einfach so verschwunden war, bloß weil der Manager «Hören Sie auf» gesagt hatte.

Vielleicht konnte ich mit der Methode Rainer auch heilen.

«Hör auf zu stottern», murmelte ich leise, als ich das nächste Mal an ihm vorbeikam.

«Was?», fragte er. (Eigentlich fragte er natürlich: «W … w … was?», ihr wisst ja.)

«Hör auf zu stottern. Dein Stottern ist hiermit für immer vorbei.»

Er sah mich böse an und stotterte weiter. Du kannst nur Leute retten, die auch gerettet werden wollen.

27

sonja nähte ihre Kleider selbst.

Sie hatte sich gerade erst von ihrem letzten Freund getrennt – das schien übrigens immer so abzulaufen: Frauen trennten sich und holten sofort den Nächsten an Bord. Sie durchwanderten nicht jedes Mal tausend Jahre einsam und beschnitten die Erde. Sie wussten schon Bescheid, ey.

«H … hast d … du denn Schluss g … gemacht o … oder er?», fragte ich sie. Es war gar nicht so einfach, mit Absicht zu stottern, aber ich wollte nichts riskieren. Vielleicht war das ja genau das eine Ding, weswegen sie mich gut fand.

Sie senkte den Kopf.

«Es ging nicht mehr. Wir waren am Schluss nur noch wie Geschwister. Wir konnten nicht mehr … du weißt schon. Liebe machen. Er heißt Hans. Du würdest ihn mögen.»

Ich mochte ihn. Ich mochte diesen Typen. Er war das arme Schwein, das ich sonst immer war.

Sie erzählte mir von sich und Hans, ich erzählte ihr von Burner, Milbe und La Boum.

Dann lobte ich noch mal ihre Spinnenperformance.

«W … willst d … du denn Schausp … spielerin w … werden später?», fragte ich.

Sie zuckte die Achseln und drehte sich weg. Schien die falsche Frage gewesen zu sein.

«S … sonja?»

Ihr Gesicht blieb abgewandt. Weinte sie? Besorgt fasste ich ihre Schulter an. Da schaute sie wieder hoch und lachte prustend. So war das wohl bei ihr. Um zur Heiterkeit zu gelangen, musste ihre Seele vielleicht erst ein Tal der Trauer durchqueren. Weil sie ein tiefgründiger Mensch war und die Welt scheiße. Auch ich war nicht doof und verstand das, und auf 'ne Art fand ich sie dadurch noch toller. Sie war nicht oberflächlich, so viel stand schon mal fest. Und sie nähte ihre Kleider selbst, mach das erst mal nach. Vielleicht war das hier die Frau meines Lebens. Bestimmt sogar. Wer sonst?

«Heute Abend spielt Nick Cave im Loft. Wollen wir da hin?», fragte ich.

Sie schüttelte strahlend den Kopf.

«Ach komm.»

Sie schaute zu Boden.

Ging ich halt mit Burner. Und wie immer wandten wir den Ei-Trick an. Ihr modernen Idioten von heute habt eure iPods, wir hatten einfach nur Eier. Eigentlich dasselbe, bloß anders.

Nick Cave also. Mit seiner Band, in der auch Blixa Bargeld mitmachte, der dem Ganzen eine gewisse deutsche Gelassenheit verlieh. Das Konzert war im Loft. Das Loft war dieser Laden.

Ich hatte mir extra für das Konzert eine McDonald's-Uniform gemopst. Komplett mit Hut und Namensschild. Burner hatte sich als Indianerhäuptling verkleidet. Sehr schnell war klar, dass das beides hier nicht so ankam. Kreaturen der Nacht mit toupiertem Haar und ganz in Schwarz töteten uns mit Blicken. Die fein geschliffene Ironie entging ihnen anscheinend, unser Angebot, spielerisch hier mal was über uns alle zu lernen, über faschistoide Kleidungsvorschriften und Normen bei uns Unnormalen nachzudenken, nahmen sie nicht wahr.

Am traurigsten war, dass auch Nick Cave nicht zu verstehen schien, was wir aussagen wollten. Klar, wir hatten nicht erwartet, dass er bei unserem Anblick zu singen aufhören würde, um den ganzen blasierten Blödies zu verkünden: «Diese hier sind mir die Liebsten. Sie haben als Einzige verstanden, was ich mit meiner Musik ausdrücken will. Nämlich: Mach dein eigenes Ding, Alter. Sei nicht immer so genormt. Kommt hoch auf die Bühne, Jungs. Applaus für Burner und Nick!»

Das nicht. Aber ein anerkennendes Schmunzeln hätte er sich schon abringen können. Vielleicht ein kehlig geshoutetes «I love these guys!» in unsere Richtung oder so. Wir hatten uns doch extra durch den grauen Giftnebel des Hasses bis nach vorne in die erste Reihe gekämpft, und weil wirklich keiner was mit uns zu tun haben wollte, standen wir dort gut sichtbar und umgeben von einem kleinen runden Vorhof, wie Mutter Mond manchmal. Ein Vorhof aus Verachtung umgab uns, oh meine Brüder. («Der Vorhof der Verachtung». Scheiße, *so* hätte das Buch heißen müssen, nicht «Mitarbeiter des Monats». Der Titel macht ja überhaupt keinen Sinn, es geht doch nicht um Rainer, sondern um … andere Dinge. Mitarbeiter des Monats – wie schwach und irreführend kann ein Titel sein? Ich hab mir den ja auch gar nicht ausgedacht. Das war irgendeine Praktikantin bei Rowohlt. Aber «Vorhof der Verachtung», das hat Klasse. Können wir das noch ändern? Hallo?)

Dass der blöde Blixa Bargeld unsere Aktion nicht schnallte, wunderte mich nicht. Aber Nick Cave. Mann, wir hatten doch sogar denselben Vornamen: Nick. Ich weiß natürlich nicht, ob er mein Namensschild lesen konnte von da oben.

Es wirkte fast, als würde er es bewusst nicht lesen wollen. Starrte durch uns durch wie alle anderen. Was er stattdessen machte, war, immer wieder nach hinten zum Schlagzeug zu torkeln, um dann rasend schnell zum vorderen Bühnenrand zu stürmen und mit seinen Froschfotzenlederstiefeln hart auf die Monitorbox zu treten. Genau an dieser Box lehnte ein schönes Mädchen mit blondierten hohen Haaren und schaute träumerisch gelangweilt nun wiederum an *ihm* vorbei. Sie sah aus, als würde sie auf einer Sommerwiese Schmetterlinge beobachten und die aber nicht gut finden. Nicks Stiefel verfehlte ihr ebenmäßiges Gesicht jedes Mal nur um Haaresbreite. Sie verzog keine Miene. Man konnte kaum hinsehen. Nick sah übrigens auch nicht hin. Irgendwie schien es ihn aber wütend zu machen, dass das Mädchen da nicht wegging. Härter und härter trat er zu. Vielleicht war's auch eine Art Flirt.

Was für eine bekloppte Szene: Die eine Idiotin glotzt ins Leere, der andere Idiot tritt nach ihrem Gesicht, und die restlichen Idioten finden das alle total normal. Und das sollte jetzt die Speerspitze unserer unangepassten Jugendkultur sein?

Glücklicherweise hatte ich schon seit geraumer Zeit meine eigene Band, die ein Gegenentwurf zu all dem traurigen Tran war. Wir nannten uns «Adolf And The Peoples» und bestanden aus La Boum und mir. Keyboard und Gitarre.

Im richtigen Leben konnte La Boum einen manchmal ermüden, aber am Keyboard wurde er zu seinem wahren schaurig-schönen Selbst. Alle Fragezeichen verwandelten sich in Ausrufezeichen, wenn er spielte.

Es klang wie Musik vom Mars, wie die Brandung eines trägen Quecksilberozeans, die sich an Plexiglasklippen bricht, während darüber am dunkelvioletten Himmel gigantische Flugnilpferde in der Luft zusammenstoßen. Wie das Seufzen von Socken. Wie schmelzende Butter und fallende Kirschblüten am letzten Tag der Menschheit.

Ich spielte dazu meinen guten alten F-Dur-Akkord und sang den Text. Und der ging so: «Burner der Sack ist nicht auf Zack.»

Der Kontrast gab dem Ganzen Minze.

Im Grunde genommen handelten alle unsere Lieder von Burner. Was für ein Hirni er war, dass man sich auf ihn nicht verlassen konnte und so.

Wir nahmen die Songs auf Kassette auf und spielten sie dann Burner vor. Er war jedes Mal begeistert

«Habt ihr wieder'n neuen Burner-Song?», pflegte er händereibend zu fragen, und immer hatten wir welche, und er fand sie alle gut. Also schrieben wir immer mehr.

Nach dem blöden Nick-Cave-Konzert beschloss ich, mich noch intensiver auf die Musik zu konzentrieren. Malen und Kung-Fu waren doch Kinderkram. Musik, Alter. Musik ist immer echt.

Mein Leben sollte aus drei verlässlichen Komponenten bestehen: McDonald's, Die Band und Die Freundin. Die hatte ich ja jetzt auch.

Arbeit, Weltruhm, Liebe. Es machte so dermaßen Sinn.

Sonja konnte allerdings keine burnerhafte Begeisterung aufbringen, als ich ihr mal was von Adolf And The Peoples vorspielte. Erst lächelte sie strahlend, aber schon nach einer Minute senkte sie den Kopf und blickte zu Boden. Es sah aus, als würde sie gleich in Tränen ausbrechen. Schnell machte ich den Recorder aus und sagte: «N ... na und so weiter.» Sie schwieg. Also schwieg ich sicherheitshalber auch, um potenziellen Sex nicht vom aufkeimenden Horizont zu verscheuchen. Ihr wisst schon.

Wir hatten nämlich *Sex*. Endlich auch mal Sex. Und es war total schön. Ich möchte hier nicht angeben, aber durch die Beschneidung funktionierte der Schwanz viel besser. Er tat gar nicht mehr weh und hielt auch viel länger durch. Mi-nu-ten-lang. Wirklich. Es war der Wahnsinn.

«Soll ich meine Strapse anziehn?», fragte Sonja einmal.

«Klar.»

«Aber wenn ich die Strapse anhabe, bin ich immer sehr kalt. Sehr hart. Weißt du?»

«Dann ... ach so?»

«Mit Hans hatte ich die Strapse oft an.»

«Ah.»

«Aber dann wollte *er* die Strapse anziehn.»

«Mh.»

«Am Ende hatte er die Strapse an, und ich musste ihm den Hintern versohlen. Ich hab das nicht gern gemacht.»

«Mist. T … tut m … mir leid», sagte ich und nahm sie in den Arm.

Sie blickte zu Boden. Ich küsste ihre Stirn.

«Er wollte immer die Strapse. Und als ich ihm gesagt hab, ich mag das nicht mehr, hat er angefangen zu weinen.»

«Der Sack.»

«Nein, du kennst ihn gar nicht. Hans ist einer der besten Menschen, die es gibt. Er würde für mich sterben, das weiß ich genau. Nur ein Liebespaar konnten wir nicht mehr sein.»

«Ich würde ja auch für dich sterben.»

«Er hat mir einen Brief geschrieben. Der war so traurig. Ich hab den ganzen Vormittag geweint.»

«Er wird bestimmt eine N … neue finden.»

«Vielleicht wäre es gut, wenn du jetzt gehen würdest.»

«K … könnte aber auch n … noch bleiben.»

«Nein. Bitte geh. Ich glaub, ich muss mal alleine sein.»

«Ha. D … das kenn ich. Bei mir, mein M … mitbewohner, ey, wenn der seine hirnigen B … bluesrockplatten spielt, dann wär ich auch lieber a … a … alleine.»

Sie schaute hoch und strahlte übers ganze Gesicht. Die Mitbewohneranekdote schien sie glücklich zu machen. Ich konnte mir zwar nicht genau erklären, wieso, aber mit der gewieften Bauernschläue, die mir eigen war, steuerte ich den Kahn unserer Konversation erst mal weiter in diese Richtung.

«Old Ro … rocky. Vor allem: Er p … packt seine d … dreckige Wäsche immer in so 'nen alten Einkaufswagen im Flur. Wenn du daran vorbeigehst, stinkt's.»

Sie nickte mit großen Augen und sah dabei aus wie ein kleines Kind. Total süß. Ich legte meine Hand auf ihre rechte Brust.

«Nicht», sagte sie, nahm die Hand wieder weg und stand auf. «Ich muss jetzt wirklich mal für mich sein, okay?»

«Okay. Klar. A … ach so. Ha … hab ich irgendwas, äh, f … falsch gemacht?»

Sie schüttelte bejahend den Kopf. Langsam gingen wir zur Wohnungstür.

Da standen wir dann.

«Ist das jetzt schlimm?», fragte sie mich.

«Nein», sagte ich und ging.

28

«ich schwöre dir, Rainer haben sie grade rausgeschmissen», rief mir Murat, als ich nach Schichtende die Treppe runterkam, zur Begrüßung entgegen.

«Rainer? Quatsch.»

«Er ist fünf Minuten zu spät gekommen. Da hat Czewinski ihn entlassen.»

«Willst du mich verarschen?»

«Sagst du, dass ich lüge?»

«Wir kommen alle andauernd zu spät. Das kann doch jetzt nicht der Grund sein.»

«Ich lüge nie.»

«Mann, Scheiße. Rainer? Hätt ich nie gedacht.»

«Glück für ihn.»

«Wieso?»

«Ich hätte ihn sonst getötet, den Hurensohn.»

«Murat, kuck mal, wenn du das dauernd sagst, aber nie machst, glaubt dir irgendwann keiner mehr. Verstehst du?»

«Ich lüge nie.»

«Dann töte halt endlich mal einen, ey. Ich komm mir auch langsam blöd vor, dir das dauernd auszureden, wenn du's eh nicht machst.»

«Ich mach's! Ich mach's!»

«Dann mach doch.»

Ich ließ ihn stehen und ging den Gang runter zum Managerzimmerchen. Die Tür war zu. Das hatte es eigentlich noch nie gegeben. Ich fasste die Klinke an, aber dann besann ich mich, ließ sie wieder los und ging noch mal zurück in die Küche.

Murat war damit beschäftigt, neues Softeis auf das alte zu schütten (ihr wisst, dass man kein Softeis essen soll, oder?). Sanft legte ich ihm die Hand auf die Schulter und sagte: «Mach's nicht, bitte.»

«Entscheide dich mal», maulte er.

«Nicht», sagte ich. «Einfach nicht machen, okay?»

Dann ging ich wieder den Gang runter und machte die Managertür auf.

«Hier klopft man an, Herr Nick», sagte der Manager, ohne von seinem Schreibtisch aufzuschauen.

«Sorry. Wollte nur mal fragen wegen Rainer ...»

«Das hat Sie nicht zu interessieren.»

«Aber Sie können ihn doch nicht einfach so rausschmeißen! Er hat doch gar nichts Schlimmes gemacht. Ich mein, wir kommen hier doch alle dauernd zu spät ...»

«Ich muss meine Entscheidungen nicht vor Ihnen rechtfertigen, Herr Nick, Gehen Sie zurück in die Küche.»

«Nein.»

Er sah hoch. Seine Augen funkelten.

«Wie bitte?», fragte er.

«Ich meine, okay, gleich, aber können Sie nicht bitte Rainer wieder einstellen, das ist doch nicht gerecht.»

Der Manager schnaubte.

«*Sie* reden von Gerechtigkeit, Herr Nick? *Sie*? Das überlegen Sie sich mal schön. Ihnen ist schon bewusst, dass Sie hier im Store eine bevorzugte Behandlung erfahren. Da hab ich Sie noch nie nach Gerechtigkeit schreien hören.»

«Was?»

Er tippte mit dem Zeigefinger seiner rechten Hand an die ausgestreckten Finger der linken und zählte auf: «Sie müssen als Einziger keinen Hut tragen. Unangenehme Arbeiten im Lobbybereich brauchen Sie nicht ausführen. Sie dürfen sich hier Ihrer sexuellen Orientierung entsprechend kleiden. Damenblusen, Damenröcke ...»

«Wo-von zum Teufel reden Sie eigentlich? Ich zieh doch keine Röcke an!»

«Den Teufel lassen Sie mal außen vor, Herr Nick, der Teufel sind Sie selbst. Ich habe Ihnen Tür und Tor geöffnet, ich habe Ihnen immer wieder die Hand gereicht, aber Sie sind eine einzige Enttäuschung. Wissen Sie, was ich heute in Ihrem Spind gefunden habe?»

«Sie haben meinen Spind aufgemacht? Das geht ja wohl überhaupt nicht!»

«Fünf brandneue Kartenspiele, verschweißt und originalverpackt. Haben Sie die gestohlen? Wollten Sie die illegal weiterverkaufen? Etwa hier im Store? Was treiben Sie für ein Spiel, Herr Nick?»

«Die hab ich gekauft!»

Er lachte kurz und böse: «Das können Sie Ihrer Großmutter erzählen. Kein Mensch kauft fünf Kartenspiele auf einmal. Ich wette, das ist nur die Spitze des Eisbergs.» Er schaute über mich hinweg an die Wand. «Mir bleibt leider keine Wahl, als die Polizei einzuschalten.»

«Weil ich Kartenspiele im Spind hab?» (Obwohl ich ernsthaft sauer war, klang das irgendwie witzig. Ich beschloss, mir diese Formulierung zu merken, für spätere Gelegenheiten.)

Er machte ein Gesicht, das vermutlich Schläue und zurückgehaltenes weiteres Wissen ausdrücken sollte.

«Ich kündige», sagte ich und lief aus dem Zimmer.

«Sie sind entlassen, Herr Nick!», rief er mir nach.

Oben zog ich mich um, nahm meine Kartenspiele und ging. Als ich wieder am Managerkabuff vorbeikam, tönte es von drinnen: «Herr Nick? Herr Nick!» Es klang, als hätte er geweint.

«Sie wissen *gar* nichts über mich!», konnte ich ihn noch rufen hören, dann war ich draußen.

Vor dem Store prallte ich mit Rainer zusammen. Weit war er ja nicht gekommen. Stand halb auf der Straße. Autos hupten. Sein Blick war glasig.

«Mann, Alter», sagte ich.

Er schwieg.

«Tut mir echt leid. Dieses dumme Schwein, ey. Wegen fünf Minuten? Der spinnt doch. Mich hat er jetzt auch noch rausgeschmissen.»

Jetzt wirkte Rainer so, als würde er aus einer Trance erwachen. Er machte einen Schritt nach vorne, zurück auf den Bürgersteig. Dann sah er mir ins Gesicht, pfiff ein wenig und grinste dann.

«Ach was. Das Arschloch hat mir einen großen Gefallen getan.»

«Echt?»

«Na logisch. Denkst du, ich will mein Leben lang in dem Scheißladen arbeiten? Ich wollte schon lange kündigen.»

«Ach, super. Geil.»

Eine Weile standen wir so schweigend nebeneinander. Dann sagte Rainer: «Na gut, ein Bier.»

Ich verstand nicht.

«Ein Bier», wiederholte er, «können wir drüben im Engelskeller trinken. Ein schnelles. Hab nicht so viel Zeit. Meine Mutter wartet zu Hause.»

Wie konnte seine Mutter auf ihn warten, wo er doch eigentlich gerade hätte auf Arbeit sein müssen?

Halt dich fern von Rainer!

«Na dann ... lass sie lieber nicht warten», sagte ich.

«Ich ruf sie aus der Kneipe an und sag ihr, dass es etwas länger dauert.»

Er wird zu dir kommen und dich unter einem Vorwand weglocken, und dann wird er etwas Böses tun. Du darfst niemals mit ihm irgendwohin gehen, Nikolaus. Er ist der Teufel.

Der Teufel sind Sie selbst, Herr Nick!

«Vielleicht lieber ein andermal, Alter.»

Aber Rainer legte seinen Arm um meine Schulter – eine Berührung! Das schockte mich so, dass ich mich von ihm über die Straße zu der miesen Kaschemme gegenüber führen ließ.

Engelskeller. Was war das für ein Name? Wieso mussten

die Engel in den Keller? Was wurde dort mit ihnen angestellt? Fuck.

Sollte ich wegrennen? Rainer würde ich ja nie wiedersehen. Die kurze Peinlichkeit und ein hinterhergerufenes «Stehen bleiben!» wären mit Sicherheit leichter zu ertragen als alles, was in diesem gottlosen Keller auf mich wartete.

Während ich das noch dachte, schob er mich schon durch die Kneipentür.

Zu spät.

Es war drei Uhr nachmittags. Der Engelskeller war bis auf einen Besoffenen am Tresen leer.

«Mach uns mal zwei vom Fass, Dicke», rief Rainer der traurigen Thailänderin hinterm Tresen zu. Sie bleckte die Zähne und begann, zwei Gläser zu füllen.

Offensichtlich kannte man Rainer hier. Er kam wahrscheinlich immer nach Schichtende, um ein Einsames vom Fass mit sich selbst zu trinken.

«Viel Zeit hab ich ja leider nicht», sagte ich.

«Hör mir uff mit Bielefeld!», schrie der Besoffene und schlug mit der Faust auf den Tresen. «Alles Fotzen! Die können doch 'ne Hängebrücke nicht von 'nem Scheidenpilz unterscheiden!»

«Benehme, Kurti, sonst fliege», ermahnte die Wirtin ihn. Sofort legte er beide Hände flach auf den Tresen und starrte schweigend drauf.

«Das hier lass ich bald alles hinter mir», schreckte mich Rainer aus meinen Gedanken auf. Er hatte schon einen Schluck Bier genommen. Sein Schnurrbart war voller Schaum. Er wischte ihn nicht weg.

«Die Kneipe hier?», fragte ich.

«Alles», sagte er.

«Willst du dich umbringen? Mach nicht, Alter! Das ist es nicht wert. Findest doch bestimmt bald 'nen neuen Job, ey.»

Rainer lachte. Ein Anblick, der auch ohne den Schaumschnauzer irritierend gewesen wäre.

Dann trank er sein Bier aus. Ich meins auch.

«Noch mal zwei, Dicke» rief er. Dann beugte er sich zu mir. «Du denkst nicht weiter, Nick. Ich *brauch* keinen Job mehr. Nie mehr. Diese Kündigung ist das Beste, was mir passieren konnte. Jetzt kann ich mich aufs Reichwerden konzentrieren.»

«Ach so. Super. Ja. Konzentrier dich darauf.»

Er kippte sein Bier runter. Trinken konnte er. Und es schien ihm, jetzt nach dem zweiten, auch wirklich besser zu gehen. Er sah nicht mehr so kalkweiß aus. Alkohol war schon ein ziemliches Wundergetränk.

Ich drehte mein linkes Handgelenk in Richtung Gesicht und schaute mit zerfurchter Stirn auf einen alten Linientreustempel. «Wow, schon so spät. Schade. Hätte gedacht, es ist früher.»

«Du bist 'ne ehrliche Haut», sagte Rainer, der mich nicht zu hören schien. «Ich meine, wir hatten unsere Differenzierungen, aber du bist kein Arschloch, so viel steht fest.»

«Arschlöcher! Bielefeld!», schrie Kurti.

«Du bist auch kein Arschloch», log ich. «Aber jetzt muss ich wirklich los.»

Mein Losmüssen überzeugte ihn nicht. Er bestellte noch mal zwei Bier. Dann sah er mich an und senkte die Stimme: «Was ich dir jetzt sage, bleibt unter uns.»

«Oder du sagst's mir gar nicht erst.»

«Ich bin Erfinder.»

«Ist doch geil.»

«Was ich *hier* habe», er tippte sich an die Stirn, «wird die Welt verändern.»

«Optimal.»

«Muss ich mir nur noch patentieren lassen. Dazu bin ich bis jetzt nie gekommen, vor lauter Arbeiten in dem Scheißladen. Aber jetzt gehe ich das an.»

«Find ich gut.»

«Du hältst mich für einen Spinner, ja?»

«Auf keinen Fall.»

«Gut, ich verrat dir meine Erfindung. Aber du musst schweigen wie ein Grab.»

«Oder, wie gesagt, du verrätst es mir nicht. Wäre auch okay.»

Aber er verriet es mir.

Mit roten Wangen und schaumigem Schnurrbart erklärte er mir seine große, seine geniale Erfindung, ließ sich von der Wirtin einen Kugelschreiber geben und zeichnete es mir noch auf eine Serviette, die er sofort danach in tausend kleine Fetzen zerriss.

«Super», sagte ich.

«Verstehst du, wie viel Geld man damit machen kann?»

Ich nickte, wandte dabei aber den Blick ab.

«Willst du einsteigen?», fragte Rainer.

«Nee, danke, ist schon okay.»

«Wenn du'n paar tausend Mark für die ersten Prototypen zuschießen kannst, beteilige ich dich zu zwanzig Prozent. Fünfzehn.»

«Danke, geil. Bloß leider – genau die paar tausend Mark hab ich grad nicht.»

«Kannst dir doch was leihen. Das kriegst du hunderttausendfach wieder zurück. *Kapierst* du überhaupt, was für ein Potenzial in der Sache steckt? *Millionen* verkaufen wir davon! In der ganzen Welt!»

«Na ja, Millionen.»

«Na klar. Millionen!»

«Vielleicht. Vielleicht auch nicht. Vielleicht kann man auch nie so richtig wissen …»

Rainer schlug mit der flachen Hand auf den Tisch.

«Bielefeld», murmelte Kurti.

«Bist du wirklich so blöd? Ich hab dich nie für den Hellsten gehalten, aber willst du mir im Ernst erzählen, dass du zu blöd bist, um zu erkennen, was ich hier erfunden habe?»

«Ich weiß, ehrlich gesagt, nicht mal, ob man so was 'ne Erfindung nennen kann», sagte ich. «Ich meine, mal im Ernst, Mann: Du hast ein Ding genommen und da was ziemlich Normales drangemacht. Glaubst du nicht, dass es so was sogar schon gibt? Und selbst, wenn nicht: Wer braucht das denn? Vielleicht alte Leute, aber eigentlich nicht mal die. Sorry, aber du solltest dir davon lieber nicht so viel erwarten. Denk ich.»

Rainer lief rot an.

«Verpiss dich!», brüllte er. «Verpiss dich! Zahl deine Biere und dann raus hier! Und gnade dir Gott, wenn du jemandem von der Erfindung erzählst!»

«Wolltest du mich nicht einladen?», fragte ich. Er schüttelte heftig den Kopf.

Ich zahlte meine Biere und ging.

Oh, Mann. Rainer. Der hatte doch nicht mehr alle Kartenspiele im Spind. Und seine «Erfindung» vor allem, hilf MIR, Alter. Was würde jetzt aus ihm werden? Konnte mir natürlich echt egal sein, die dumme Sackratte. Wie oft hatte er mich beim Manager angeschwärzt! Drei Kisten Pommes, Alter, ja ja, von wegen, eine hätte total gereicht.

«Vollidiot», sagte ich laut vor mich hin, aber alles, woran ich denken konnte, war dieses eine Mal, wo ich mit den Schwestern und dem Alliierten in den Laden gekommen war und er uns alles umsonst gegeben hatte. So konnte er auch sein. Möglicherweise konnte jeder Mensch auch anders sein. Ein neuer Gedanke, der das Leben unendlich zu verkomplizieren schien.

29

«hans hat sich immer so Sorgen gemacht, wegen seinem kleinen Penis», sagte Sonja. «Dabei ist das doch total egal.»

Ich mochte diese Geschichten über Hans. Man konnte so viel daraus lernen. Gerade lernte ich *Keinen kleinen Penis haben.*

«Einmal war ich nicht ganz sicher und hab ‹Ist er schon drin› gefragt, da fing er an zu weinen und ist aus dem Zimmer gerannt.» Sie hing der Erinnerung mit verträumtem Blick nach. «Er hat sich auf der Toilette eingeschlossen und wollte eine halbe Stunde nicht mehr rauskommen. Ich hab ihm immer wieder erklärt, dass mir das total egal ist. Irgendwann hat er die Tür aufgemacht und mich reingelassen. Und dann haben wir zusammen geweint.»

Keinen kleinen Penis haben, merkte ich mir noch einmal. *Nicht weinen. Wenn Sonja sich je von mir trennt, sie töten, damit sie so was nicht auch über mich erzählt.*

«Er war so unglücklich», sagte sie versonnen, während sie meine Hose aufmachte. Mein Junge sprang heraus. Sie nahm ihn in den Mund.

Ich spürte die Zähne, ihre kleinen Finger berührten sanft meine Hoden, mein ganzer Körper zuckte zusammen, der

Blitzschlag, der mich bei jedem Orgasmus traf, kam mächtiger als je zuvor, und plötzlich wurde die Welt silberfarben. Gleich darauf schien ich mit Lichtgeschwindigkeit durch Raum und Zeit zu rasen. Kurz verlor ich die Besinnung und fand sie an einem fremden Strand, auf dem Rücken liegend, wieder. Ein endlos weiter, heller Sandstrand war es. Dahinter toste ein archaisches Meer. Die Sonne schien, verfallene Säulen standen überall herum. Direkt neben mir saß ein gütig und weise wirkender alter Mann mit langem Bart nackt in einem großen Weinfass.

«Ich bin Zeus», sagte er und lächelte. Dann brach der Boden unter mir ein, und ich versank, stürzte, fiel, schneller und schneller, bis ich wieder bei Sonja in ihrem Zimmer landete.

Der Sinn des Lebens!, schoss es mir noch durch den Kopf. Ich sackte zusammen.

«Ist gar nichts rausgekommen», sagte Sonja.

Meine Augen waren schwer.

«Da ist gar nichts rausgekommen bei dir», sagte sie.

Ich kämpfte mich aus tiefster Müdigkeit zurück in die Welt der Dinge.

«Oh», machte sie und schnaubte. «Oh, Mist. Es ist in meiner Nase.»

«Ja?», fragte ich und legte meine Hand auf ihre Schulter. Sie schüttelte sie ab, sprang auf, schniefte und schnaubte.

«Spinnst du?», schrie sie. «IST das eklig! Ah, ich kann nicht mehr atmen!» Sie rannte ins Bad. Ich wuchtete mich hoch und wankte hinterher.

«Oh Gott, es tut mir leid.»

«Ich krieg's nicht raus!»

«Kannst du … soll ich was machen?»

Sie schüttelte den Kopf und stampfte mit dem Fuß auf.

«Sonja, es tut mir so leid. Ich wollte …»

Sie schnaubte und stampfte und schlug mit der Faust gegen die Wand.

«Ich liebe dich», sagte ich.

Sie atmete laut mit offenem Mund.

Mir fiel auf, dass ich vergessen hatte zu stottern. Schien sie aber nicht weiter zu beunruhigen.

30

mit der band ging es langsam voran. Hm. Siehste, hier erkennt man mal wieder die Unterlegenheit des geschriebenen Buches gegenüber der gesprochenen Sprache. So, wie's hier steht, könnte man denken: «Super, es ging also langsam voran mit den Jungs.» Es ging aber nicht langsam VORAN, sondern es ging LANGSAM voran. So war das gemeint. Langsam. Sehr, sehr langsam ging es voran. Und das konnte ich mir jetzt, wo ich wieder arbeitslos war, nicht leisten. Die Band musste mal was abwerfen.

«Alter, lass uns ‹Burner, das dumme Schwein› üben, damit wir mal auftreten können», sagte ich zu La Boum.

«Üben, Nicki?»

«Einfach mehrmals hintereinander spielen.»

Üben taten wir nämlich nie. Nahmen die Songs immer nur einmal auf und spielten sie dann Burner vor.

«Lass uns erst mal einen baun», schlug La Boum vor.

«Na gut.»

Dann übten wir.

Es machte gleich viel weniger Spaß. War ja fast wie bei McDonald's: immer dieselben Handgriffe, und nie ist der Scheiß vorbei.

Außerdem lernte ich beim Üben eine neue Eigenschaft meines alten Freundes kennen: La Boum war nicht in der Lage, zweimal das Gleiche zu spielen. Jedes Mal drückte er andere Tasten auf seinem Keyboard, jedes Mal klang es völlig anders. Immer geil, immer groß, verstörend und betörend, aber es war doch verwirrend.

Ständig dudelte er mir auch irgendwas Geniales in meine Gesangspassagen rein.

«La Boum! Ich sin-ge!»

«'tschuldige, Nicki, hab ich nicht gehört.»

Je mehr wir dieses eine Lied übten, umso mehr bröckelte La Boums Part auseinander. Irgendwann hörte er mitten in der zweiten Strophe auf und sah mich an. Ich starrte zurück.

«Hier ist Ende», sagte er.

«Nein, La Boum, nein. Wir sind in der zweiten Strophe. Welcher Song auf Erden hört mitten in der zweiten Strophe auf?»

«Nicki, das haben wir immer so gemacht.»

«Junge, wenn wir das immer so gemacht haben, wie erklärst du dir dann diese dritte Strophe hier auf meinem Zettel? Ist es eine Geisterstrophe, die durch schwarze Magie dort erscheint? Ist es eine Geisterstrophe, La Boum!?»

«Nicki, ich hab wieder von dir geträumt.»

«Tja ...»

«Ich war wieder tot und lag in meinem Sarg. Und du standest daneben und hast nur gelabert. Die ganze Zeit irgendwas erzählt. Du warst überhaupt nicht traurig.»

«Aber das war nur ein Traum, La Boum.»

«Nein», sagte la Boum.

«Na doch.»

Er schüttelte den Kopf.

Oh Mann.

«Außerdem: Wenn du tot warst, wie hast du dann mitgekriegt, dass ich nicht traurig bin? Und drittens zeigen Menschen ihre Traurigkeit eben auf unterschiedliche Weise. Da blickt keiner durch. Komm, wir machen weiter.»

«Was machen wir weiter?»

«Den Song üben»

«Du meinst Adolf And The Peoples?»

«Adolf And The Peoples ist der Name unserer Band. Der Song heißt ‹Burner, das dumme Schwein›.»

«Warum ist Burner ein dummes Schwein?»

«Das wird im Text erklärt. Hör doch einfach mal zu.»

«Sollen wir vielleicht erst mal einen baun?»

Schätze, Lennon und McCartney haben sich auch nicht immer gut verstanden. Da musste ich meinen Freund jetzt wohl einfach mal ein bisschen bei der Hand nehmen und zum Erfolg hinführen. Am Ende, wenn wir berühmt und begehrt wären, mit den ganzen Drogen und so, würde er schon den Durchblick finden. Wir übten weiter.

In der Zwischenzeit musste irgendwo Kohle her. Ich fragte Bernd, und er brachte Burner, La Boum und mich bei seinem Medikamententestjob unter. War nicht schwer. Die meiste Zeit musste man nur rumsitzen und auf Symptome warten. Da konnten wir beim Warten wenigstens über die Zukunft von Adolf And The Peoples reden.

«Wo sind die neuen Burner-Hits?», fragte Burner.

«Wir üben jetzt erst mal die alten», sagte ich.

«Welche Alten, Nicki?», fragte La Boum.

«Unsere alten.»

«Meine oder deine?»

«Unsere.»

«Hä?»

Wir hatten permanentes Herzrasen und gelegentliche Angstzustände. Das machte die Kommunikation nicht leichter.

31

«spielst du noch in deiner Band?», fragte Sonja.

Schon wieder hatten wir Sex gehabt. Wahnsinn. Wir mit unserem dauernden Sex immer. Anal diesmal sogar, zum ersten Mal. Mit irgendwelchen Tricks hatte sie den Einäugigen in die verborgene Bucht bugsiert. So ging also dieses sagenumwobene anal. Eigentlich recht trocken und nah an der Sinnlosigkeit geparkt, aber eine gewisse leise knisternde Mischung aus Verbotenheit und noch mal Verbotenheit badete alles in einem goldenen Licht.

Und anal heißt Liebe, oder? Weil, das würde man ja nicht mit jemanden machen, den man hasst.

Jetzt hätte ich mir total gerne erst mal die hellbraune Scheiße vom Schwanz gewaschen, aber um Sonja nicht zu kränken, beantwortete ich ihre Frage: «Band? Ja. Ha.»

«Und ihr braucht noch 'n Schlagzeuger?»

«Allerdings.»

«Warum nehmt ihr nicht Hans?»

Mir fielen ganz schön viele Gründe ein, warum nicht, aber Frage auf Frage schien mir hier die elegantere Form, darum konterte ich mit: «Spielt Hans denn Schlagzeug?»

Sonja nickte so eifrig, dass ihre Haare auf und ab wippten: «Seine alte Band hat sich gerade aufgelöst. Er ist total unglücklich deswegen. Triff dich doch mal mit Hans. Er hat auch einen Proberaum. Und er findet die Sachen gut, die du machst.»

Hä? Wieso kannte Hans die Sachen, die ich machte? Wieso kannte er überhaupt *mich*? Aber jetzt war schon genug gefragt worden, und ich wollte auch sehr gern ans Waschbecken gehen. Darum sagte ich: «Klar.»

Ein paar Tage später stand ich mit meiner Gitarre vor dem Proberaum von Hans. Es fühlte sich nicht an wie der Beginn einer neuen Ära, aber das erkennt man wohl eh immer erst hinterher. Wenn Hans mit in der Band war, konnte ich vielleicht endlich La Boum rausschmeißen. Der bekiffte Schwachmat war natürlich nicht gekommen, obwohl ich ihm am Telefon dreimal den Straßennamen buchstabiert hatte. Wahrscheinlich lief er gerade auf dem Mars rum und träumte dabei von mir.

Ich klopfte. Dann trat ich gegen die Tür.

Nach einer Weile ging sie auf. Speichel stand vor mir.

«Speichel?»

«Ich nenn mich jetzt Hans.»

«Aber ...»

«Du hast doch nicht gedacht, dass Speichel mein richtiger Name ist, Nick.»

Es war Speichel. Aber es war auch, blinkte ein riesiger neonroter Schriftzug in meinem Hirn, der heulende Hans mit den Strapsen und dem kleinen Schwanz. Ich wusste zu viel über diesen Mann. Er lächelte. Sah auf einmal total intelligent aus. Skin war er auch nicht mehr.

«Hans?», fragte ich. Er nickte.

«Und aber … Jacky …?»

Er schüttelte den Kopf.

«Willst du reinkommen?», fragte er.

«Nein», sagte ich und lachte.

Speichel / Hans machte ein Gesicht wie «Mir ist total klar, dass in anderen Universen als meinem auch mal gelacht wird, und ich finde das total in Ordnung».

Was war mit ihm passiert? Hatte Jacky ihn derart entspeichelt, oder war das Sonjas Werk? Er schien mir nicht das Optimum aus meinen Frauen herausgeholt zu haben. Strapsidiot. Schnell schlüpfte ich an ihm vorbei in den Proberaum. Direkt neben ihm zu stehen war entnervend; er war einen ganzen Kopf größer als ich und doppelt so breit. Und ja ganz offensichtlich geistesgestört.

Im Raum standen ein Schlagzeug und ein Röhrenverstärker. An den Wänden hingen kopierte Schwarzweißplakate von Bands, die – wie mir auf einmal auffiel – alle exakt gleich aussahen. Bier gab's auch. Ich nahm mir eine Flasche und sah Speichel an. Er nickte langsam und weise wie ein Zen-Meister.

Ich trank das Bier. Speichel setzte sich ans Schlagzeug und wartete, bis ich fertig war. Dann stöpselte ich mich ein, und wir legten los. Es ging gut. Viel besser als mit La Boum. Auf Speichel musste man nicht dauernd aufpassen, er spielte seins, ich spielte meins. Es war so punky, dass ich hochsprang, wobei ich allerdings mit dem Kopf an die Decke knallte.

Speichel hörte auf zu spielen und sah mich an.

«Alles okay», rief ich. Er sah an mir vorbei. Ich drehte mich um – da war irgendwie nichts.

«Eins zwei drei vier», zählte ich.

«Lass uns aufhören», sagte er.

«Okay.»

Ich stöpselte die Gitarre aus und nahm mir noch ein Bier. Speichel blieb am Schlagzeug sitzen.

«War ja geil», sagte ich. Er nickte.

«Sonja hat dir bestimmt von uns erzählt», sagte er dann.

«Tja. Haha. Irgendwie schon.»

«Sie ist 'ne tolle Frau.»

«Darauf trink ich.»

«Wir hatten eine schwierige Zeit ...»

«Ey, wundert mich nicht. Ich hab mit ihr auch oft –»

«... aber jetzt hab ich das Gefühl, dass wir's wieder hinkriegen.»

«Ach ... so?»

«Wir hatten letztens ein gutes Gespräch. Ein sehr gutes Gespräch, weißt du?» Er starrte mich an. «Nee, nee. Sonja und ich, wir packen das.»

In solchen Momenten ist es immer gut, wenn man ein Bier in der Hand hat. Ich trank und trank, während Speichel, vor sich hin nickend, wieder und wieder bekräftigte, dass Sonja und er es packen würden.

«Bist du eigentlich sicher, dass Speichel weiß, dass ihr nicht mehr zusammen seid?», fragte ich Sonja bei der nächsten Gelegenheit.

«Wer?»

«Na, dein Hans.»

«Oh ja, er hat mir erzählt, wie gut er es fand, mit dir

zu spielen. Er meinte, du wärst ein besonders seelenvoller Mensch.»

«Super. Klasse, ja, find ich auch. Bist du sicher, dass er weiß, dass ihr nicht mehr zusammen seid?»

Sie sah mich mit großen, blitzenden Augen an.

«Was ist denn das für eine Frage?»

«Nur weil ... er wirkte so ...»

«Was ist das bloß für eine Frage», flüsterte sie und senkte den Kopf. Ich berührte ihre Schulter. Hätt ich genauso gut meinen Puller berühren können.

«Es ist besser, wenn du jetzt gehst», sagte sie.

Die nächsten Treffen mit Sonja fanden irgendwie nicht statt. Wenn ich bei ihr anrief, war sie nicht da. Ein paarmal ging ich zu ihrer Wohnung, aber sie war nie zu Hause. Obwohl man manchmal Geräusche durch die Tür hören konnte. Ratten?

Nach zwei Wochen wartete ich vor ihrer Schule auf sie. Und zum Glück kam sie auch ganz normal irgendwann mit ein paar anderen Girls da raus. Ihre Augen weiteten sich, als sie mich sah.

«Na?», fragte ich.

Sie verabschiedete sich lachend von ihren Freundinnen, die mich interessiert musterten. «Das ist also der Hengst!», dachten sie ja vielleicht. Weiß ich nicht.

«Wie geht's?», fragte ich.

«Voll süß», sagte Sonja und zupfte an ihrer Karottenhose. «Ich seh heute aus wie ein Schulmädchen.»

«Du *bist* doch auch ein Schulmädchen», sagte ich. Das schien aber irgendwie mal wieder die falsche Antwort gewesen zu sein, denn sie wandte den Kopf ab.

Schweigend standen wir nun da.

«Du kommst hier einfach so hin», sagte sie.

«Ich war ja erst bei dir zu Hause gewesen, aber da … warst du nicht, deshalb … wolln wir ein bisschen … weiß ich nicht … spazieren gehn?», fragte ich.

Sie zuckte mit den Schultern. Das bedeutete eher ja als nein, und so setzten wir uns in Bewegung.

Steif gingen wir nebeneinanderher, und ich spürte die Fremdheit zwischen uns wie ein Messer im Arsch.

Schweigend. Kurz kletterte ich auf einen Baum, sprang dann wieder runter. Sonja wartete so lange.

«Gehwegschäden», las ich laut von einem Schild ab. «Die hatte ich auch, als meine Exfreundin mit 'nem anderen *weg*gegangen ist.»

«Reichelt», sagte ich dann und zeigte auf einen Supermarkt. «Da kaufen nur die Reichen ein.»

Ich las die Schilder an den Häuserwänden. Arztpraxen, Anwälte, alles, was es gab. Und was war das hier? Patentamt.

«Patentamt», sagte ich. «Haha. Da fällt mir ein, mein ehemaliger Kollege, ey. Hat die schwachsinnigste *Erfindung* aller Zeiten gemacht.»

Und ich erzählte Sonja von Rainer und seiner bekloppten Idee. Wie immer, wenn es um Leute ging, die sie nicht kannte und die sie eigentlich gar nicht interessieren mussten, hörte sie mit großen Augen und fröhlichem Gesichtsausdruck zu.

Aber als ich mit der Story fertig war, ließ sie den Kopf wieder sinken. Ich blieb stehen.

«Sonja, ist irgendwas?»

Sie schwieg mit gesenktem Kopf.

«Brauchst du … mal Zeit für dich?»

Ha! Volltreffer! Sie schaute wieder hoch und strahlte übers ganze Gesicht.

«Wenn du meinst, ja, warum nicht!», sagte sie.

«Vielleicht mal drei Monate?»

Inzwischen konnte ich ganz gut mit Frauen umgehen. Das war genau, was sie hören wollte. Glücklich fiel sie mir um den Hals. Wir küssten uns und gingen in verschiedene Richtungen davon.

32

da ich nun schon am Vereinfachen meines Lebens war, schmiss ich gleich noch La Boum aus der Band. In einem ernsten, persönlichen Gespräch.

«Alter, du spielst einfach immer irgendwas. Das nervt.»

«Du spielst doch auch immer irgendwas, Nicki.»

«Nein, Mann, ich spiel immer dasselbe. Hör zu, ich glaub, wir sollten mal drei Monate Pause machen.»

«Pause, Nicki?»

«Kuck, und das nervt auch: Man sagt irgendwas, und du fragst dann immer so hirbelig nach. ‹Lass uns ein Bier trinken› – ‹Ein Bier, Nicki?› Kannst du nicht mal versuchen, dir gleich beim ersten Mal zu merken, worum es geht?»

«Nicki, ich hab mit meiner Therapeutin über dich geredet, und sie meinte, du bist ein schlechter Einfluss.»

«Eben nicht.»

«Aber sie hat das gesagt.»

«Weil sie wahnsinnig ist. Weil sie 'ne Vollmeise hat, genau wie du.»

«Nicki, ich bin ziemlich sicher, wenn ich sterben würde, wärst du gar nicht richtig traurig.»

«Dann stirb halt nicht.»

«Wollen wir noch mal ‹Adolf And The Peoples› proben?»

«Nein. Ich hab keinen Bock mehr. Ich steig aus.»

«Du steigst aus?»

«Du fragst, ob ich aussteige?»

«Hä?»

«Du sagst ‹Hä›? Hä? Sagst du gerade ‹Hä›?»

La Boum sah nun völlig verloren aus. Er tat mir leid. Trotzdem ließ ich ihn stehen und ging. Die Gesetze des Rock ’n’ Roll sind hart.

So. Jetzt noch Speichel. Er spielte zwar gut Schlagzeug, aber ich wollte ihn trotzdem nicht in meiner Band haben. Aus irgendwelchen Gründen irritierte er mich. Er wohnte ganz in der Nähe des Übungsraums. Auf mein Klopfen machte er so schnell auf, als wenn er direkt neben der Tür gestanden und gewartet hätte.

«Darf ich dir mal was zeigen?», fragte er ohne großes «Hallo» und «Ach, wie nett, kommste ma vorbei?».

Ich nickte, schrie aber gleich darauf leise auf, als er eine Axt hinter seinem Rücken hervorzog. Sie sah rostig und schwer aus.

«Hmm?», fragte er und betrachtete prüfend die Klinge.

«Tja», sagte ich.

Er begann, die Axt vor meiner Nase herumzuwirbeln, erst langsam, dann immer schneller. Ich machte ein paar Schritte rückwärts in den Hausflur. Er folgte mir.

«Was meinst du?», fragte er. «Sag mal ehrlich, was du meinst.»

«Weiß nicht, ich …», murmelte ich.

«Es ist eine rostige Axt. Die Idee ist mir heute Nacht gekommen.»

«Ja, ist ganz gut, aber ich bin eigentlich wegen was anderem hier.»

«Man macht sich Sorgen, stimmt's?» Speichel begann wieder zu wirbeln. Immer schneller. Ich wich aus, stolperte und fiel rücklings zu Boden.

«Kannst du die mal wegnehmen, bitte?»

«Heiliger Boden, Highländer», sagte Speichel. Auf einmal wirkte er gut gelaunt und verspielt. Wie früher. Genau wie Rainer hatte er zwei Gesichter. Dr. Speichel und Mr. Hans.

Er wirbelte die Axt mit beängstigender Geschwindigkeit umher.

Kleiner Schwanz – große Axt, dachte ich und sah ihn schon wieder heulend in Strapsen vor meinem geistigen Auge. Nein, das würde nicht hinhauen mit uns beiden.

Endlich hörte er auf zu wirbeln, ging zurück in seine Wohnung und rammte dort im Flur die Axt in die Wand. Ein Dutzend Kerben in der guten alten Raufaser ließen erahnen, dass das seine favorisierte Axtrammstelle war.

«Meine Überlegung ist: Jeder hat doch Angst vor 'ner rostigen Axt», erklärte Speichel mit glühenden Wangen und einer Begeisterung, als hätte er die Radioaktivität erfunden. «Rostige Axt macht jedem ein ungutes Gefühl. Ich denke, es ist der Rost. Ich muss mir noch ein Halfter aus Leder basteln, dann kann ich sie auf dem Rücken tragen.»

«Was ist denn hier passiert?», fragte ich und zeigte auf einen großen Haufen Holzscheite und zerbrochenes Geschirr auf dem Küchenboden.

«Der Schrank», sagte Speichel. «Er hat mir weh getan. Das geht nicht. *Niemand* darf mir weh tun.»

«Was?»

«Gestern Nacht bin ich in die Küche gegangen und hab mich im Dunkeln an ihm gestoßen. Am Kopf. Ich bin empfindlich an meinem Kopf. Ich mag nicht mal am Kopf berührt werden. Berühr mich nie am Kopf.»

«Warum hast du kein Licht angemacht?»

«Ich mache nie Licht an. Kein Licht. Wenn Nacht ist, soll Nacht sein. Ich werde demnächst sowieso den Strom abbestellen. Brauch ich nicht.»

«Und jetzt hast du keinen Schrank mehr?», fragte ich.

«Er hat es so gewollt», sagte er. «Er war kein guter Schrank.»

«Ein Schrank hat ja kein Bewusstsein», gab ich zu bedenken. Speichel antwortete nicht.

«Hör mal, ich wollte mit dir über die Band reden», fing ich an.

«Ich auch», unterbrach er mich. «Ich hab drüber nachgedacht. Ich mach nur mit, wenn wir den Namen ändern. Mit dem alten Namen können wir nicht international erfolgreich werden. Und es macht für mich keinen Sinn, nicht international erfolgreich zu sein.»

Ich blickte mich kurz in seiner Bruchbude um und ließ diesen Satz auf mich wirken.

«Also der Name Adolf And The Peoples, der sollte schon irgendwie bleiben, find ich.»

Speichel schüttelte den Kopf: «Dann mach ich nicht mit. Ich will internationalen Erfolg.»

Das war ja einfach gewesen.

«Schade», sagte ich. «Willst du's dir nicht noch überlegen? Aber kann man nichts machen. Na dann geh ich mal wieder.»

Er zog die Axt aus der Wand und brachte mich zur Tür.

«Übrigens», sagte er, als ich schon in der Schwelle stand, «ich hab die eine Sache da jetzt patentieren lassen.»

«Deine rostige Axt?»

«Nein. Die Erfindung. Worüber Sonja und du euch letztens unterhalten habt. Ich fand die Idee gut und bin aufs Patentamt gegangen. Und es war auch wirklich noch keiner auf so was gekommen.»

«Was hast du?», rief ich. «Spinnst du? Das war doch die Erfindung von Rainer, die kannst du ihm doch nicht einfach klauen!»

Speichel fuhr mit dem Finger die rostige Schneide entlang.

«Ich weiß von keinem Rainer», sagte er langsam und ohne aufzublicken. «Sonja meinte, du hättest die Idee blöd gefunden. Die schwachsinnigste Erfindung aller Zeiten, das hast du doch gesagt, oder nicht?»

«Ja, aber …»

«Ja, und *ich* fand die Idee gut und hab sie jetzt patentieren lassen. Wo ist dein Scheißproblem?»

Er schaute mich an.

«Und noch was anderes», sagte er und klopfte mit der Axt gegen den Türrahmen. «Ich hab den Verdacht, dass jemand meine Freundin fickt. Irgendwas ist mit der Kleinen, schon seit einiger Zeit. Hat sie dir gegenüber was gesagt? Du hast dich doch öfters mit ihr getroffen.»

«So oft auch wieder nicht.»

«Hat sie irgendwas gesagt? Wenn ich diese Drecksau erwische, den Typen kastrier ich.»

«Lass mich nachdenken ... hm ... nein. Nein, hat nichts gesagt. Na, ich muss los.»

Hans sagte nichts, sondern sah mich nur prüfend an.

Ich winkte ihm mit viel zu ausladenden Bewegungen zum Abschied zu und schaffte es gerade so, nicht die Treppe runterzufallen.

Vor seiner Haustür trat ich kurz gegen einen Stromkasten und rekapitulierte. Also, was ganz gut war: Ich musste nicht schon wieder drei Monate warten, sondern war jetzt schon frei, frei von der fragwürdigen Sonja, die ich – wie mir mit einem Mal klar wurde – gar nicht richtig geliebt hatte. Der phantastische Sex hatte mir ein bisschen den Blick dafür verstellt. Sie passte besser zu Speichel. Die rostige Axt könnte ihr Sohn sein oder sonst was. Okay. Also das war schon mal gut.

Schlecht war natürlich, dass dieses Gaunerpärchen nun Rainers Erfindung geklaut hatte. Ich hätte Sonja nicht davon erzählen dürfen. Aber andererseits, das war doch eigentlich total egal bei dieser döfsten aller doofen Ideen. Wer braucht so was: einen Koffer *mit Rollen unten dran*? Neunzigjährige vielleicht, aber die verreisen ja gar nicht. Kein normaler Mensch würde mit so einem albernen Ding aus dem Haus gehen. Ein Windei. Also Schwamm drüber.

La Boum tauchte beim Medikamententesten nicht mehr auf. Vielleicht war er sauer auf mich, wahrscheinlich aber hatte er nur vergessen, dass er diesen Job hatte. Mit rasendem Herzen und juckender Kopfhaut dachte ich daran, ihn mal anzurufen. Machte ich aber nicht.

Stattdessen kaufte ich mir noch ein paar Kartenspiele. Inzwischen hatte ich 27. Ich bewahrte sie in einer Schublade auf, immer wieder holte ich sie heraus und streichelte sie. Das waren meine Freunde. Meine wahren Freunde. Sie würden mich niemals enttäuschen. Und bald würde ich genug haben, um meine Jahrhundertidee umzusetzen. Ha.

33

es war ein tag wie viele gewesen. Burner und ich hatten stundenlang versucht, eine komplett glatte Wand hochzuklettern, aber es hatte nicht geklappt. Letztlich: Wie sollte das auch klappen? Nach ein paar Bier mit Toast ging ich nach Hause.

Rocky saß rauchend in der Küche.

Als er mich reinkommen sah, sprang er auf.

«Nicki, es tut mir so leid!»

«Wieso? Was ist denn?»

«Du weißt es noch gar nicht, stimmt's? Oh Gott!» Und gruseligerweise fing er an zu weinen. Es kam so unerwartet, dass ich instinktiv einen Schritt zurück machte. Irgendwas war hier auf eine widerliche Weise überhaupt nicht in Ordnung.

«Setz dich am besten», sagte Rocky. Ich schüttelte den Kopf.

«Was ist denn los?», fragte ich, ohne es wirklich wissen zu wollen.

«Dein Freund.» Rocky wischte sich die Tränen ab. «Dein Freund ist tot. Er hat sich umgebracht.»

Mir wurde schwarz vor Augen.

«Welcher Freund?», fragte ich. Meine Stimme klang, als

würde sie von einem Kassettenrecorder kommen, der im Nebenzimmer stand. Ich hielt mich am Türrahmen fest.

«Der dünne mit den struppigen Haaren. Der aus deiner Band.»

«La Boum?»

Rocky nickte. «Er hat doch auch mit Bernd und dir im Testzentrum gearbeitet. Da war er schon 'ne Weile nicht gekommen. Heute Morgen haben sie bei ihm nachgefragt, und da kam raus ... er hat sich erhängt. Bernd hat das mitgehört.»

Ich ballte meine Fäuste so fest, dass mir die Nägel ins Fleisch schnitten, aber der Schmerz war nicht stark genug. Ich drückte fester und fester. Warum konnte ich meine Fäuste nicht noch fester ballen? Mir wurde übel. Speiübel. Langsam glitt ich am Türrahmen entlang auf den Boden.

«Es tut mir so leid», sagte Rocky.

Eine Weile war ich in einem Zustand wie kurz vor dem Einschlafen. Ich dämmerte ständig weg und schreckte dann wieder auf. Die Erkenntnis kam ruckweise, wellenmäßig. Zog sich immer wieder kurz zurück und kehrte dann wieder. Mein Freund La Boum hatte sich umgebracht. Und ich war schuld. Ich hätte es verhindern können. Warum hatte ich ihn aus der Band geschmissen? Und warum hatte ich mich danach gar nicht mehr mit ihm getroffen? Er hatte mir doch tausend Hinweise gegeben! Dieser Traum, in dem er tot ist und ich nicht traurig bin. Ich war ein Mörder. Nein! Doch, irgendwie schon.

Mein Leben würde nie mehr so sein wie zuvor. Mein Leben war vorbei. Es war wie in einem Albtraum. *War* es ein Albtraum?

«Ist nur'n Traum, ist nur'n Traum», faselte ich vor mich hin. Aber es war keiner.

La Boum war tot. Tot.

Und ich konnte nichts mehr daran ändern.

Kurz überlegte ich, Burner anzurufen, aber ich konnte nicht. Später vielleicht.

Ich schlug mit dem Kopf gegen die Wand. Nicht doll genug. Es kam kein Blut. Ich warf meinen Schreibtisch um. Kurz dachte ich: Mal doch ein Bild. Jetzt müsste doch was Authentisches rauskommen.

Dann verachtete ich mich so sehr für diesen kranken Gedanken, dass ich mir selber ins Gesicht schlug. Mein Gesicht war nass.

Rocky steckte den Kopf durch meine Tür und sagte irgendwas. Ich schüttelte den Kopf. Das Kopfschütteln ließ meine Gedanken kurz ineinanderschwimmen. Das wollte ich. Verschwommene Gedanken. Ich schüttelte weiter, so lange ich konnte. Dann lehnte ich mich gegen die Wand. Ich packte meine Gitarre am Hals und drosch sie gegen die Wand. Drei-, viermal, bis sie endlich kaputt war.

Rocky stand mit hilflos hängenden Armen im Flur. Ich ging an ihm vorbei in die Küche, nahm mir die Flasche Jim Beam, die dort seit Ewigkeiten stand, und verließ die Wohnung.

Ein Stockwerk tiefer stand Jutta vor ihrer Wohnungstür.

«Toll, jetzt bin ich wach», sagte sie vorwurfsvoll. «Was veranstaltet ihr denn da oben?»

Ich starrte sie fassungslos an. Es war so absurd, dass es Jutta immer noch gab und La Boum war tot. Wie konnte der Rest des Lebens so normal weitergehen?

«Alles in Ordnung?», fragte sie mit geweiteten Augen. Wahrscheinlich sah ich finster aus, und jetzt fing sie an, sich um mich zu sorgen. Das kotzte mich an. Ich verdiente kein Mitgefühl. La Boum war tot. Ich hätte das verhindern können und hatte es nicht getan.

Ich hatte ihn immer nur als witzige Nebenfigur in meinem Leben gesehen, und darum hatte ich gar nicht gemerkt, wie unglücklich er war. Weil ich nichts sagen konnte, hielt ich Jutta die Whiskeyflasche vors Gesicht.

«Toll», sagte sie.

«Nicki!», rief Rocky von oben. Ich sprang die Stufen runter und rannte aus dem Haus.

Die U-Bahn. Wie immer und trotzdem völlig anders. Ein unwirklicher Ort. Alles war auf einmal total unwirklich, es war, als hätte jemand die Realität zerrissen. Das waren alles nur Kulissen, das ganze tägliche Leben war flacher als Esspapier, La Boum war tot, und darauf gab es keine Antwort.

Als ich in Kreuzberg ausstieg, hatte ich die Flasche ausgetrunken und warf sie gegen eine Hauswand. Ich spürte keinen Rausch, im Gegenteil, ich war vollkommen klar. Eiskalt. Jeder Gedanke schnitt mir wie ein scharfkantiger Eiswürfel in die Hirnhülle.

Ich ging in einen Supermarkt. Es war unerträglich hell, genauso wie es draußen unerträglich dunkel gewesen war. Ich kaufte mir eine neue Flasche Jim Beam.

«Jim Beam», murmelte ich, als ich wieder draußen war, «Jimbeam, Jimbeam, Jimbeam, Jimbeam.» Aber so hatte mein Freund nicht geheißen, das war nicht sein Name gewesen. GEWESEN, denn er war ja tot. Ich sah Totenschädel vor mir, Hunderte Totenschädel, übereinanderliegend. Dann stolperte ich und fiel in einen Busch. Eine Weile blieb ich dort liegen und trank weiter. Du solltest auch sterben, schoss es mir durch den Kopf, das wäre nur gerecht.

Aber ich wollte nicht sterben. Eine kleine, widerlich quäkende Stimme in meinem Herzen begann sogar «Hurra, wir leben noch» zu singen.

«Halt dein Maul!», rief ich, aber die Stimme sang weiter. Ich konnte sie in meinem Herzen spüren. Wie einen Pickel. Ein Pickel der Freude, wie ich entsetzt feststellte: Diese ekelhafte kleine Stimme freute sich, noch am Leben zu sein.

Angewidert rappelte ich mich auf und begann zu laufen, um den kranken Triumphgesang nicht mehr hören zu müssen.

«Hast du schon mal gemodelt, Junge?», rief mir ein älterer Typ in Schwarz hinterher.

Ich stolperte, fiel in eine Kiste mit verfaulten Orangen, die sinnloserweise dort stand. Alles war sinnlos. Ich nahm eine Orange und wollte sie werfen, aber ich konnte sie nicht loslassen. Meine Finger gingen nicht mehr auf. Die kleine Orange. Vielleicht könnte ich sie wieder lebendig machen. Ich lehnte mich gegen einen Baum, rutschte an seinem Stamm runter, spürte, wie die harte Rinde in meinen Rücken schnitt. Ich rutschte wieder hoch, schubberte mich an dem fucking Baum, ich wollte mir den Rücken blutig kratzen, richtig blutig. Das Fleisch kaputt machen und dann die Knochen. Ich nahm noch einen Schluck aus meiner Flasche, da hörte ich eine Stimme.

«Nick! Was ist denn mit dir los?»

Es war Jacky. Sie stand auf einmal vor mir. Wir waren ja auch direkt vor ihrer Wohnung. Ohne es zu wollen, war ich hierhergefahren. Wobei: Von wegen ohne es zu wollen! Mein schweinisch schwaches Unterbewusstsein schien mich hergelotst zu haben. Wie ekelhaft. Ich wandte mich ab. Sie berührte meine Schulter.

«Was ist?», fragte sie. «Bist du betrunken? Was hast du denn gemacht?»

Ihre Hand war so schmal, und ihre Stimme klang besorgt.

Sie packte mich und drehte mich zu sich. Ich sah ihr ins Gesicht. Die ganze Schönheit war in einen Nebel aus Unverständnis gehüllt. Und unter Jackys Gesicht sah ich den Schädel. Von der Haut nur umspannt wie ein Pausenbrot von Frischhaltefolie. Die ganze Jacky würde eines Tages auseinanderfallen, und dann würde nur noch der Schädel übrig bleiben. Der Totenschädel. Der jetzt schon da war unter dem ganzen Gewebe. Er war schon da und wartete auf seine Zeit. Jacky trug ihren eigenen Tod in sich herum. Sie war eine lebende Leiche. Tränen schossen mir in die Augen. Ich drückte meine Lippen gegen ihre Wangenknochen, biss hinein und flüsterte: «La Boum ist tot. Mein Freund. Er hat sich umgebracht. Er ist tot.»

Ich drehte ich mich um und schlug mit dem Kopf gegen den Baumstamm, und dann wurde alles schwarz.

34

als ich wieder zu mir kam, lag ich auf Jackys Bett, komplett angezogen, nur ohne Stiefel. Ich lachte kurz auf, weil alles nur ein Traum gewesen war, aber sofort stieß mir die Erkenntnis wieder ihren trüben Stachel in den Nacken. La Boum war tot. Und was machte ich hier bei Jacky? Wollte ich mich trösten lassen? Ich war doch schuld, ich hatte ihn gekillt, ich verdiente keinen Trost. Schnell sprang ich auf, verlor die Balance und krachte in Jackys Regal. Die Katzen sprangen auf und schnellten in unterschiedliche Richtungen davon.

Jacky kam aus der Küche.

«Ist dir schlecht?», fragte sie.

Als Antwort kotzte ich ihr vor die Füße.

«Oh Mann, Entschuldigung», sagte ich, beziehungsweise wollte ich sagen. Es kamen nur irgendwelche Töne.

«Das macht nichts, ich wisch es weg», rief sie, half mir wieder zurück ins Bett und holte dann Lappen und Eimer aus der Küche, um mein Erbrochenes aufzuwischen.

Das ging alles überhaupt nicht. Erst verhinderte ich den Selbstmord meines Freundes nicht, dann ließ ich mich hier bedienen und pflegen, als ginge es um mich. Noch im Tod nahm ich ihm alles weg. Ich musste raus hier, ich durfte hier nicht sein. Aber ich konnte mich nicht bewegen. Das Zimmer kreiste und pulsierte, mir war speiübel, und ich kriegte keine Luft mehr.

Jacky legte sich neben mich und begann, meine Brust zu streicheln. Ich klappte wieder weg.

Als ich das nächste Mal aufwachte, stellte ich fest, dass wir Sex hatten. Jacky saß auf mir. Ihre Haare fielen ihr ins Gesicht, und sie weinte. Dann beugte sie sich runter zu mir und küsste mich. Ich küsste sie zurück und griff nach ihrem Arsch. Das hier war so falsch, wie nur irgendwas falsch sein konnte. Ich bemühte mich, an La Boum zu denken, aber alles, was ich empfand, war eine prominent pulsierende, fette, eiskalte Arschlochfreude darüber, dass ich am Leben war, dass Jacky am Leben war und dass wir diese geilen, glatten, festen Körper zum Ineinanderstecken hatten. Ich hebelte sie auf den Rücken und biss ihr in den Hals.

Danach machten wir es gleich noch mal. Und noch mal. Wir schnauften und keuchten uns durch die Nacht und schliefen erst ein, als es schon lange hell war.

Was ich träumte, erspar ich euch mal, ist schon schlimm genug gewesen, die Sexszene gerade, wa? Aber es war nun mal so. Und es ging so weiter. Jacky und ich blieben drei Tage in ihrer Wohnung. Sie rief auf der Arbeit an und meldete sich krank. Wir aßen die Cornflakes und die harten Brote, die sie dahatte. Mein Schwanz blutete an mehreren Stellen.

Die Katzen waren manchmal mit uns im Zimmer und manchmal nicht, aber sie nervten nicht mehr. Im Gegenteil, sie hatten fast etwas Beruhigendes. In ihrer tierischen Welt gab es keine Schuld.

Vielleicht konnten wir auch Tiere werden, Jacky und ich.

Wenn wir keinen Sex hatten, musste ich sofort wieder an La Boum denken. Jetzt würde seine Leiche schon steif, vielleicht knabberten ihn die Würmer an, die Fingernägel, die Haare würden noch weiterwachsen. Wenn ich die Augen zumachte, sah ich ihn vor mir, verwittert, zombiehaft. Mal zwinkerte er mir zu, mal schien er nach mir zu greifen.

Einmal hörte ich ihn laut und deutlich sagen: «Ich hab von dir geträumt, Nicki.»

Am Morgen des vierten Tages ging es nicht mehr. Ich fühlte mich wie ein Verräter, Scheiße, ich *war* ein Verräter. Schlimmer. Ich hatte den Tod meines Freundes, an dem ich auch noch schuld war, benutzt, um Jacky rumzukriegen. Bewusst oder unbewusst – diesen Unterschied kapiert doch sowieso keiner. Ich war ein mieses Schwein, ich verdiente das hier nicht.

«Bleib doch. Oder soll ich mit dir kommen?», fragte Jacky, als ich mich anzog.

Sie sah aus wie eine Heroinabhängige. Noch dünner als sonst und mit tiefen schwarzen Augenringen. Gleichzeitig aber auch so schön wie nie zuvor.

Stumm schüttelte ich den Kopf und ging zur Tür.

Sie folgte mir und nahm mich in den Arm.

«Muss los ...», grunzte ich, ich wollte ihr einen Kuss auf die Stirn geben, knallte aber stattdessen nur mit meiner Nase gegen ihre und ging.

Sie rief mir etwas hinterher. Ich verstand es nicht, aber

meine Antwort war sowieso nein. Ich konnte sie nicht lieben, ich war innerlich leer und tot. Verdorrt. Und ich wollte sie auch nicht mehr ausnutzen, um meine Schuld zu überficken. Schluss damit. Vor Selbstekel schlug ich mit der Faust gegen Laternen, Bushaltestellen und Häuserwände.

Leute drehten sich nach mir um. Vielleicht konnte ich ja wahnsinnig werden. Ein wahnsinniger Penner, der durch die Stadt zieht, auf der Flucht vor der Vergangenheit, der er niemals entkommt, und dann geht er endlich drauf. Ja. Das klang ganz gut.

Nach Hause wollte ich nicht. Stattdessen lief ich ziellos umher, kaufte mir zwei Schrippen und hasste mich dafür, dass ich sie aß.

La Boum war tot. Er verfaulte in seiner Gruft, und ich ließ es mir hier schmecken.

Ich fasste den vagen Entschluss, einfach immer weiter in eine Richtung zu gehen. Bloß in welche? Ich probierte mehrere aus, sie waren alle schlecht. Es wurde dunkel.

Da erkannte ich: Auch das, was ich jetzt machte, war falsch und zum Kotzen. Ich plusterte mich als edel Leidender auf, als tragischer Held. Nicht mal im Tod konnte ich meinem Freund etwas anderes als eine Nebenrolle in meinem persönlichen Idiotenfilm anbieten. Schluss. Es ging nicht um mich. Ich würde nicht abhauen, und ich würde kein geheimnisvoller Vagabund mit dunkler Vergangenheit werden – ich würde hierbleiben und mein Arschleben weiterleben. Ohne Freude. Ohne Tragik. Ohne übertrieben viel Alkohol. Und ohne Jacky natürlich. Ohne Liebe. Einfach nur stumpf weiter. Das würde meine Strafe sein. Ja.

Und vorher würde ich allen erklären, dass ich schuld an La

Boums Tod war, falls sie es nicht eh schon wussten. Burner, Milbe und Rocky. Und La Boums Eltern. Es einmal allen sagen und dann für immer verstummen und nur noch vegetieren. Entschlossen ging ich den U-Bahn-Eingang runter und fuhr zum Schweiger.

35

burner und milbe waren am Kickern, als ich reinkam. Das Herz sackte mir in die Hose. Wussten sie es überhaupt schon? Bestimmt. War ja schon drei Tage her. Sie sahen mich nicht. Überkickerten ihren Schmerz, so wie ich meinen mit Jacky überfickt hatte. Meine Methode ist besser, dachte ich kurz, und verachtete mich sofort wieder für diesen Gedanken. Wie lange und wie tief musste man sich selbst verachten, damit es sich endlich richtig anfühlte?

Während ich das dachte, blickte Burner in meine Richtung, grinste und sagte: «Nicki.»

Ich versuchte, gleichzeitig zu nicken und den Kopf zu schütteln, klappte nicht. Das brachte mich an den Rand der Verzweiflung, wo ich aber sowieso schon die ganze Zeit war.

«Burner», sagte ich und fügte dann hinzu: «Milbe.»

«Hehehehe», machte Burner. Milbe steckte sich einen Billardstock wie einen Penis zwischen die Beine und hob die Hand zum Hitlergruß.

Da ging die Toilettentür auf, und La Boum kam heraus.

«Hast du dir auch die Hände gewaschen?», fragte Burner.

«Die Hände, Burni?», fragte La Boum, sah mich und sagte: «Nicki. Wann treffen wir uns mal wieder zum Proben?»

Ich setzte mich. Dann wollte ich wieder aufstehen, aber meine Knie zitterten zu sehr.

Die anderen sahen mich neugierig an.

«Du siehst schlecht aus, alter Junge», sagte Burner.

«Bist du krank?», fragte La Boum.

«Schlückchen vom Guten?», fragte Milbe und hielt mir sein Bierglas hin.

Für solche Augenblicke ist Bier erfunden worden, also trank ich. Und oh, meine Brüder, wie das Bier in meinen Bauch so floss auch eine unendliche Erleichterung in mein Herz, und ein goldenes Glücksgefühl wuchs aus diesem Quell und wuchs und wuchs, bis es mir fast die Brust zersprengte. Ich weinte und lachte zugleich, sprang auf und drückte La Boum an mich. Er war dürr wie ein dürrer Zweig und gab Geräusche anmutigen Zerbrechens von sich. Schnell den Griff gelockert, dass ich ihn jetzt nicht am Ende doch noch tötete. Das würde man dann Ironie nennen müssen.

«Bernd hat erzählt, du hättest dich umgebracht», flüsterte ich La Boum ins Ohr.

«Hä?», fragte er, und schon spürte ich einen Anflug von Genervtheit. Für diesen Volli hatte ich meine Gitarre zerdroschen. Aber sofort wallte wieder Erleichterung auf und Glückseligkeit, und gemeinsam verwandelten sie meine Seelenlandschaft in ein friedvolles silbrig funkelndes Meer der Freude.

«Bernd. Der Freund von Rocky. Vom Tablettentesten. Der meinte, du hättest ... du wärst tot», sagte ich.

«Ach, er. Nee, ich hatte ihm erzählt, dass ich das geträumt hatte. Wie ich mich umbringe und er gar nicht traurig ist.»

«Warum sollte er auch traurig sein?», fragte ich. «Er kennt dich doch gar nicht.»

La Boum kuckte irritiert.

«Es war nur ein Traum, Nicki.»

«Das stimmt», sagte ich und nickte. Strahlend tätschelte ich seine Wange und nickte weiter. Ich konnte gar nicht mehr aufhören zu nicken. Mein Name ergab auf einmal total Sinn. Ich war Nick und nickte. Zu allem nickte ich. Zur ganzen Welt. Das war meine Bestimmung: bejahend zur Welt zu nicken. Nie wieder würde ich traurig sein. Mein Freund war nicht gestorben. Die Welt war gut. Kurz wurde ich ohnmächtig, dann holten wir uns mehr Bier.

La Boum hatte tatsächlich vergessen, dass ich ihn aus der Band geschmissen hatte, trotzdem nahm ich ihn nun feierlich wieder auf.

«Und von jetzt an bist *du* der Boss», sagte ich. «*Du* darfst alles bestimmen.»

«Wirklich, Nicki? Können wir dann den Namen ändern?»

«Sofort. Was du willst. Wir nennen uns, wie du willst.»

Ich küsste ihn und streichelte sein schuppiges Haar.

«‹Blumfeld›, hatte ich gedacht», sagte er.

«Was?»

«Blumfeld. Find ich einen guten Namen. Hab ich aus einem Buch.»

«Kleine Leseratte. Vielleicht fällt dir noch was anderes ein.»

«Du hast gesagt, ich darf bestimmen.»

«Warum nennen wir uns nicht ‹Friedhof der Kuscheltiere›? Das ist auch aus einem Buch.»

«Ich will aber Blumfeld.»

Auf einmal blieb mir die Luft weg vor Glück. Sie war komplett weg, ich konnte nicht atmen. Ich sah La Boum, wie er hier vor mir stand und der Band diesen unterirdischen Namen verpassen wollte, wie er so am Leben war und *da*, mit mir, mit uns allen. Ich kriegte keine Luft, mir wurde schwindlig. Ein paarmal schnappte ich vergebens, beim vierten Mal funktionierte es wieder. Und mit dem Atem kamen Tränen, als hätte mir ein besoffener Rentner in beide Augen geschossen. Ich liebte diesen Jungen so sehr. Ich küsste ihn auf den Mund und sagte: «Blumfeld. Na logo! Wie sonst?! So heißen wir ab jetzt, mein lieber, lieber, mein kleiner La Blum. Meine Blume. Mein Balu. Mein Balu, der Bär!»

«Also man nennt mich überall Konzentrationslager-Ehrhardt», meldete sich Burner, und da umarmte und küsste ich auch ihn.

Es wurde noch eine rauschende Nacht.

Wir erfanden ein neues Spiel, eine Kombination aus Billard und Kicker, für das wir endlich Hausverbot beim Schweiger bekamen. Nie zuvor war ich so glücklich gewesen. Es gibt nichts Besseres auf der Welt, als wenn deine Freunde noch leben.

Als ich nach Hause kam, saßen Rocky und Bernd in der Küche und rauchten wie die Kaputten.

«Du Vollidiot», sagte ich zu Bernd. «Was erzählst du eigentlich für Scheiß?»

Bernd schwieg. Er fing an, stumm zu zittern. Dann sagte

er: «Tut mir leid, Mann. Manchmal hab ich Schwierigkeiten.»

Ich griff in meine Jackentasche und holte das kleine, mittlerweile ziemlich zerkrumpelte Heft hervor, das mir Lotti gegeben hatte.

«Versuch's doch mal mit Jesus», schlug ich vor und gab es ihm.

Sein Gesicht hellte sich auf.

«Meinst du?»

«Er liebt die geistig Schwachen. Das könnte was für dich sein.»

Aufgeregt begann Bernd zu lesen.

«Wo warst du bloß, Nicki?», fragte Rocky. «Wir haben uns Sorgen gemacht! Ein Mädchen hat auch 'n paarmal für dich angerufen.»

Jacky! Ich musste ihr alles erzählen! Schnell rannte ich zum Telefon.

«Ich bin jetzt übrigens mit der Jutta zusammen», rief Rocky. «Ist einfach so passiert.»

«Ich bin immer noch Single!», rief Bernd.

Ich wählte Jackys Nummer.

«Nick?» Ihre Stimme klang fein, brüchig und wie aus einer anderen Welt.

«Jacky!», rief ich. «Mein Freund ist gar nicht tot! Er lebt! La Boum lebt! Du wunderschöne, superschönste aller Frauen! Er lebt!»

«Bist du betrunken?»

«Nein! Na ja. Aber: Er lebt, verstehst du? Er ist nicht tot!»

Telefonrauschen drang an mein Ohr. Sofort begriff ich, dass ich einen riesigen Fehler gemacht hatte. Jacky brauchte

Traurigkeit. Das jetzt im Nachhinein betrachtet total Geile, was wir die letzten Tage gehabt hatten, stand auf dürren Pfählen der Trauer. Die durfte ich nicht einfach wegreißen. War doch klar. Ich Vollidiot. Wenn ich nicht exakt in dieser Sekunde 200 Prozent intelligenter würde, konnte ich sie gleich abschreiben. Schnell jetzt! Mit aller Kraft rammte ich mein Knie in die Kommode, um klarer denken zu können und meiner Stimme das Freudenfunkelnde zu nehmen.

«Ich meine», presste ich unter Schmerzen hervor, «*noch* lebt er. Er ist im Krankenhaus. Im Koma. Es sieht schlecht aus. Fuck.»

«Ich denke, er ist tot», sagte Jacky.

«Er ist so gut wie tot.»

«Verarschst du mich?»

«Nein! Er ...» Ich wollte nicht so viel über dieses Koma von La Boum sprechen, das konnte Unglück bringen. Darum brach ich hier ab und blies ein paarmal Luft aus der Nase. Dann schluchzte ich. Es klang komplett künstlich, aber vielleicht würde es Jacky in Kombination mit dem ewigen Telefonrauschen überzeugen.

«Ich hab mir die ganze Zeit Sorgen um dich gemacht», sagte sie.

«Ich ... war im Krankenhaus. Bei ihm. Bei Joey, weißt du. Dachte, er kommt vielleicht wieder zu sich. Aber ...» – Schluchzen. Ein bisschen zu schnell, klang wie tonloses Lachen, fuck. – «Aber nichts. Die Chancen stehen schlecht.»

«Joey? Es war doch dein Freund La Boum.»

«Hatte ich La Boum gesagt? Hä? Kann doch nicht sein. La Boum geht's gut. Ah, weißt du was, ich glaub, ich war so fertig, dass ich ... keine Ahnung, vielleicht seinen richtigen

Namen nicht sagen konnte vor … Trauer … oh Mann. Aber nein, es ist Joey.»

«Du hast gerade eben noch La Boum gesagt.»

«Echt? Scheiße, ich dreh noch durch. Und, wie du schon vorhin meintest, ich bin besoffen. Total. Oh, Mann. Aber es ist Joey. Es ist Joey. Nicht La Boum.»

«Was für ein Joey? Von dem hast du noch nie erzählt. Was redest du da für einen Schrott?»

«Stimmt ja, von dem hab ich nicht viel erzählt. Wir waren eher so Schulfreunde. Aber die besten. Fuck, lass uns mal kurz nicht drüber sprechen, okay? Macht einen fertig. Der Tod. Der … Tod. Wie geht's *dir* denn?»

Sie schwieg. Ich murmelte «Jesuschristusjesuschristusjesuschristus» in den Hörer und lachte dann laut auf. Meine einzige Chance, hier rauszukommen, war, den Wahnsinnigen zu spielen.

Zum Glück schien sie's mir abzukaufen.

«Was ist bloß mit dir?», fragte sie.

«Hava Nagila.Ayyyy. Ohhhh. Uhhh», sagte ich und lachte schrill. Dann machte ich wieder mein Kunstschluchzen und flüsterte: «Kann ich zu dir kommen?»

Eine Weile schwieg sie, dann sagte sie: «Gut. Komm her.»

Jetzt. Keinen. Falschen. Fehler. Machen.

Mein Hirn fühlte sich gasförmig an, so wie manchmal beim Schachspielen mit Burner, wenn ich Züge vorauszudenken versuchte und feststellen musste, dass mir die Denkkraft dazu komplett fehlte. Kennt ihr das? Man will das Hirn benutzen, aber es verdampft bei der Berührung und weht davon. Wie ein Mann ohne Beine, der rennen will. Nichts gegen Männer ohne Beine. Was ich, glaube ich, sagen will, ist Folgendes: Hier war ich überfordert, und meine Genialität bestand darin, zu erkennen, *dass* ich überfordert war. Nie im Leben würde ich Jacky auf lange Sicht überzeugend den Wahnsinnigen vorspielen können, wo ich doch vor Glück fast auseinanderfiel. Langsam rauswinden also, oder? Stück für Stück. Langsam von der Lüge zur Liebe oder so. Fuck.

Ich brauchte eine Idee. Und in dem Moment, in dem ich «Idee» dachte, hatte ich sie auch schon. Das heißt, die Idee drang aus den Tiefen meines Bewusstseins nach oben, denn ich hatte sie schon vor langer Zeit gehabt: meine Jahrhundertidee. Jetzt war ihre Zeit gekommen. Wann, wenn nicht jetzt!

Schnell riss ich die Schreibtischschublade auf und holte meine Schätze raus: 27 Kartenspiele. Alle noch originalverpackt. Eigentlich hätte ich 32 gebraucht, aber wenn ich cool blieb, würden die hier auch reichen. Mit zitternden Fingern öffnete ich sie, suchte in jedem Pack die Herz Acht und legte sie beiseite. Zum Schluss hatte ich einen Haufen mit 27 Herz Achten. Sah großartig aus. Wie ein teuflischer Wissenschaftler im Film kicherte ich ein Weilchen vor mich hin, während ich die Karten in meiner Hand vorsichtig knetete, damit sie nicht zu neu aussahen.

Dann packte ich sie alle in meine linke Hosentasche und ein zweites normales Spiel (in dem jetzt natürlich die Herz Acht fehlte) in meine rechte. Anschließend hielt ich meinen Schädel drei Minuten unter den kalten Wasserhahn. Und machte mich auf den Weg zu Jacky.

36

sie öffnete mir schweigend die Tür. Ich versuchte, sie in den Arm zu nehmen, aber sie sagte: «Nicht» und drehte sich weg. Dann ging sie zum Fenster und blieb dort stehen. Mit dem Rücken zu mir. Es war ein bisschen so wie früher. War eigentlich gerade Tag oder Nacht?

Die Katzen, die mich entweder inzwischen mochten oder, was wahrscheinlicher war, einfach nur mal wieder was extrem Unpassendes abziehen wollten, strichen mir schnurrend um die Beine.

«Was hast du mir da für 'ne Scheiße erzählt mit deinem toten Freund?», fragte Jacky. «Was war das? Was zum Teufel war das?»

«Es … ich … oh M … mann, es t … tut mir s … so …»

«Hör auf zu stottern!»

«Jacky, ich hatte wirklich gedacht, er wär tot, aber …» – Also bei *mir* funktionierte diese Hör-auf-zu-stottern-Methode – «Es war ein Missverständnis … und … mit Joey auch … also der lebt auch. Beziehungsweise gibt's ihn gar nicht. Es gibt keinen Joey, das war blöd.»

Ich stellte mich hinter sie, legte meine linke Hand auf ihre Schulter und streichelte schwach.

«Nicht», sagte sie und drehte sich weg. Genau damit hatte ich gerechnet. Ihre ganze Aufmerksamkeit war bei meiner linken Hand. Ich nutzte das und steckte ihr mit rechts schnell eine Herz Acht in die hintere Hosentasche. Sie merkte nichts. Genial. Phase eins meines Plans war schon mal gelungen.

«Bitte», sagte sie jetzt und sah mich dabei traurig an. «Ich weiß nicht, was das war, die letzten Tage, ich komm mir total verarscht vor. Ich hab meine Arbeit abgesagt und dich hier ... weiß ich nicht ... gepflegt oder was das war. Und jetzt war alles nur gelogen?»

«Ich hab es doch selber wirklich geglaubt, bitte, es tut mir leid. Und war doch ... auch schön. Also ... ich fand's ... ich dachte ... können wir nicht versuchen ...»

«Ich weiß nicht. Ich brauche Abstand. Ich brauch Zeit, um darüber nachzudenken.»

«Brauchst du wirklich Zeit, oder brauchst du vielleicht eher ...» – Ich zog das normale Kartenspiel aus meiner rechten Hosentasche und hielt es ihr vor die Nase – «... 'ne gute und ehrliche Runde Mau-Mau?»

«Was?»

«Mau-Mau. Das gute alte Mau-Mau.»

«Ich will jetzt nicht Mau-Mau spielen, Nick», sagte sie.

«Vielleicht nur eine Runde? Dann geh ich auch.»

«Nein.»

Mist. Es war aber wichtig, dass sie die Karten sah. Also dass sie sah, dass es ganz normale Karten waren.

«Aber könnten wir nicht ...», sagte ich, machte dazu eine ausholende Bewegung und schmiss dabei alle Karten durch den Raum. «Ups!»

Sie stöhnte und drehte sich wieder weg, während ich mich bückte, um die Karten aufzusammeln. Sie hatte sie jetzt nur ganz kurz gesehen. Reichte das? Musste reichen.

«Okay, ich geh», sagte ich.

«Danke. Danke, dass du mich verstehst. Ich muss einfach nachdenken, weißt du, ich brauch Zeit. Das war jetzt einfach zu viel alles … ich melde mich bei dir …»

«Klar», sagte ich. Sie führte mich den Flur entlang. Kurz vor der Wohnungstür riss ich dramatisch die Augen auf, holte den Herz-Acht-Stapel aus meiner linken Hosentasche und hielt ihn ihr verdeckt hin.

«Ziehe eine Karte.»

«Nick! Bitte!»

«Ach komm. Nur eine Karte. Geht ganz schnell. Zieh eine Karte, merk sie dir und zeig sie mir nicht.»

«Ich will diese Scheiße jetzt nicht machen.»

«Bitte! Bitte, dann geh ich auch sofort. Sofort bin ich dann weg. Nur eine einzige Karte kurz ziehn, okay?»

Seufzend zog sie eine Karte. Ich kniff schnell die Augen zusammen und drehte mich zur Tür, falls sie sie mir doch zeigen würde. Bei Jacky wusste man ja nie.

«Hast du sie dir gemerkt?», fragte ich.

Sie sagte nichts, also nickte sie wohl.

«Gut. Dann geh zum Fenster, zerreiß die Karte und schmeiß die Fetzen raus.»

«Mann, Nick, genau diese Kindergartenkacke ist es doch, wegen der ich mit dir nicht …»

«Mach mal, bitte! Bitte! Nur das noch, dann hau ich ab. Zerreißen und aus dem Fenster werfen, ja?»

Sie ging hochgradig genervt zum Fenster, riss die Herz

Acht einmal in der Mitte durch, und in dem Moment, als sie sich wegdrehte, um die Schnipsel rauszuwerfen, steckte ich schnell mein Achtenspiel weg und holte das andere raus.

«Jetzt werde ich deine Karte *rematerialisieren*», sagte ich und trat zu ihr ans Fenster.

Sie kuckte sich ihre pechschwarz gestrichenen Dielen an.

Ich tat so, als würde ich etwas Unsichtbares aus dem Fenster ziehen, runzelte die Stirn, rief «Amadami Kurutu!» und sagte dann: «Schaue in deiner linken Hosentasche nach.»

Sie stand nur da.

«Bitte!», rief ich. «Bitte! Nur das noch, okay? Das ist das Letzte jetzt!»

Sie griff in ihre Tasche und zog die Karte raus.

«Herz Acht!», rief ich. «Voilà! Gehe ich recht in der Annahme, dass dies deine Karte war?»

«Kannst du jetzt bitte gehn?»

Ich ging zur Wohnungstür. Auf der Schwelle drehte ich mich noch einmal um und sagte: «Ich möchte nur noch betonen, dass ich mit keinen satanischen Mächten im Bunde stehe. Es ist Magie, aber es ist weiße Magie.»

«Du hast mir die Karte vorher in die Hose gesteckt», sagte sie.

«Wann denn? Wie denn? Und wie hätte ich ahnen können, welche Karte du ziehen würdest?»

Sie runzelte die Stirn.

«Jetzt geh ich», sagte ich.

«Warte», sagte sie. «Zeig noch mal die Karten.»

Ich hielt ihr den Normalkartenstapel hin. Sie blätterte ihn sorgfältig durch.

«Wie hast du das gemacht?»

«Ich bin magisch.»

«Du bist magisch», wiederholte sie langsam.

«Ja. Mach's gut.»

«Warte», sie zog mich zu sich runter, klopfte mir mit der Faust auf den Kopf und biss mir in die Backe.

«Bleib», sagte sie.

dank

Danke an meinen Lektor Marcus Gärtner, ohne den ich nicht eine Silbe geschrieben hätte, und an (sagt man «Danke an»? Oder «Dank an»? Dank an, Licht an – seit ich mit einem Lektor arbeite, klingt alles, was ich schreibe oder sage, falsch. VIE – LEN DANK dafür, Marcus). – Auf jeden Fall danke ich Miria, Meritxell, Olli und Jessie dafür, dass sie mir während diesen stressigen Schreibens Mut gemacht und sich meine ganzen Klagegesänge angehört haben. Es war wirklich, als wäre ich ein richtiger Schriftsteller, und alle nehmen total Rücksicht. Es war großartig. Und ich danke Tina, die den ganzen Text durchgelesen und massiv entgenitalisiert und auch sonst turbo geholfen hat.

Ohne Freunde bist du nur ein Arsch.

Darum danke ich zum Schluss allen meinen Freunden von früher und von heute und grüße alle Motörhead- und Free-Jazz-Fans und alle, die mich kennen und von mir gegrüßt werden wollen.

Ach so, genau, und den «April April»-Witz von Milbe hab ich aus Sandras Erinnerungen geklaut, und ich hab vergessen zu fragen, ob ich den überhaupt verwenden darf. Auf jeden Fall danke dafür, Sandra. Genauso fällt mir gerade ein, die aufgebahrte Katze von Bernd. Na ja, ist ja nur ein Satz. Dennoch – danke, Krolli, dass du das erlebt hast, und nicht ich.

Jeder Idiot schreibt heutzutage ein Buch, aber nur ausgesuchte Idioten schreiben zwei. Ich bin der Größte. Besucht mich im Netz: www.filmeister.de.

Writing Fil will return in 2018.

Fil Tägert
bei Rowohlt Hundert Augen und rororo

Mitarbeiter des Monats

Pullern im Stehn. Die Geschichte meiner Jugend